Bisher von Don Both erschienen:

Hope – mit Kera Jung
Corvo – Spiel der Liebe
Mad Love
Bad Love
Menage á trois
Immer wieder samstags
Immer wieder samstags – reloaded
Immer wieder Verführung
Immer wieder Verführung – The End

B
DON
T
H

Immer wieder SEHNSUCHT

Philip und Katharina

Immer wieder Sehnsucht – Philip und Katharina
Deutsche Erstausgabe März 2015
bethy86@hotmail.de
https://www.facebook.com/pages/DonBoth/248891035138778

Lektorat: Belle Molina
Korrektorat: Mandy Heskamp
Cover: Babels
Erschienen im
A.P.P.-Verlag
Peter Neuhäußer
Gemeindegässle 05
89150 Laichingen

ISBN mobi: 978-3-945786-12-3
ISBN e-pub: 978-3-945786-13-0
ISBN Print: 978-3-945786-14-7

Dieser Roman wurde unter Berücksichtigung der neuen deutschen Rechtschreibung verfasst, lektoriert und korrigiert.

ÜBER DAS BUCH …

Die drei Wranglerbrüder sind äußerst gut aussehend, beliebt, sportlich, verrückt, unangepasst und sie wissen, wie sie eine Frau im Bett zu verführen haben. Mit dieser geballten Männerpower muss sich Katharina Oskorbova – gebürtige Russin, wunderschön, aber sehr introvertiert und somit immer nur auf ihr Äußeres reduziert – Tag für Tag auseinandersetzen. Doch selbst Tristan oder Tomas Wrangler verblassen neben Philip, dem Ältesten. Einem tätowierten, schweigsamen und so mysteriösen jungen Mann. Er hat es ihr angetan – mehr als das.

Jede Fantasie dreht sich um ihn, und ständig kämpft sie gegen ihre Sehnsucht. Nicht ahnend, dass es ihm genauso geht.

Bis zu einem Ereignis, das ihr Leben auf den Kopf stellt. Und Philip plötzlich der Einzige ist, der sie zu verstehen scheint. Was gar nicht so leicht ist, denn Katharina lässt niemanden an sich ran – vor allem nicht körperlich. Von ihm jedoch will sie sich berühren lassen und gegen die Dämonen ihrer Vergangenheit kämpfen. Nichts lieber als das, nur leider ist das nicht so einfach.

Wenn Sehnsucht zur Sucht wird.

»Immer wieder Sehnsucht – Philip & Katharina«

Eine Abkopplung der Immer wieder … Reihe mit wiederkehrenden Charakteren, aber einzeln lesbar. Man muss die Vorgängerteile NICHT gelesen haben. Dieses Buch ist abgeschlossen.

Romanze/Erotik/Humor.

PROLOG

»Sterne sind da, um die Dunkelheit zu erhellen. Für jeden gibt es einen Stern.«

Sie roch so gut, so vertraut, so warm und süß, und sie war die schönste Person auf diesem Planeten. Jeden Abend lag sie mit mir im Bett und erzählte mir zum Einschlafen eine Gutenacht Geschichte. Hier durfte ich mich an sie kuscheln, ihrem Atem und ihrer ruhigen, leisen Stimme lauschen. Ich durfte lächeln, glücklich sein und mich eng an sie schmiegen. Etwas, was ich vor meinen Brüdern niemals tun konnte. Schließlich war ich schon acht und der Älteste von allen.

»Wo ist mein Stern?«, fragte sie sanft.

Mit beiden Daumen und Zeigefingern bildete sie ein Viereck, und so wie jeden Abend suchten wir durch diesen Ausguck nach dem richtigen Leuchten am Firmament. Der Himmel war wolkenlos, weshalb er heute besonders hell und blinkend schien und mir geradezu entgegenfunkelte. Mittlerweile fand ich ihn sofort und sie lachte leise, als ich eifrig auf ihren persönlichen Stern deutete.

»Er wird immer da sein, auch wenn sich Wolken davorschieben und du ihn nicht mehr siehst. Vergiss das niemals, Philip Wrangler!«

Noch einmal strich ihre Hand über meine Wange, noch einmal küssten ihre weichen Lippen meine Stirn, noch einmal lächelten wir selig. Dann stand sie auf.

Und ging.

Für immer.

1. Zu viel Testosteron in einem Haushalt kann zu erheblichen Nebenwirkungen führen

Katha ›the Queen‹ Oskorbova

Ein Wrangler am Morgen vertreibt Kummer und Sorgen! Behaupten zumindest einige.

Pah! Was ist schon ein Wrangler am Morgen? *Nichts!*

Zwei sind schon was anderes! Und drei erst! Sozusagen drei Wranglers für Katharina, das W-Team.

Mit Müslischüsseln vor sich und Löffeln bewaffnet. Gerade aufgestanden, mit müde aufgestütztem stoppligem Kinn, trägen Lidern und zerzaustem Out-of-bed Look. Außerdem kaum bekleidet – barfuß, in tief sitzenden Jeans und mit gestählten Körpern saßen sie vor mir.

Es hätte nichts widerlicher sein können!

Sie schmatzten, rülpsten, furzten und muffelten vor sich hin.

Das Grundprogramm – oder wie ich es nannte, der Tarnmodus – war noch nicht erfolgt, also waren die Haare nicht gestylt, der Körper nicht eingeölt und die Gesichter nicht mit Arschcreme behandelt! Und aus Erfahrung wusste ich, was man bei genauerem Hinsehen erkennen würde: Unreine Haut! Ja, sie benutzten Abdeckstifte! Zumindest bei zwei von ihnen war ich mir zu hundert Prozent sicher! Damit ja keiner von Tristans Bitches ein Fehlerchen auffallen würde.

Doch ich durchschaute sie!

Ich sah die ungeschönte Wahrheit hinter dem nächtlichen hyänenartigen Gekreische der Tussen und dem falschen Grinsen der schleimigen Arschkriecher, die versuchten sich mit den legendären Brüdern zu verbünden.

Als ich einen riesigen Knutschfleck an Tristan Wranglers Hals ausmachte, schüttelte es mich. Er schien nur auf so eine Gelegenheit gewartet zu haben, denn er fing sofort meinen absolut angewiderten Blick auf. »Musst du die Kuh erst melken?«, fragte er mit hochgezogener Augenbraue.

Der kackhaarige Snob versuchte sich jedes Mal aufs Neue mit mir anzulegen, obwohl wir die Fronten bereits im Alter von zwölf Jahren geklärt hatten. Dazu hatte ich ihn kurzerhand an meinen Prinzessinnenstuhl gebunden und geschminkt. Seine Brüder hatten ihn gefunden und tja, in einem konnte man sich so sicher sein wie das *Fuck* in Tristans Sprachgebrauch: Ein Wrangler vergisst niemals.

Seitdem hasste er mich abgrundtief, aber er trieb es mit seinen Provokationen wenigstens nicht mehr auf die Spitze. Sein Spruch jetzt glich einem zärtlichen Streicheln, und so lächelte ich nur abfällig, bevor ich dem Möchtegern-Casanova seine allmorgendliche Milch eingoss. Schlappschwanz!

Denn ja, diese drei Hohlköpfe zu bedienen war nun meine alleinige Aufgabe, zumindest seit Mama weg war. Sie, eine gebürtige Russin, die sich nach dem Selbstmord der Mutter des Chaos-Trupps ›Familie Wrangler‹ angenommen hatte, war fort. Und wir somit auf uns allein gestellt.

David würde natürlich weiterhin die Miete für die kleine Zweiraumwohnung im naheliegenden Block bezahlen und auch sonst so für mich sorgen, dass ich leben konnte. Ich wusste, dass er Mama irgendwann versprochen hatte, sich um mich zu kümmern, egal was mit ihr geschehen würde. Für ihn war ich so etwas wie die Tochter, die er nie gehabt hatte, auch wenn er nur sehr selten da war, um mir seine Gefühle zu zeigen. Oder irgendwem anders.

Und das merkte man bei den Dreien ...

Tristan Wrangler war der typische *Kevin allein zu Haus*. Es verging kaum ein Tag, an dem er nicht verletzt (ob nun Nase, Bein oder Arm gebrochen, Schrammen, blaue Flecken,

Platzwunden) von einem Polizisten oder einem fuchsteufelswilden Anwohner der kleinen Stadt nach Hause gebracht wurde. Oder an dem ein wütender Vater völlig außer sich vor der Tür stand, um die Jungfräulichkeit seines eigen Fleisch und Blutes zu verteidigen.

Auch der mittlere der Jungs, Tommy, war nicht gerade unschuldig, wenn es um den Gebrauch illegaler Drogen oder seiner Fäuste ging, aber er lebte wenigstens Weiber-abstinent – für Tristan ein absolutes No-Go. Tomas war nämlich, seitdem sie hierhergezogen waren, in ihre Nachbarin Vivien Müller verschossen. Und zwar übel! In seinem Besitz befand sich eine wirklich gruslige stalkerische Grundausrüstung, inklusive Fernglas. Erst letzte Woche hatte er etwas von Abhöranlage vor sich hingemurmelt, als ich an seinem Zimmer vorbei gegangen war. Bis auf diese kleine Tatsache war Tomas jedoch gut aussehend *und* sehr freundlich – eine Mischung die es nur selten gibt. Er glich seinem Vater am meisten und mit ihm verbrachte ich auch am liebsten meine Zeit. Tomas machte es einem einfach, ihn zu mögen.

Dann hauste hier noch Philip und der war von jeher mein eigentliches Problem.

Tristan besaß eine große Klappe und musste ständig jedem bis ins kleinste Detail erläutern, was er von einem hielt. Tommy war ein verliebter, pubertierender Teenager. Aber Philip Wrangler konnte ich nicht einschätzen.

Er war in der Schule sitzen geblieben und somit in meiner Klasse gelandet, aber bis auf das, bekam man nicht viel von ihm mit. Niemals brachte er irgendwelche (geldgeilen – laut ihm) Bitches mit nach Hause, weil er sein Leben dem Sport gewidmet hatte.

Vor allem Krafttraining, Fußball, Ringen, Fahrrad fahren, Motorräder und Autorennen gehörten zu seinen großen Leidenschaften. Und Schlägereien, aber das wussten die Wenigsten. Und dann gab es natürlich noch den Vater.

Wie David Wrangler und meine Mutter sich getroffen hatten, war mir nicht bekannt. Aber eines Nachts waren wir aus dem kalten Russland ins etwas wärmere Bayern geflohen, bewohnten seitdem zwei Zimmer in der Nähe und führten ein einigermaßen angenehmes Leben.

Ich wurde wegen der Sprachbarriere eine Klasse zurückgestuft, durfte ansonsten aber ganz normal die Schule besuchen, und hatte mich dort immer absichtlich im Hintergrund gehalten. Denn die anderen Kinder hatten mir bereits am ersten Tag klargemacht, was sie von mir – der Ausländerin – hielten. Man muss nicht die Sprache verstehen, um zu kapieren, dass man verletzt und angefeindet wird. Meist reichen Blicke und das Tuscheln hinter dem Rücken. In Russland (Novosibirsk) hatte ich viele Freunde gehabt, war die Beste in der Schule und im Sport gewesen. Jeder mochte mich, bei Aufführungen und in unserer Familie war ich immer die Attraktion, denn ich besaß das Aussehen einer Porzellanpuppe. Mein Stolz war zu groß, um mich im alles andere als herzlichen Deutschland bei irgendwem einzuschleimen, der mich sowieso nicht wollte.

So hielt ich mich im Hintergrund und beobachtete, anstatt mich in Blicken zu suhlen. Ich schwieg, anstatt jeden Gedanken gedankenlos von mir zu geben, und war zufrieden mit meiner Rolle in dieser Gesellschaft. Wenn auch nicht glücklich.

Dann änderte sich alles ...

Eines schönen, warmen Morgens mitten im Frühling im Hause Wrangler stürzte meine Welt mit einem Mal komplett in sich zusammen.

1. Mama war weg, hatte mich einfach allein gelassen ... Ich musste es den Brüdern mitteilen und ...

2. Philip kam nicht alleine in die Küche geschlurft, nein, er hatte weiblichen Besuch dabei!

2. FÜR DIE NACHWELT: PHILIP WRANGLER IST EIN IDIOT

Katharina `angepisst` Oskorbova

Sie war blond, sie war groß, sie war arrogant und vor allem war sie hässlich! Nicht außen, nein, nein. Schon früh hatte mir Mama beigebracht, mich nicht vom Schein und Sein täuschen zu lassen. Denn die Menschen sind blind und bemerken nur die Fassade, auch wenn ich eine außerordentlich schöne besaß. Eine Frau, die nicht mit ihren Waffen spielen kann, ist keine Frau, hatte sie mir verschwörerisch zugeflüstert. Und mir dabei gezeigt, wie ich mich so schminkte, dass es natürlich wirkte, aber meine Vorteile (strahlendes, blondes Haar, volle Lippen, hohe slawische Wangenknochen, dunkelblaue Katzenaugen und endlose Wimpern) effizient unterstrichen wurden. Und sie wusste, wie das ging, oh ja! Mit Stil und Niveau brachte sie die Männer dazu, ihr scharenweise hinterherzulaufen. Nicht so wie die Schlampen an unserer Schule, die sich regelrecht aufdrängten!

Insgeheim fragte ich mich immer, ob sie diese Taktik auch bei David Wrangler angewandt hatte, der nach dem Selbstmord seiner Frau einsam und am Boden zerstört gewesen war. Niemals tauschten sie Intimitäten vor uns aus, nie ließen sie sich irgendetwas anmerken, aber manchmal, wenn ich ihn ganz genau beobachtete, ertappte ich ihn bei einem bestimmten Blick: Verlangend, glühend, rau … ich wollte nur einmal im Leben auch *so* angesehen werden! Und der eine, von dem ich es wünschte, kam anscheinend nicht mal im Traum auf die Idee.

Keinem außer mir fiel auf, dass Mama wahrscheinlich die Frau war, wegen der David Wrangler jeden Tag aufs Neue weitermachte und nicht aufgab. Und ich würde dieses Geheimnis mit ins Grab nehmen. Gut, Tristan – obwohl nach außen das totale Arschloch, innerlich ziemlich sensibel – checkte es wohl unterschwellig auch, und allein deswegen *hasste* er mich und meine Mutter. Schon immer! Das hatte meine Kindheit mit ihm nicht gerade erleichtert ... Sie war hart gewesen, nicht so wie die von dieser mit Geld ausgestopften, verwöhnten SAU, die nun vor mir stand und mich herablassend angrinste.

Ich hatte nie verstanden, was Tristan an Eva Eber fand. Als er sie das erste Mal hinter der Turnhalle gevögelt hatte, wollte ich meinen Augen kaum trauen – und ja, ich hatte es leider live mit ansehen müssen, weil ich gerade um die Ecke gebogen war, um ihm sein Pausenbrot zu bringen. Aber diese Geschmacksverirrung war nie mein Problem gewesen. Tristan verschlang schon immer alles mit Haut und Haaren, was gut aussehend, billig und nicht bei drei auf den Bäumen war. *Jetzt* wurde sie zu meinem Problem – leider. Denn um ihre Schulter lag Philips komplett tätowierter Arm.

Er grinste ein leises, mit sich äußerst zufriedenes Grinsen, als er es sich neben Tristan auf dem Hocker vor dem Küchentresen gemütlich machte. Erst als Philip sichergehen konnte, dass er meine Aufmerksamkeit hatte, griff er nach hinten und zog sie an ihrer knappen Jeans und in Glitzeroberteil auf seinen Schoß.

Tristan gluckste, als sie quietschte und hob ihm blicklos seine Faust entgegen, ohne aufzuhören sein Müsli zu löffeln. Philip – der Widerling – schlug ein! Ich zuckte zusammen, als er laut lachte, auf seine ganz spezielle ohrenbetäubende Art, denn er war ein großer Mann mit einem großen Organ zum Lachen. Leider tat er es nur so selten.

»Das war ein Ritt, ich glaub meine Eier sind immer noch

blau!«, verkündete Tristan auch noch. Ich steckte mir den Finger in den Hals und würgte laut.

Sofort schossen alle Köpfe nach oben und die Brüder inklusive der Trine (ich glaube, mittlerweile spielte sie unter dem Tresen versteckt an Tristan rum!) starrten mich an.

»Sorry! Mein O-Saft ist mir bei der Vorstellung von euren haarigen Ärschen in einem Bett hochgekommen!«, erklärte ich und drehte mich weg, um scheinbar fröhlich mein Glas abzuwaschen. Doch in Wahrheit fühlte ich ein sehr unangenehmes Kribbeln in der Bauchgegend und meine Augen brannten, als würde ich Zwiebeln schneiden.

»Wie auch immer ...« Ich fühlte förmlich Philips stechend blaugrünen Blick in meinem Rücken, als er langsam sprach. »Du hattest recht, Tris, hätte ich gewusst, wie effizient der Scheiß ist, hätte ich diese Art von Sport viel früher ausprobiert ...« Mit einem viel zu lauten Knall ließ ich das abgewaschene Glas auf die Anrichtefläche donnern, sodass es zerbrach und alle hinter mir stockten.

»Alles klar, Katha?« Tommy war an meine Seite getreten und musterte mich besorgt. Er nahm meine Finger, die sich immer noch in die Scherben krallten, und inspizierte sie vorsichtig. Da ich nicht verletzt war, verdrehte ich nur die Augen und entzog ihm hastig meine Hand. »Pflanz dich wieder hin!«

»Nein, im Ernst, du bist so blass ...«, bohrte Tristan mit einem Mal hinterhältig und ich warf ihm einen wütenden Blick über meine Schulter zu. Dabei betete ich, dass er nicht bemerkte, was wirklich in mir vorging. Denn ob ich wollte oder nicht, er durchschaute mich. Öfter als mir lieb war. Sein Lächeln sprach eine ganz andere Sprache als sein besorgter Tonfall. Es fragte förmlich: *Na, traurig, weil DU dem kleinen Phili nicht die große, weite Welt der Pussys gezeigt hast?*

Und ich schrie ihm durch meine Blicke entgegen:

DU KLEINER, MIESER SATAN! Wieso tust du mir das an?! Leise lachend sprang er auf. Ganz haarige Achsel, Bartgesicht und Finger am Arsch, die ihn ausgiebig kratzten. Mit einem Arm stützte er sich auf den Tresen zwischen uns und reichte mir seine leere Müslischale, den anderen schwang er um die Sau und packte ihre Brust. Elegant zog er sie auf die Beine und gleich mal eng an sich.

»Für die nächste Trainingseinheit solltest du dir deine eigene Schlunze suchen!«, meinte er zu Philip.

»Eine?« antwortete der grinsend. Ich wollte ihn töten! Philip schien das nicht wirklich zu stören.

»So viele wie du verträgst.« Tristan starrte *mich* bei den Worten provozierend an.

Philip salutierte locker, ohne von seinem Müsli aufzublicken. Seine Ohrspitzen kamen mir etwas rot vor, oder bildete ich mir das nur ein? Als hätte er mein mörderisches Starren bemerkt, schaute er auf und hob eine Augenbraue.

Wie immer sah ich schnell weg.

Als ich ungefähr dreizehn geworden war, hatte ich diese Regel aufgestellt. Ich durfte den stillen, großen Jungen, der so etwas wie mein Bruder war, niemals länger als drei Sekunden angucken, sonst verfiel ich in komatöses Starren. Und eine Katharina starrte nicht, oh nein, die brachte Männer dazu, sie mit Blicken förmlich auszuziehen und erwies trotzdem keinem jemals ihre Gunst.

Weil sie doch eigentlich nur einen gewollt hatte.

Bis jetzt.

Jetzt hatte sich alles schlagartig geändert.

Ich wusste es.

Ich hatte ihn verloren.

»Katharina ...« Seine Stimme war sanft und leise und ich linste unter meinen Wimpern erwartungsvoll zu ihm hoch. Merkte er vielleicht doch endlich mal, was in mir vorging? Wie sehr ich es mochte, dass er immer meinen kompletten Namen aussprach, als wäre diese ekelhafte Katha-Abkürzung meiner nicht würdig? Merkte er, dass ich seit Jahren auf ein noch so kleines Zeichen lauerte? Mit angehaltenem Atem wartete ich auch nun und schwor mir, dies würde das letzte Mal sein.

Oh bitte! Philip, bitte! Mach die verdammten Augen auf!

»Gib mir mal die Milch!«, meinte er locker.

Er war ein Idiot!

Ja, es konnte sein, dass ich mich nur für den mysteriösen Philip Wrangler aufbewahrt hatte, dass ich tatsächlich träumerische Vorstellungen in meinem Kopf von ihm und mir auf einem weißen Laken gehabt hatte. Nun machte ich mir klar, dass sie niemals wahr werden würden.

Denn tatsächlich war ich so etwas wie ihre Schwester und darüber hinaus offensichtlich absolut nicht Philip Wranglers Typ. Es wurde Zeit, sich endlich damit abzufinden!

3. KURSWECHSEL

Phil 'pissed` Wrangler

Ein Leggingarsch am Morgen vertreibt Kummer und Sorgen?!

Von wegen! Nichts da!

Wenn es um dieses arrogante Weibsbild ging, war das Gegenteil der Fall, denn sie verteilte so viel Kummer und Sorgen wie nur irgend möglich. Und zwar an meinen Schwanz!

Ständig – ich schwöre, STÄNDIG – trug sie in diesem Haus Leggings. Als kleines, ruhiges, in sich gekehrtes Mädchen, das es faustdick hinter den Ohren hat, kein Problem. Aber doch nicht als achtzehnjährige blonde Playboy-Nymphe! Doch nicht als Sexsymbol auf zwei Beinen! Doch nicht mit *diesem verdammt geilen Arsch*!

Seitdem sie ungefähr vierzehn geworden war, fuhr ich auf Handbetrieb und erwartete eine Sehnenscheidenentzündung. Wir hatten mit einem Tag Abstand Geburtstag, das hieß, sie war genau einen einzigen Tag älter als ich.

Natürlich reichte es ihr nicht, in diesen verboten engen Hosen mit diesen dunklen Flattertops rumzulaufen. Nein, sie machte auch noch rhythmische Sportgymnastik! Schon mal was davon gehört? Schon mal wunderschöne Frauen gesehen, die so biegsam, elegant und edel sind? Die deinen Schwanz wie eine Marionette unter Kontrolle haben und nur mit den Fingern schnippen müssen, aber einen nicht mal mit ihrem ausgesprochen ansehnlichen Arsch anschauen? NEIN! Dann bitte, SEHEN SIE JETZT! Katharina die Große – wie sie mein kleiner Bruder absolut passend betitelte – war das Sinnbild einer sexy Verführerin und das schon in so jungen Jahren!

Was würde erst aus ihr werden, wenn sie älter und erfahrener wäre, was würde sie dem Mann antun, der jemals das Glück hätte ...

Stoß it!

Äh!

Stop it!

Sofort!

Nicht dass sie jemals einem der armen, sabbernden Idioten ihre Gunst gewährt hätte ... Wenn das geschehen würde – was ich nicht zulassen würde –, wäre der Idiot sowieso tot, bevor er in den Genuss von irgendeinem Teil dieses göttlichen Körpers kommen könnte.

Wie auch immer. Ich wusste schon sehr lange, dass sie bei Weitem nicht so ruhig und unnahbar war, wie sie uns weismachen wollte. Hinter der Eiseskälte versteckte sich ein brodelnder Vulkan und tausendmal hatte ich mir schon vorgestellt, wie ich diesen zum Explodieren bringen würde. Doch niemals hatte sie mir auch nur einen Blick zu viel geschenkt. Egal was ich tat, und das war so einiges.

Angefangen bei: Vor ihr Trainieren, Auto reparieren – oben ohne, ich hatte mich sogar eingeölt und mit schwarzen Schlieren drapiert! Tausende Runden im Pool war ich vor ihrer Nase geschwommen, um dann wie Odysseus aus dem Wasser zu steigen ... Über: Aus dem Klassenzimmer stürmen, wenn sie früher aus hatte, und lässig auf sie zu warten, um sie mit nach Hause zunehmen, weil sich *zufällig* unsere Wege kreuzten – ich war sogar ihretwegen durchgefallen, damit ich mit ihr in einer Klasse sein konnte … Bis: Ihr vor Kitsch triefende, anonyme Liebesbriefe schreiben (da war ich FÜNFZEHN, OKAY?!) war ALLES dabei gewesen.

Sie sah mich nicht mal mit diesem kleinen, glänzenden Leggingarsch an und irgendwann, Jahre später, kam der Punkt, nach drei Joints und vier Flaschen Bier, an dem Tristan mein Zimmer stürmte, mir dieses blonde Stück vorsetzte und ich nicht mehr Nein sagen konnte.

Sein dämliches Grinsen hätte nicht dämlicher ausfallen können, als er Eva Eber vor mir entblätterte, dabei ihre Vorzüge aufzählte, als wären wir bei einer Autoshow für den neuen Audi und er die Hostess. Ich war so besoffen, dass ich zuließ, wie er meine Hand nahm, um mir gewisse Stellen aus vollster Nähe zu präsentieren und mir gleichzeitig zu erklären, wie ich sie zu bedienen hatte. Eine Gebrauchsanweisung für Schlunzen á la Tristan Wrangler.

Jawohl! Ich wurde sozusagen bei einem Dreier mit meinem kleinen Bruder entjungfert! Und! Es war der Hammer!

Ich konnte nicht glauben, was mir bis jetzt wegen diesem blonden Miststück entgangen war, wie sehr ich mich zum Idioten gemacht hatte!

Das würde aufhören!

Jetzt!

Genauso wie einige andere Dinge!

»Wo ist eigentlich Natalie?«, fragte ich, den Mund voll Müsli, nachdem Katharina die Große sich endlich dazu herabgelassen hatte, mir die Milch zu reichen. Sie schluckte und drehte sich sofort von uns weg. Tommy warf mir einen ratlosen Blick zu, während ich mich wieder meinen Cerealien widmete und mit den Schultern zuckte. Mir doch scheißegal, was bei ihr los war. Ab jetzt!

»Meine Mutter wird euch nicht mehr zu Diensten sein.« Ihre Stimme klang sachlich und ruhig.

Nun fiel uns der Löffel aus der Hand, scheiß auf scheißegal!

»ABER WER behandelt dann meine weißen Socken mit

Zitrone?« Das war Tristan.

Tommy: »Wer kauft die Arschcreme?«

Tristan: »Wer manikürt und pedikürt mir die Nägel?«

Tommy: »Aber wer macht dann immer meinen Lieblingstee, verdammte scheiße, sie hat mir nie gesagt, wo sie den herhat!«

Ich schnaubte abfällig. Meine Brüder waren wirklich idiotische Idioten und Pussys noch dazu! »Und wer tut jetzt die Guten ins Töpfchen und die Schlechten ins Kröpfchen? Sind wir hier bei Aschenbrödel, oder was?«, äffte ich sie nach.

»Wenn ja, dann bekomme ich den Prinzen!«, murmelte Eva und schmiegte sich enger an Tristan. Der zeigte ihr den Vogel.

Keiner sonst antwortete. Katharina gab ein abwertendes Geräusch von sich, nur mit dem Rücken zu uns und weißen Knöcheln, die sich stark von dem schwarzen Marmor der Küchenzeile abhoben. Unverhofft wirbelte sie zu uns herum und ihre riesigen Strahleaugen glitzerten verdächtig.

»Ich denke, ihr seid alt genug, um selber für euch zu sorgen! Danke der Nachfrage.« Mit diesen Worten wandte sie sich ab und verließ (türenknallend – eine Premiere!) das Haus.

Die Blicke der Sitzpinkler landeten sofort auf mir, als wüsste ich, was in ihr vorging. Natürlich wusste ich das, denn ich hatte sie jahrelang studiert.

Doch ich tat nichts, außer stoisch mein Müsli zu löffeln, lief ihr nicht hinterher, fragte nicht, wieso die Frau, die jahrelang unser Leben begleitet hatte und ihre geliebte Mutter war, von einem Tag auf den anderen nicht mehr kommen würde. Nein, ich nahm sie nicht in den Arm, nein, ich ließ keine Gefühle zu und war für sie da.

Weil ich nicht mehr wollte … und konnte!

4. VERGANGENHEIT UND ZUKUNFT

Katha ›musing‹ Oskorbova

»Ich aus Novosibirsk!«

»Was hast du gesagt? Ich hab dich nicht verstanden.« Tommy sah mich an wie ein Fahrrad.

»Sie ist eben Ausländerin«, erklärte Klein-Tristan freundlich, wie er eben so war. »Die sind alle langsam!«

»Ich nicht langsam!«

»Was denn? Ist doch so! Meine Mama hat auch immer viel schneller geputzt als deine Mama! Und sie hat auch besser gekocht! Pilimeni! Wer will das schon?! Das schmeckt wie Kacke in Teig!«

»SEI RUHIG!«

»Oh, muss sie jetzt heulen?«

»TRIS, lass sie in Ruhe!« Ein kleiner Philip (mit noch rotblondem Haar) stand im Türdurchgang zur Küche, hatte die Arme verschränkt und funkelte seinen kleinen Bruder drohend an.

Ich sah ihn vor mir, als wäre es gestern gewesen, während ich in meinem Bett lag und den Sternenhimmel vor meinem Fenster beobachtete.

Ja, Tristan hatte mich wirklich nie gemocht und Philip mich immer verteidigt, wenn ich endlose Stunden bei den Wranglers mit Mama verbrachte, weil sie mich nicht allein daheim lassen wollte, während sie als Haushälterin arbeitete.

Insgeheim hatte ich mich an die ewigen Sticheleien gewöhnt. Tristan Wrangler war zu allen fies und gemein, aber ich war fieser und gemeiner! Wir machten regelrecht einen Wettkampf daraus, wer den anderen mehr verletzen oder mehr schaden konnte ... Vielleicht aus Langeweile, womöglich aber auch um sich nicht mit den wirklichen Problemen des Lebens zu befassen, keine Ahnung. Nun hatte ich den Kürzeren gezogen.

Er hatte mir Philip erfolgreich genommen, indem er ihm seine blöde Schlampe Eva Eber, wahrscheinlich in einem Fummel aus Nichts, direkt auf den Schwanz gesetzt hatte. Die Mädchen in meinem Alter waren lächerlich, gaben sich für wirklich alles her, wenn Tristan rief, dabei war er noch so jung! Ich wollte gar nicht wissen, wie es mit ihm enden würde, wenn er nicht irgendwann die Eine fand, die es schaffte, ihn zu zähmen. Aber das war zum Glück nicht meine Aufgabe und auch nicht mein Problem.

Mein wahres Problem war immer Philip gewesen. Mit ihm fühlte ich mich am meisten verbunden, weil er genauso schweigsam war wie ich. Eigentlich genau so ein selbst gewählter Außenseiter.

Doch ausgerechnet er war es, dessen Tür am nächsten Morgen zugesperrt war, als ich ihn wecken wollte.

Die Klinke klackerte auf und ab, aber sie ging nicht auf. Also klopfte ich.

»Philip?«

»Hmm?«

»Philip, schläfst du noch?«

»Hmm!«

»Mach auf!«

»Nein!«

»Es ist schon halb acht!«

»Scheiße!« Getrampel, Gefluche, Türschlossklappern – dann riss er sie auf.

»Fuck, scheißiger Fuck, ich komm zu spät! Noch einmal, dann muss ich nachsitzen, dabei hab ich heut Training, wieso weckst du mich nicht früher?! Scheiße, Katha!« WAS? Katha! Was war denn jetzt falsch?

»Ich bin nicht dein verdammtes Dienstmädchen und du hättest deinen Wecker sicher gehört, wenn ...!«, zischte ich sofort, doch schon war er an mir vorbeigelaufen und zog sich ein schwarzes enges Shirt über den Kopf, während er die Treppe hinunterstürmte. Ich konnte es nicht glauben und starrte ihm blicklos hinterher. Er hatte nicht nur gerade das erste Mal das Zimmer vor mir zugesperrt und mich somit gleichzeitig aus seinem Leben verbannt, sondern auch noch die von mir so verhasste Abkürzung meines Namens benutzt. *Katha.*

Ein Räuspern lenkte meine Aufmerksamkeit auf sein Bett, und als wäre das Worst-Case-Szenario nicht schon perfekt, lag da jemand. Halb nackt und schamlos! Eine Tussi in Philips Bett!

Nein, nicht Eva! Diesmal war es Valerie! Eine aus derselben Möchtegern-Paris-Hilton-keine-Selbstachtung-Clique. Ich fragte mich, ob Tristan und Philip einen Schichtplan oder besser gesagt Fickplan ausgearbeitet hatten, bei dem sie die Tussen fröhlich hin- und herreichten, und wehe einer überzog um fünf Minuten!

Valerie war schwarzhaarig, der Inbegriff einer Modepuppe und das beste Beispiel für zu viel Mörtel im Gesicht. Aktuell war der aber leider abgeblättert ... Mir war sofort klar, warum Philip dieses Zimmer so fluchtartig verlassen hatte und ich tat es ihm gleich. Vor allem, um nicht an der folgenden Stinkbombe zu krepieren, Ausdünstungen nach Sex und Sonstigem. Bäh!

Heute würde ich ganz sicher nicht mit Tommy und Philip in die Schule fahren! Oh nein! Heute würde ich, auch wenn ich ihn nicht ausstehen konnte, Tristans Dienste in Anspruch nehmen und mich durch meinen MP-3 Player vor der Rockbeschallung in seinem Auto retten. Ich mochte – genau wie Philip – Hip Hop und

R´n´B und Salsa, Latina-Mucke – eben heiße Musik, zu der ich meine Hüften schwingen konnte, wenn ich mal mit Vivi (meine beste Freundin und Tommys Stalkingopfer) Party machte. Das geschah ziemlich oft, aber was anderes konnte man in diesem Kaff ja auch kaum tun. Also beobachteten wir allabendlich die Volldeppen, die teilweise zu völlig abgedrehten Songs abgingen und deren kranken Geschmack man ihnen schon an der Nasenspitze ansah. Kein Wunder, ich war sowieso der Meinung, dass die bevorzugte Musikrichtung viel über einen aussagt.

So oder so: Ich wollte mit Tristan – der nicht mal einen Führerschein besaß – in die Schule, nur hatte sein Wagen leider einen Platten. Sicher dank einer der irren Stalkerinnen, die er so hatte. Philips Mercedes war in der Werkstatt. Das hieß Tristan, Eva, Valerie und natürlich Vivi – weil die immer mit von der Partie war – würden in Toms Mini in die Schule fahren. Das konnte ja heiter werden! Mein Fahrrad wäre eine gute Alternative gewesen, überlegte ich, als wir zu siebt vor einem Auto für fünf Personen standen, aber wir waren schon zu spät dran.

Und dann machte Tristan Wrangler wieder mal seinem Ruf als Widerling alle Ehre.

Denn ich landete in der Mitte der Rückbank. Links neben mir Tristan – mit Eva auf dem Schoß, die kam in der Früh manchmal vorbei, um ihm auf der Fahrt in die Schule einen zu blasen, aber schlafen durften die Weiber nie bei ihm –, rechts von mir Philip – mit Valerie, und die wollte unbedingt noch eine Runde *Spaß*.

***

Unerträgliche Geräusche folterten mich.

Besonders aber vernahm ich Philip wie in Dolby Surround – sein leises Stöhnen, seinen schneller werdenden Atem – außerdem streifte mich öfter sein muskulöser Arm mit dem Lederarmband am Handgelenk.

Ich drehte ihm mein Gesicht zu, nur um sofort auf seinen dunklen, fast schon herausfordernden Blick zu treffen, der von einem kleinen Zwinkern gekrönt wurde. Hatte Philip Wrangler mich gerade wirklich angezwinkert, während eine andere auf seinem Schoß saß? Er grinste leicht, als ich die Augen verengte, wegsah und eine Welt für mich zusammenbrach. Die Tätowierung – alias die Tötowierung, weil sie so sexy war –, an seinem Arm blitzte auf, als er die Finger in ihrem Haar vergrub und sie küsste. Bei jeder noch so kleinen Bewegung rieb sein Bein an meinem entlang, als würde er das absichtlich tun. Besonders, als sie anfing, sich langsam und genüsslich auf ihm zu wiegen. Von seinem Schenkel ging eine enorme Hitze aus, die meinen gesamten Körper flutete – vor allem meine Wangen.

Oh verdammte Kacke, wieso nahm Tommy eigentlich wirklich JEDE rote Ampel mit, die es auf dem normalerweise zehnminütigen Schulweg gab? Wieso folterte er mich so? Wieso konnte ich einfach nicht ausblenden, was um mich herum geschah? UND WIESO STECKTE ICH NICHT WENIGSTENS DIE KOPFHÖRER in meine Ohren?

Erleichtert holte ich das nach und lauschte Jennifer López´ Stimme. »Waiting for tonight ...« Ja, ja, darauf konnte ich nun wirklich lange warten!

Ein Finger hakte sich in die Schnur des linken Ohrstöpsels und zog ihn raus.

Grünbraune Teufelsaugen nahmen mich, wie immer, ziemlich spöttisch ins Visier. Bevor er sich vorbeugte und direkt in mein Ohr hauchte.

»Na, neidisch?« Ja, Tristan liebte es, andere zu quälen!

»Als ob es dich interessieren würde!« Genau in dem Moment, als ich ihm meine Kopfhörer wieder aus den Fingern pflückte, stöhnte Phil neben mir und bewegte seine Hüfte! SEINE HÜFTE, VERDAMMT! Sofort flutete es meine Wangen wirklich siedend heiß und ich konnte nicht mehr an mich halten.

»GEHT'S NOCH, ODER WAS? NEHMT EUCH EIN ZIMMER, VERDAMMT!«, verlor ich völlig meine Fassung und das sehr laut. Alle erstarrten und sofort war ich der Mittelpunkt jeglicher Aufmerksamkeit – was ich hasste. »VIVI!« Ich deutete auf sie. »Plätze tauschen! Sofort!« Vivi nickte nur wie ein Wackeldackel, während Tommy bereits an die Seite fuhr.

Tristan neben mir lachte leise, Philip nicht, als er sofort die Tür öffnete und Valerie einfach rausschob. Allerdings stieg er dann nicht etwa auch aus, sondern schwang einladend einen Arm über die Lehne. Und sein dunkles Shirt war ziemlich eng, schmiegte sich um sein Sixpack und lenkte meinen Blick an Orte, wo er nichts zu suchen hatte. Ich schnaubte laut auf, wohl wissend, dass er mir nicht Platz machen würde, und knallte meine Tasche mit voller Wucht auf seinen Schritt, sodass er zischte.

»I´m Sorry!« Mit einem Grinsen schwang ich mich geschmeidig über ihn, ohne ihn zu berühren und nahm Vivis Platz vorne ein. Diese Fahrt war die zweitschlimmste Fahrt in meinem Leben. Eindeutig.

***

Als würde das alles nicht reichen, ging es mit der Pechsträhne in der Schule weiter.

Sergej, ein Typ aus meiner Klasse, der mir bei jeder Gelegenheit verlangende Blicke zuwarf, kam sofort auf mich zu, als ich in den Raum stürmte. Mit Philip und Valerie im Schlepptau, denn wir gingen in dieselbe Klasse in einem Schulkomplex, der aus Mittel- und Realschule sowie Gymnasium Fachoberschulen und sogar einer riesigen Berufsschule bestand.

»Hey Hübsche!«, grüßte er mich auf Russisch, sobald ich meinen Platz, ganz vorne vor dem Pult, eingenommen hatte und angestrengt verschnaufte.

Nicht einmal in Ruhe sammeln konnte man sich hier! Ich mochte es nicht, wenn jemand mich in der Öffentlichkeit in meiner Muttersprache anquatschte. Es war schlichtweg unhöflich, außerdem wollte ich meine Herkunft dank meiner Kindheit nur ungern an die große Glocke hängen. Und mit solchen schmierigen Kerlen wie Sergej unterhielt ich mich schon aus Prinzip nicht. Was ihn nicht zu stören schien!

»Ich habe mich gefragt, ob du mal Lust hast mit uns wegzugehen, ins *Golden Cat* ...« Fast hätte ich gelacht! Nein danke! Für nichts auf der Welt würde ich auf meinen Weiberabend mit Vivi verzichten, nur um meine Zeit mit diesen Posern zu verplempern. Wenn ich etwas nicht ausstehen konnte, dann eine große Klappe und nichts dahinter! Deswegen respektierte ich Tristan sogar ein kleines bisschen. Er hatte zwar ein großes Mundwerk, aber auch den Mumm und den Wahnsinn in sich, jedes einzelne Wort, was er von sich gab wahr zu machen.

Nicht Sergej! Mit seinem Fellkragen und seiner Nobelkleidung und seinem Nobelschlitten. Alles auf Pump. Nichts selbst erarbeitet, nichts wertgeschätzt!

»Hallo, ich rede mit dir!« Und dann ging er zu weit! Er packte mein Kinn oder wollte es zumindest berühren, da hatte ich bereits seinen Arm ergriffen, die Hand auf den Tisch gedrückt und seinen Daumen unter meiner Gewalt. Ich verdrehte ihn so, dass ihm ein atemloses Keuchen entkam und er instinktiv in die Knie sank, um vor Schmerzen nicht zu jammern. Tja, mit drei Pseudobrüdern namens Wrangler unter einem Dach lernt man gewisse Kniffe! Genau konnte ich mich an eine der seltenen Gelegenheiten erinnern, bei denen Philip sich dazu herabgelassen hatte, mich zu beachten, und mir gemeinsam mit Tristan zwar miese, aber dafür sehr effektive Tricks beizubringen. Genau dieser stammte von Philip.

Ein paar atemlose Sekunden sah ich Sergej fest in die Augen.

»Fass mich nie wieder an!«, verkündete ich langsam und eiskalt, denn wenn es etwas gab, das ich auf den Tod nicht ausstehen konnte, waren es Berührungen! Natürlich war mir klar, dass uns JEDER im Klassenraum mit offenem Mund anstarrte, doch ich war geübt darin, fremde Blicke an mir abprallen zu lassen.

Mit einem Ruck ließ ich ihn los, setzte mich, als wäre nichts passiert, und packte meine Sachen weiter aus, die ich für Mathe benötigte.

»DU KLEINE SCHLAMPE!«, zischte er mir zu, und hielt sich den Daumen. Ich ignorierte ihn gekonnt, was seine Schmach nur noch größer machte. Selber schuld, wenn man ein Idiot ist! »Das wirst du bereuen!« Nun sprach er russisch, vermutlich damit uns niemand belauschen konnte, aber mir war es egal. Das war nicht der erste Kerl, der mir drohte. Außerdem war ich mit Tristan, Tommy und Philip aufgewachsen, dagegen war dieser Möchtegern-Macho ein Nichts!

Ich fragte mich, wie er überhaupt auf die Idee gekommen war, mich anzusprechen! Das war bis jetzt nicht ein einziges Mal geschehen, seitdem ich auf die Schule ging. Ja, die Leute warfen mir abfällige und neidische Blicke zu, als hätte ich es mir ausgesucht, sie mit meinem Aussehen einzuschüchtern. Ja, die Frauen dachten, ich wäre arrogant und überheblich und missgönnten mir *alles*. Während die Kerle gerne an meiner Stelle mit den Wranglers abhängen wollten und auf mich standen. Aber niemals sprachen sie mich an.

Jetzt schon!

Sergej verschwand mit eingezogenem Schwanz zu seinen Freunden und machte dabei extra laut noch ein paar abfällige Kommentare über meine Mama. Sie wäre angeblich aus dem letzten Puff gekrochen, um mich zu werfen.

Diesmal war es schwer wegzuhören und meine Hand, mit der ich den Bleistift spitzte, zitterte verdächtig.

Als ich mich umdrehte traf ich auf Philips wachsamen Blick und er sah mich an, als wüsste er genau, was in mir vorging. Ein Gänsehautschauer rieselte meinen Rücken hinab, bevor ich mich abrupt abwandte.

5. EIN STURM ZIEHT AUF

Phil ›shoked‹ Wrangler

Irgendwas stimmte nicht mit ihr. Ich beobachtete sie den ganzen Tag über, ja, Schande über mein Haupt, aber es ging einfach nicht anders. Alte Gewohnheiten sind eben schwer abzulegen! Und ich hatte bei Weitem noch nicht die 100 Tage bewältigt, die man angeblich dafür braucht.

Katharina war anders, als wir in einträchtiger Runde zusammenstanden und eine rauchten – wobei das nur Tommy betraf. Die einzige Person, die ihr normalerweise immer ein ehrliches Strahlen abringen konnte, schaffte es heute auch nicht. Katharinas Blick war leer, während sie mit Vivi sprach, außerdem huschte er nicht nur einmal zu der ›Russenecke‹, wie wir sie nannten. Als ich dorthin sah, platzte mir fast der Kragen.

Die starrten sie an! Ganz offensichtlich, von oben, von unten, von hinten und von vorne! Sie fickten sie mit den Augen, aber auf eine abfällige Art!

Heute im Klassenzimmer hatte ich mich schon zusammenreißen müssen, um dem Arsch nicht den Kopf abzureißen, und jetzt durchflutete es mich wieder siedend heiß. Woher nahmen die das Recht, sie einfach so anzugaffen, als wäre sie Freiwild?

»Phil, was ist denn los, du zitterst ja!« Valerie, die, seitdem sie aus meinem Bett gekrochen war, an mir festgetackert schien, schaute mich mit ihren verklebten, dunklen Wimpern fragend an.

Ihre Augen besaßen nicht die richtige Farbe, aber sie hatte mir bewiesen, dass sie mit anderen Qualitäten aufwarten konnte. Wirklich herausragenden. Das musste ich meinem Bruder lassen – er hatte seine Tussen perfekt trainiert. Darin war er wohl ein Naturtalent, oder was auch immer ...

»Es ist arschkalt!«, gab ich zurück und bekam nur ein paar schiefe Blicke aus der Runde ab, denn selbst um diese Uhrzeit war es schon warm, schließlich hatten wir Frühling, fast Sommer. Tommy stoppte in seinem Zug an der Zigarette, hob den Kopf und stieß mit einem wissenden Grinsen den Rauch langsam aus. Manchmal waren mir meine Brüder unheimlich! Als könnten sie fühlen, wie es mir ging!

»Soll ich dich aufwärmen, Süßer?« *Süßer!* Musste sie mich mit solchen verschissenen Verniedlichungen anquatschen?! Katharina würde niemals auf die Idee kommen ... oh fuck, falscher Gedankengang. Ich lächelte schief, was wirklich etwas Besonderes war, denn das hob ich mir für die wirklichen wichtigen Menschen und Momente auf.

»Klar.«

Und somit marschierte ich mit ihr davon. Hinter die Turnhalle.

Wo ich auf Tristan und irgendeine Schlunze traf, die *nicht* Eva Eber war. Was ein Wunder auch ... Er nickte mir knapp und ziemlich angespannt zu, bevor sich seine Hand fester in den Locken derjenigen vergrub, die ihn gerade mit dem Mund aufheizte, er grinsend den Kopf zurückfallen ließ und genüsslich an seiner Zigarette zog. Das war ›Pause‹ auf Tristan-Art. Der Mann wusste Prioritäten zu setzen!

Wenn er das konnte, konnte ich das auch!

Daher konzentrierte ich mich nur auf Valerie und ihre verdammt heißen Lippen.

***

Die gesamte Woche wechselten sich die Ärsche ab und versuchten reihenweise ihr Glück bei ihr und oh Mann ... machten die Katharina vielleicht sauer! Einen nach dem anderen kastrierte sie regelrecht, wie nur sie es konnte, vor der gesamten Klasse, oft vor der ganzen Schule. Ich fragte mich, was in die Kerle gefahren war, jetzt plötzlich so offensiv bei ihr landen zu wollen. Gleichzeitig hatte ich das dringende Bedürfnis, sie anzubrüllen, damit sie aufhörte, ihnen zu zeigen, wie überlegen sie war. Das hatte sie nie getan, wieso dann jetzt? War ihr denn nicht klar, dass sie sich ihren verfickten Strick allein drehte und sich dieser unweigerlich vollständig um ihren hübschen Hals schließen würde, sobald sie einen von ihnen irgendwo ALLEIN antreffen würde?

Immer wieder wollte ich eingreifen, doch immer wieder betete ich mir vor, dass sie nicht mein Problem war! Dass es mir scheißegal sein sollte! Dass sie allein auf sich aufpassen konnte!

Was augenscheinlich auch der Fall war. Vorausgesetzt sie hatte es immer nur mit EINEM zu tun.

Trotzdem sprach ich mit niemandem über meine Bedenken, denn das war einfach nicht meine Art. Wenn mich etwas belastete, machte ich das mit mir selbst aus. Ich war kein Freund großer Worte.

Genau wie sie. Darüber, dass ihre Mutter einfach so von der Bildfläche verschwunden war, verlor sie keine einzige Silbe! Ungewohnte Augenringe und ein blickloses Starren, wenn sie sich unbeobachtet fühlte, sprachen aber ihre ganz eigene Sprache. Keinem fiel es auf, wie sie sich quälte – außer mir. Doch sie kam jeden Morgen, wie es ihre Mutter getan hatte, weckte uns und bereitete uns Frühstück. Na gut, sie versuchte es (angebrannte Eier, geplatzte Würstchen, versalzenes Omelett und solche Gemeinheiten).

Sie tat ihr Bestes, doch nachdem der Staubsauger seinen Geist aufgeben hatte, weil sie eine Socke in Tommys Zimmer eingesaugt hatte, sie Tristans Lieblingspullover rosa verfärbt, die Spülmaschine mit Waschmittel und die Waschmaschine mit Spülmaschinen-Tabs gefüttert, alles verbrannt, zerstört, irgendwie kaputtgemacht hatte, gab sie auf.

Besser gesagt, Tommy brachte sie dazu. Wenn es nach ihr gegangen wäre, hätte sie NIEMALS von allein kapituliert! NEVER EVER, denn DAS tat eine Katharina die Große nicht!

Ich musste Dad anrufen, ihn davon unterrichten, dass wir keine Haushälterin mehr hatten und Tommy und Tristan danach auch die frohe Botschaft übermitteln, dass er A: nicht sofort nach Hause zurückkehren würde und wir B: auch nicht auf eine neue Haushälterin zu hoffen bräuchten, weil wir C: alt genug wären.

Toll!

Tristan begann selbst für seine frische Wäsche und sein blitzblankes Zimmer zu sorgen – der Snob. Während Tommy und ich langsam aber sicher in Müllbergen ersoffen und neue Klamotten nachkauften, um nicht nackt in die Schule gehen zu müssen. Aber das war im Gegensatz dazu, was Katharina gerade durchmachte wohl ... Bullshit!

***

Es war Freitagabend.

Das hieß für uns alle: PARTYZEIT! Für Strandpartys war es noch zu früh, also gaben wir uns mit denen in Hallen zufrieden. Am äußeren Rand der Stadt existierten unzählige leer stehende Fabrikgebäude, in denen die krassesten Techno-Raves veranstaltet wurden. Wenn wir sonst nichts zu tun hatten, schauten wir dort vorbei, und an diesem Wochenende lief nur dieses eine verfickte Event. Aber wie heißt es so schön? Man nimmt, was man kriegt. Besonders als Heranwachsender.

Wir hatten ausgeknobelt, dass ich fahren musste, und so war

ich sogar noch pissiger, als Tristan es grundsätzlich war, während wir die riesige, mit Schwarzlicht beleuchtete Halle betraten, in der uns bereits der Bass entgegenwummerte. So ziemlich alle Frauenköpfe im Umkreis drehten sich in unsere Richtung, wie die verdammten Birnen von Eulen.

Ich war von allen der Größte und Stämmigste, durch den vielen Kraftsport, den ich betrieb. Zu meinen relativ kurzen dunkelbraunen Haaren (ja, ich hatte sie gefärbt, weil sie sonst einen ekelhaften roten Stich aufwiesen) und den grünblauen Augen passte das schwarze enge Muskelshirt perfekt, das meine Tätowierungen am rechten Arm und das Lederband am Gelenk freiließ. Dazu trug ich lässige Jeans, offene Boots, war im vollen Rockermodus, obwohl ich eher andere Musik bevorzugte. Tristan hatte mal wieder eins seiner mit dämlichen Sprüchen bedruckten Shirts an: „Alles Fotzen außer Mama“ stand da drauf. Tommy hingegen bevorzugte ein einfaches weißes T-Shirt mit einem Holzfällerhemd und zerrissenen Jeans. Der Look stand ihm, mit seinem blonden Haar und den strahlend blauen Augen. Er sah aus wie ein verkackter Kanadier und schmachtete der kleinen Vivi in ihrer weißen knappen Jeans sehr ausgiebig hinterher. Nicht dass er ihre Formen nicht schon in und auswendig gekannt hätte.

Katharina meinte, sie wolle nachkommen – denn der Star erscheint natürlich immer zum Schluss.

Nach ungefähr einer Stunde trudelte sie ein und glich ... *einer Erscheinung*. Irgendwas hatte sie mit ihrem sonst glatten, goldblonden und wirklich beeindruckenden Haar gemacht. Als würden unheimlich viele Korkenzieher über ihre Schultern fallen, außerdem trug sie ein verdammt knappes, verdammt kurzes, verdammt aufgeilendes dunkelblaues Kleid, das perfekt zu ihrem Teint, ihrem königlichem Auftreten – einfach allem – passte und meinen Schwanz sofort fausthart werden ließ.

Scheiße!

Ich nutzte Valerie als Schild und stellte mich hinter sie, als Katharina breit lächelnd, dezent geschminkt, aber mit wunderbar roten Lippen auf uns zukam und ihre beste Freundin begrüßte. Der Rest von uns erhielt ein halbherziges »Hallo«, bevor sie Vivi zu Tommys Kummer davonzerrte und die beiden in den Massen verschwanden.

Der Kerl konnte einem leidtun, so wie er Vivian Müller mit hängenden Schultern nachsah.

»Wow«, murmelten wir gleichzeitig.

***

Katharina besaß einen Hüftschwung, den nur wenige Frauen ohne Alkohol so hinbekommen. Überhaupt wirkte sie immer so selbstsicher, so überzeugt und erhaben. Diese Frau benahm sich wirklich wie eine Königin oder Zarin. Und das Kleid wirbelte jedes Mal an diesem Knackarsch hoch, wenn sie sich drehte, lachend wieder mit Vivi vereinte und dann auf heißeste, dreckigste und tödlichste Art weitertanzte. Die Heels an diesen endlos langen Beinen würden mein Untergang werden!

Tommy und ich hockten an einem der runden Tische, jeweils ein Getränk vor uns, mit dem Strohhalm im Mund, und starrten und starrten und starrten. Wobei Tommy immer betrunkener, mir aber diese Erlösung nicht gegönnt wurde.

»Verfickte Scheiße, wieso tut sie das nua?« Ja, Tommy lallte eindeutig und ich grinste humorlos, weil ich genau wusste, wieso sie das tat. Bis jetzt hatte ich Tommy nur niemals erleuchtet. Manchmal war ich eben sadistisch veranlagt. Und?

»Weil sie dich anmachen will.«

Nun ploppte der Strohhalm aus seinem Mund, denn Tom saß mit einem Mal kerzengerade und glotzte mich an. Na gut, ich musste ihn am Kragen packen und zurückziehen, damit er nicht rückwärts den Abgang von dem ungemütlichen Barhocker machte. Mir konnte das nicht passieren. Erstens war ich nüchtern und zweitens hatte ich ja Valerie als Krücke an meiner Seite. Diese Frau war so anhänglich, dass ich ihre Anwesenheit zwischenzeitlich vergaß, so wie die teure Uhr an meinem Handgelenk.

»Sie will MICH anmachn? Sie? Diese kleine süße Elfe, dieses wundersame Wesen, diese Kirsche auf dem Sahnehäubchn von Gottes Geschöpfn?« So geschwollen redete nur Tommy daher. Selbst im angetütertem Zustand bekam er das noch hin. Unglaublich! Nur mit Mühe verkniff ich mir ein Lachen und klärte ihn auf. Denn das Elend war nicht mehr zu ertragen.

»Mann, Alter. Vivi war in dem Moment heiß auf dich, als ihre Muschi anfing zu sprießen, und du checkst es einfach nicht!«

»Sprich nich so über ihre Muschi!« OH, oh! Wenn Tommys Augen so gefährlich blitzten, wollte ich mich nicht mit ihm anlegen, weshalb ich schnell abwehrend die Hände hob. Er war so ein blinder Idiot! Sie vergötterte ihn genauso, aber er war zu bescheuert, das zu peilen! So viel Dummheit machte mich richtig wütend! Wie konnte man ein derart wunderbares Geschenk nur wegen seiner eigenen Feigheit nicht auspacken?

Es reichte!

Mit einem Ruck knallte ich mein Getränk auf den Tisch. »Du«, ich stach ihm förmlich mit dem Zeigefinger in den Zinken, der sich Nase nannte, »wartest genau hier!« Dann drückte ich ihn an der Schulter auf den Hocker zurück. »Du«, ich deutete auf die Klette, was ein wenig umständlich wurde, weil sie mir so nah war, und rupfte sie förmlich von meinem Körper, »passt auf ihn auf!«

Natürlich nickte sie eifrig, und ihr glasiger, sehnsüchtiger Blick folgte mir bis zu Vivi und Katharina auf die Tanzfläche.

Eigentlich wollte ich nur den einen Arsch, stellte mich aber trotzdem hinter Vivian und beugte mich vor, um ihr ins Ohr zu flüstern. Katharinas Blick streifte mich und sie stolperte ein kleines bisschen, als sie trotz des flackernden Lichtes mitbekam, wie ich meine Hände auf Vivis Hüften legte.

»Vivian, sag mal, tust du das mit Absicht?«, fragte ich geradeheraus und sie wirbelte erschrocken zu mir herum. An der Art, wie sich ihr Mund enttäuscht verzog, bemerkte ich sofort, dass sie mit einem anderen Wrangler gerechnet hatte, und verdrehte die Augen.

»Was meinst du?«, erkundigte sich die rothaarig gelockte Schönheit auch noch völlig arglos und ich zog sie kurzerhand mit mir. Von der Tanzfläche und dem lauten Lärm weg.

»Komm mit!«

»VIVI!«, rief Katharina völlig ... *hilflos*, und als ich ihr einen Blick über meine Schulter zuwarf, konnte ich tatsächlich so etwas wie ein sehnsüchtiges und gleichzeitig verletztes Glitzern in ihren Augen erkennen.

JA, JA!

»Du kriegst sie gleich zurück! Piss dir nicht ins Höschen!«, konterte ich wutentbrannt. Wieso konnte sie nicht meinetwegen so schauen?!

***

Sobald wir vor die heruntergekommene, dreckige Halle traten und die Frischluft uns fast erschlug, löste sich Vivi sehr rabiat von mir.

»SAG MAL, HAST DU SIE NOCH ALLE? SIE WIRD AUSRASTEN!«

»Hä?« Und dann schubste sie mich auch noch gegen die Mauer, damit ich ja so weit weg wie möglich war!

»WIE KANNST DU IHR DAS ANTUN UND *MICH VOR*

IHREN AUGEN ANMACHEN?«, brüllte sie direkt in mein Gesicht. Die umherstehenden Idioten grinsten sich den Arsch ab, bis ich ihnen den patentierten Wrangler-Klappe-Blick zuwarf.

»Wem?«, fragte ich die zierliche und eindeutig frierende Frau vor mir. Ja, meine Fresse, ich konnte auch nichts dafür, dass es jetzt regnete und deutlich kälter geworden war!

»KATHARINA, du Vollpfosten!«

»Hä?«

Vivi ging langsam aber sicher die Geduld aus, das merkte ich natürlich. Besonders als sie die Lider schloss und langsam – ganz langsam – bis zehn zählte. Sie öffnete die Augen, sah mein verdutztes Gesicht an, schloss sie ergeben wieder und zählte noch mal – diesmal bis zwanzig. Wahrscheinlich vorsichtshalber. Dann sprach sie durch zusammengepresste Zähne.

»Ich kann nicht verstehen, wie jemand vorsätzlich so blind sein kann, wie ihr beiden! NEIN!« Sie hielt mir den Mund zu! »Sag jetzt bloß nicht HÄ! MANN, PHIL, Katharina will keinen außer dich! Seitdem sie dich kennt, ist sie in dich verschossen!«

Heilige Scheiße! NUN war ich völlig sprachlos, außerdem hielt sie mir immer noch den Mund zu.

»JA, DU DEPP! Und du hast nichts anderes zu tun, als dir irgendeine dieser stupiden Deppinnen ins Bett zu holen, anstatt endlich mal zu erkennen, was DAHEIM, direkt vor deiner Nase, sehnsüchtig auf dich wartet!«

»Aber ...«

»Ja, natürlich hat sie es dir nie gezeigt! Es handelt sich um Katharina die Große! Sie will betört, sie will gebeten und angebettelt und angefleht werden, nur damit sie dich eines Blickes würdigt! Sie will es NUR von dir und dann machst du so was! Ist dir eigentlich klar, was du getan hast, als du anfingst, mit Valerie und den Ekelschlampen zu vögeln?«

»Was´n?«

»Du hast sie zum Abschuss freigegeben! Denn die ganze Schule wusste über euch Bescheid, außer euch! Jetzt, wo du augenscheinlich nicht mehr an Katha interessiert bist und sie somit auch nicht mehr beschützt, ist sie Freiwild für jeden Idioten, der sie heiß findet, und du kannst dir sicher sein, das sind so ziemlich alle!«

Heilige ...

Und da wollte ich gerade Vivi so ungefähr dasselbe ...

Aber ... das konnte doch nicht ...

Das war doch nicht ...!

Sie musste sich täuschen!

Ich kannte Katharina in und auswendig! Wenn sie etwas für mich empfinden würde, was auch nur im Geringsten an das herankam, was ich für sie fühlte, hätte ich das gemerkt, oder, oder ...

»Oh, heilige Scheiße!«, flüsterte ich wahnsinnig geistreich. Mir fiel nichts anderes ein, als einfach nur dazustehen und sie anzustarren.

»JA! Das kannst du laut sagen!« Sie tippte mir mit dem Zeigefinger in die Brust.

»Genau dasselbe wollte ich dir auch gerade sagen ...«

»Was?« Nun war auch sie verwirrt, GUT!

Grinsend versuchte ich an meinem heftig klopfenden Herzen vorbeizureden und mir nichts anmerken zu lassen. »Tommy. Er steht auf dich.« Ich grinste breiter. »NEIN, sag jetzt bloß nicht WAS, geh da einfach rein und tanz ihn doch mal an, dann wirst du sehen, was ich meine!«

Sofort erstrahlten ihre feinen Sommersprossen, weil sie knallrot wurde.

»Das kann ich nicht!« Sie wirkte wie ein kleines, verschämtes Mädchen, was mich nur noch mehr amüsierte – ich geb´s ja zu!

»Wieso nicht?«

»Das ist Tom.«

»Ach!«

»Und er ... er ... könnte JEDE haben, so wie Tristan oder du ...«

»Ja klar! Aber er will nicht jede. Er will dich!«

»Glaubst du?«

»Wenn ich etwas weiß, dann *das*!« Ich wusste ganz genau, was er jeden Abend allein in seinem Zimmer tat, mit seinem Fernglas und ... scheiße, der war ECHT irre!

Sie überlegte lange ... sehr lange ... dann leuchteten ihre Augen auf. Diese Art von Leuchten, das ich nie mochte, weil es absolut uneinschätzbar war.

»Okay, weißt du was?!«

»Was?«, fragte ich mürrisch und bereute dieses Gespräch schon jetzt. Ziemlich!

»Ich habe einen Plan!« Angestrengt strich ich mit beiden Händen über mein Gesicht. Mit einem Mal war ich so verdammt müde ... »Ich geh zu Tom und du zu Katha und dann tanzen wir mal ne Runde, okay?«

Heilige Scheiße!

»NEIN!« Ich klang wie eine quietschende Kirchenmaus. Und ich HASSTE Mäuse!

»Willst du damit etwa sagen, ich bin mutiger als der große Philip Wrangler?« Und WIE herausfordernd mich das kleine Biest anfunkelte. Ich verengte die Augen.

»Leck mich!« Und somit marschierte ich geradewegs an ihr vorbei. Sie würde schon sehen, dass sie unrecht hatte!

Katharina beachtete mich nicht mal!

Wie konnte es da sein, dass sie etwas für mich empfand?!

Das war einfach nur: totaler Bull-Mega-Shit!

6. DIE MIT DEM WOLF TANZT

Katharina ›flying‹ Oskorbova

Hände kamen scheinbar aus dem Nichts, noch niemals zuvor hatte ich so etwas gefühlt ... Es kribbelte, es wurde warm und ich wollte, dass sie mich nie wieder losließen! Wie konnte das sein?

Ich wirbelte herum und sah völlig schockiert, konfus und außer mir in Philip Wranglers Augen, der direkt vor mir stand. Mit jedem Arschloch hätte ich gerechnet – heute Abend reihte sich eins an das andere, wie bei einer Polonaise –, doch niemals mit ihm!

War er betrunken? Nein! Das hätte ich mitbekommen!

Hatte er gekifft? Ja, aber das war für ihn normal bei Partys.

Hatte er was anderes genommen? So sah er nicht aus, als sich seine wunderschönen Lippen zu einem winzig kleinen Lächeln nach oben zogen. Oh Gott! Fast hätte es mich rückwärts umgehauen, doch da war ja noch seine riesige Hand auf meiner Hüfte, und ich wartete ... wartete fast schon ängstlich, denn ich wollte nicht, dass es geschah. Doch gleich würde es passieren. Gleich würden sie kommen: die Schweißausbrüche, die Übelkeit, das Gefühl, aus meiner eigenen Haut kriechen und mich irgendwo verstecken zu wollen, wo kein Mensch jemals hingelangen konnte. An einem dunklen Ort, einem Ort, der meiner Seele glich.

Aber nichts.

Da war einfach nur seine Hand an meiner Hüfte, mit der anderen strich er sich durch seine Haare!

Seine wunderschöne, männliche Hand, die ich mir in meinen sehnsüchtigsten Träumen bereits seit Jahren genau dorthin wünschte. Ich war völlig baff, besonders als er sich wie in Zeitlupe vorbeugte. Erst einmal konnte ich mich nur auf seine wunderbaren Augen konzentrieren, dann traf mich sein noch besserer Geruch, gefolgt von seinem heißen Atem, der über meine Wange glitt, als er hauchte.

»Ich muss dir etwas sagen!« Und mein Herz blieb stehen! Langsam zog er mich an sich und ich folgte, wie hypnotisiert, erschauerte sogar ein wenig, als ich letztendlich seinen riesigen, harten Körper berührte. Seine Nase strich durch mein Haar. Atmete er etwa durch? Oh Gott! Dabei wurden gerade *meine* Sinne von *seinem* Duft umnebelt. War es bei ihm genauso?

»Ich hab dich den ganzen Abend beobachtet und muss es dir einfach sagen: Du siehst heute verfickt perfekt aus.« SUPER! Ja natürlich, das tat ich immer! Das war schließlich mein Image! Ich konnte gar nicht anders, als so auszusehen und wurde bereits vom Rest der Menschheit nur auf mein Äußeres reduziert. Von ihm hätte ich das aber nie erwartet. Und das auch noch, nachdem er sich mit Vivi davongemacht hatte, um was auch immer mit ihr zu tun. Ich war sauer! Klar, dass es bei diesem Kompliment so heftig in meiner Brust stach und ich fast schon angewidert vor ihm zurückwich.

»Was soll das? Warum hat sich der große Philip Wrangler dazu herabgelassen, mir so ein Gesülze in mein Ohr zu flüstern? Soll ich jetzt auch eines von deinen Betthäschen werden?«

Sofort wurde er kreidebleich – ich hätte mich ohrfeigen können! Wieso konnte ich meine spitze Zunge nicht *ein* einziges Mal in Zaum halten! Wieso konnte ich nicht *einmal* einen Menschen an mich ranlassen, besonders, da es sich um den einen handelte, bei dem ich das wirklich, wirklich, wirklich wollte?

Verdammt!

Seine gerade noch so offenen Züge verhärteten sich, seine Augen drohten unheilvoll.

»Ich wollte dir nur ein verficktes Kompliment machen!«

»Wieso?«

»Weil es die Wahrheit ist!«

»Ja, vielen Dank auch!«, spie ich ihm förmlich entgegen. Keine Ahnung, warum, aber ich war außer mir! Musste er sich jetzt auch noch in die Reihe der hirnumnebelten Möchtegern-Casanovas reihen? »Ist das heute ein verdammter Wettbewerb von euch Idioten?«

JETZT funkelten seine Augen erst WIRKLICH!

»Sorry! Es wird nicht wieder vorkommen! Ich hatte tatsächlich für einen kurzen Moment vergessen, dass du so tust, als wäre dir so etwas egal. Aber ich durchschaue dich, das ist Teil deiner Show! Dein Aussehen ist im Endeffekt doch alles, was du vorzuweisen hast, das wissen wir beide! Vergiss nicht, ich kenne dich!«

Ich holte heftig Luft, denn er sprach sanft und dennoch fühlte ich mich, als würde er mich gerade aus vollem Halse anbrüllen. »Wen hast du eigentlich von uns dreien auserkoren, um ihn auszunehmen, wie es deine Mum bei meinem Dad gemacht hat?«, bohrte er mies weiter, geradewegs in mein Herz und in die schmerzhafteste Wunde. »Wahrscheinlich hatte sie genug und ist deswegen anstandslos ohne ein Tschüss oder ein persönliches Wort an uns einfach abgehau...«

Weiter kam er nicht. Eine schallende Ohrfeige unterbrach diesen absoluten Tiefschlag, zu dem er sich gerade, wieso auch immer, herabließ. Das war sonst gar nicht Philip Wranglers Art! Von jedem hätte ich diesen Schuss unter die Gürtellinie erwartet, nur nicht von ihm! Gleichzeitig hätte es bei keinem so sehr geschmerzt.

Ohne seine Reaktion abzuwarten, wirbelte ich herum und

rannte davon. Raus, ich musste raus, denn gleich würde ich heulen, was untypisch für mich war. Außerdem wollte ich ihm diese Genugtuung nicht gönnen!

Er hatte diese Worte besser benutzt als jede Peitsche. Mein Inneres war aufgeschlitzt und blutig!

Das dachte er also von mir und meiner Mutter?!

***

Ich brauchte frische Luft, also rannte ich nach draußen. Das hätte ich nicht tun sollen. Denn sofort knallte ich in Sergejs widerlich stinkende Brust. Der Schock hatte wenigstens etwas Gutes – das Gefühl heulen zu müssen verging schlagartig, dafür keimte etwas anderes in mir auf. Etwas, das ich so lange, so gut verdrängt hatte, brach aus mir. Nämlich in dem Moment, als Sergej mich angrinste, mich grüßte, und ich seinen abartigen, von Alkohol durchtränkten Atem roch, während von hinten zwei seiner Freunde lautlos an mich herantraten.

Diesen alkoholisierten Atem hatte ich einmal zu oft ertragen müssen.

Die Haare in meinem Nacken richteten sich auf.

Das durfte nicht wahr sein!

Sofort versteifte ich mich, wagte nicht einmal mehr Luft zu holen, und alles fing an, sich unschön zu drehen. Verdammt, ich hätte den letzten Cocktail nicht mehr trinken und drinbleiben sollen, bei Philip! Jetzt war ich hier allein mit drei betrunkenen Halbwüchsigen, deren Stolz ich verletzt hatte und die mir nun beweisen wollten, was ein richtiger Mann war!

In diesem Moment spielten sich vor meinem inneren Auge sämtliche Selbstverteidigungskniffe ab, die ich je gelernt hatte.

»Nein!«, schrie ich, als Sergej mich kurzerhand am Oberarm packte und hinter die Halle schleifte.

Mittlerweile hatte es angefangen zu regnen, weshalb meine Haare, genauso wie mein Kleid, sofort durchnässt waren und an meinem Körper klebten. »LASS MICH SOFORT LOS!« Ich schaffte es, ihm einen ordentlichen Tritt gegen sein Schienbein zu verpassen. Dem Kerl hinter mir rammte ich meinen Hinterkopf in die Nase, sodass es knirschte, doch dann war meine Glückssträhne vorbei. Einer von Sergejs Freunden, der wohl jeden Tag im Fitnessstudio verbrachte, übernahm die Führung und gab mir kurzerhand eine schallende Ohrfeige, von der mir schwarz vor Augen wurde und meine Lippe aufplatzte. Zwar konnte ich einiges einstecken, aber selbst ich kam irgendwann an meine Grenze.

Bevor ich auf dem Boden aufschlagen konnte, zerrten sie mich schon weiter. Eine verschwitzte Hand lag dabei auf meinem Mund. Meine Schreie und Bisse ignorierten sie, alles drehte sich nun so wild, dass ich Mühe hatte, bei Bewusstsein zu bleiben, während sich meine Knie wie Gummi anfühlten, ich auf den dünnen Heels immer wieder umknickte und schließlich einen Schuh verlor. An den Haaren wurde ich an eine raue Wand geschubst, dabei schlug ich mir den Kopf an und ging fast wieder zu Boden. Widerliche Hände hielten mich aufrecht, hämische Stimmen sprachen direkt in mein Ohr. Ich musste würgen, weil es hier so nach Alkohol stank und ich die Angst nicht mehr unterdrücken konnte. Es war zu viel, ich wusste nicht worauf ich mich konzentrieren sollte. Alles vermischte sich zu einem Chor des Grauens, der in mir immer lauter wurde und mich nicht klar denken ließ.

Sie johlten und lachten, als ich mich erneut wehrte, worauf sie mir noch eine verpassten. So heftig, dass meine Augen nach oben rollten und ich schließlich doch auf dem Boden landete.

Der Asphalt unter meiner Wange war kalt, der auf mein Gesicht tropfende Regen noch kälter, doch ich konnte mich nicht mehr aufrichten. Mein Kopf dröhnte heftig und mir war speiübel.

Ein Blitz zuckte über den Himmel.

Sie traten mir in den Bauch, sodass ich keuchte und mir fast die Galle hochkam.

Ich schrie! Das hatte *mein Vater* auch immer getan ... und ich hatte ihm nie diese Genugtuung gegeben! Immer hatte ich geschwiegen!

Das war der Moment, in dem sich die Vergangenheit in die Gegenwart drängte und Erinnerungen zutage förderte, die ich längst begraben hatte! Denn ich hatte mir geschworen, so etwas nie wieder zuzulassen. Er würde NICHT immer noch mein Leben bestimmen! Ich würde NICHT an ihn denken! Ich würde KEINEN Flashback haben!

Früher – in grauer Vorzeit – hatte ich es immer geschafft, mich an einen Ort in meinem Kopf zurückzuziehen – in die Halle, zwischen meine Bälle und Bänder und zu dem Gefühl des Fliegens.

Es gelang mir gerade so, bevor sie ihre Hosen öffneten und mich anpissten ... wie ein Stück Dreck in der Gosse.

***

Meine Hände bebten so sehr, dass ich kaum den Schlüssel in das Schloss bekam, doch irgendwann klappte es.

Sofort kam ›Petry‹, mein schwarzer, leicht gestörter (okay, das sind wohl alle Katzen) Kater angelaufen und schmiegte sich maunzend um meine Beine. Ich ignorierte ihn ausnahmsweise, streifte den verbliebenden Schuh ab und stolperte drauflos. Keuchend hangelte ich mich an dem winzigen Tischchen im Flur entlang, zum Türrahmen und direkt in das winzige Bad.

Der strömende Regen auf dem Weg nach Hause hatte das meiste schon weggewaschen, trotzdem fühlte ich mich wie der Dreck, in dem ich gerade eben noch gelegen hatte.

Mit letzter Kraft stützte ich mich mit beiden Armen am Waschbecken ab und hob den vermeintlich zentnerschweren Kopf. Sobald ich mich im Spiegel betrachtete, die aufgeplatzte Augenbraue und die ramponierte Lippe bemerkte, schluchzte ich auf. Zudem fehlte meine einfache, goldene, dünne Kette mit dem russisch-orthodoxen Kreuz. Ich betastete mein Dekolleté, sah meine aufgeschürften Knöchel, die zerkratzten Hände und abgebrochenen Fingernägel, doch sie war verschwunden.

»Nein ... bitte nicht ...«, schniefte ich, zerrte mir das dreckige Kleid vom Körper und durchsuchte jedes Stückchen davon. Ich fand sie nicht ... nein, ich fand sie nicht! Die Kette war weg! Alles, was ich noch von ihnen gehabt hatte!

»NEIN!« Schluchzend fiel ich auf die Knie, hielt mich aber noch mit den Händen am Waschbeckenrand fest. Kraftlos rutschten meine Finger an der glatten Fläche ab und ich sank komplett zu Boden, wo ich mich zusammenrollte. Verzweifelt und vor Kälte zitternd konnte ich mich nicht dazu bringen wieder aufzustehen, um unter die warme Dusche zu gehen.

Stattdessen ließ ich den Tränen freien Lauf. Nicht dass ich es wollte – ich konnte nur einfach nicht anders. Das erste Mal seit Ewigkeiten!

7. FALSCHE WAHRHEITEN

Philip ›abgefuckt‹ Wrangler

Wir suchten sie überall – selbst Tristan beteiligte sich daran. Doch wir konnten sie nicht finden. Wahrscheinlich war Katharina schon längst bei sich zu Hause, also entschieden wir auch heimzufahren. Besonders weil Tom drängelte. Er konnte wohl nicht abwarten, Vivi in sein Bett zu zerren, oder sonst wohin. So genau wollte ich es nicht wissen, auf jeden Fall hatte unser Gespräch Wunder bewirkt.

Aber vorher hatte ich noch was Wichtiges zu erledigen.

»Ich muss pissen«, verkündete ich an Tristan gewandt und machte mich auf, um eine geeignete Stelle zu finden. Ich ging um die Halle herum und stellte mich breitbeinig hinter ein abgewracktes kleines Gartenhäuschen, um meine Notdurft zu verrichten. Stöhnend ließ ich dabei den Kopf nach hinten fallen, blickte in den Himmel, von dem es herabregnete und überlegte, dass heute ziemlich viele Wolken da waren. Kein Stern war zu sehen.

Was würde Katharina nun von mir denken?

Ich war vorhin so ein Arschloch gewesen! So kannte ich mich gar nicht.

Aber dass sie mich mit den anderen verglich, hatte mir den Rest gegeben. Und das, obwohl ich endlich über meinen Schatten gesprungen war!

Seufzend schloss ich meinen Reißverschluss und wollte gerade wieder zurückkehren, da fiel mir im Augenwinkel etwas auf.

Ein goldenes Glitzern, direkt zu meiner Rechten, leicht erleuchtet von einer Laterne. Als ich darauf zutrat und mich hinhockte, erstarrte ich schockiert, denn ich erkannte diese abgerissene Kette mit dem schlichten goldenen Kreuz sofort!

Sie gehörte Katharina!

»Scheiße!«, stieß ich hevor und hob sie auf, fühlte das feine Edelmetall kaum auf meiner Handfläche, bevor sich meine Faust fest darum schloss und ich sie an meine Stirn drückte. »FUCK!«

***

Ohne nachzudenken lief ich los. Direkt zu ihr. Natürlich wusste ich, wo sie wohnte, schließlich hatte ich ihre Mutter schier vergöttert. Es war über all die Jahre eine Selbstverständlichkeit für mich geworden, die Frau, die mich vom ersten Moment an verwöhnt hatte wie nur eine es konnte, nach Hause zu begleiten. Natalie Oskorbova war immer für mich da gewesen. Umso sehr schmerzte nun ihr Verlust.

Wie ein Zombie folgte ich dem Weg, den ich in und auswendig kannte. Das schwarze Shirt klebte durchnässt an meinem Körper, die Jeans war völlig durchweicht und ich konnte vor lauter Regen kaum geradeaus sehen, als ich vor ihrer Tür ankam.

In mir herrschte so ein unsagbares Chaos, so eine Unruhe, so eine Zerrissenheit, dass ich mich nicht dazu bringen konnte, normal zu klopfen, sondern gleich mit der Faust drauflosmämmerte.

»KATHARINA! BIST DU DA?« Es ertönte nichts aus dem Inneren der Wohnung, außer einem herzhaften Miauen. Das war wohl ihr komisches Satans-Vieh mit dem angeknabberten Ohr und den leuchtend gelben Augen.

Dieser schwarze, uralte Kater!

Immer wenn ich bei ihr gewesen war, hatte DAS MONSTER

auf seinem Schrank gesessen und mich total angepisst angefaucht. Mit riesigen Neon-Scheinwerfern und strahlend weißen, spitzen Zähnen, die in der Dunkelheit aufblitzten und mir bis in meine Albträume folgten. Katharina liebte den Kater, bei ihr zeigte er sich auch nur von seiner besten, schnurrigsten Seite und streifte zur Begrüßung lieblich maunzend um ihre langen, wunderschönen Beine. Sogar sein wuschiges Fell glättete er für diese Anlässe irgendwie! Sobald sie ihn hochhob, rieb er seinen Kopf träumerisch an ihrem Kiefer, ihrem Hals, ihren Titten! Mich nicht aus den Augen lassend – als würde er mich provozieren wollen. Doch ich hatte ihn durchschaut!

Ich hatte immer Schiss gehabt, dass er mir eines Tages einfach an die Kehle springen und mir das Blut aussaugen würde, weswegen ich hier immer nur das Nötigste erledigt hatte. Einkäufe hochtragen, russischen Zupfkuchen, russisches Konfekt, russisches Eis futtern, uuund weg! Das war normalerweise die Devise! Heute nicht!

Selbst als ich das Ohr an das Holz presste, hörte ich NICHTS! Prompt ging ich in die Knie und versuchte, unter der Tür durchzulinsen. Hoffentlich kam keiner vorbei und hielt mich für einen Stalker. Einer in der Familie reichte schließlich.

AHA! Es brannte Licht, was hieß, dass sie da sein *musste!* Also hämmerte ich sofort noch mal.

»Ich weiß, dass du da bist! MACH DIE VERFICKTE TÜR AUF!«

Nichts!

»KATHARINA! VERARSCH MICH NICHT!«

Nichts!

»Ich schwöre, ich werde die Tür eintreten!«

Nichts!

Verzweifelt schloss ich die Lider und hämmerte mit der Stirn gegen das Holz, bevor ich sie kraftlos daran lehnte.

Natürlich würde sie nicht öffnen, schließlich hatte ich sie in ihrem Stolz verletzt und alles beleidigt, was ihr heilig war. Denn sie HASSTE es wie die Pest, wenn die Menschen sie nur auf ihr Äußeres reduzierten! *Eine blonde Playboyschönheit – geil, kann man ficken, sonst nichts!* Dabei hatte sie so viel mehr zu bieten! Köpfchen! Und Scharfsinn! Und Mut! Und Stärke! Verwegenheit ... *Verletzlichkeit.*

Und was hatte ich gemacht? Genau das, was sie am meisten verabscheute.

Niemals würde sie öffnen! Und wenn ich die Tür eintrat, hätte ich die verfickten Polizistenwichser am Hals. Am besten noch Harald Engel! Ein Zusammentreffen mit dem hatte ich bis jetzt vermeiden können, doch von Tristan wusste ich, dass der nicht richtig tickte. Mein Bruder saß ungefähr einmal im Monat bei dem Psychobullen auf der Wache. WENN Tristan brav war (ansonsten öfter). Aber es gab tatsächlich Ausnahmen und er versuchte sich zu benehmen, um die dringend benötigten Belohnungen zu kassieren, wie zum Beispiel eine neue Playstation, Reisen, Festivaltickets, Wellnessaufenthalte – was ein Mann von Welt halt so braucht.

»KATHARINA, bitte, du weißt, dass ich öfter Scheiße laber ...« Dies kam um einiges leiser, eindringlicher und auch rauer, doch sie reagierte immer noch nicht. Natürlich.

Angestrengt rieb ich mir über die Augen und Wangen. Okay!

Das Kettchen passte genau unter dem Spalt durch. Als ich es durchschob, wurde es sofort von der anderen Seite ergriffen und mir förmlich aus den Fingern gezerrt! Dem folgte ein leises Schniefen.

Ermutigt hockte ich vor dieser dämlichen Tür und legte die flache Hand darauf. Wahrscheinlich lehnte sie von innen in der gleichen Pose daran. Und vielleicht konnte ich jetzt ehrlich zu ihr sein, wenn ich sie nicht sah und sie mich nicht mit ihrer unbändigen Schönheit und ihrer unnahbaren Art einschüchterte. »Das vorhin ... das war Scheiße! Aber es hat mich nur so verdammt sauer gemacht, dass du mich mit ihnen verglichen hast! Als würde ich dich jemals für mein Bett wollen! Du ... du ... bist für mich mehr als nur eine schöne Hülle. Verdammt!« Wenn sie eines konnte, dann eine eiskalte Aura ausstrahlen, die nun sogar durch das Holz zu dringen schien. Ihr Schweigen teilte mir manchmal mehr mit, als Worte es jemals vermocht hätten, und ich schluckte staubtrocken. Konnte ich mich dennoch überwinden und ihr einmal sagen, was in meinem Kopf vorging?

»Katharina, bitte hör auf damit, die Starke zu spielen! Du kannst mir schon seit Jahren nichts vormachen. *Ich weiß*, dass du zwei Seiten hast – die hat jeder, sogar ich. Derjenige, dem du mal dein Innerstes offenbaren wirst, den du hinter die Fassade blicken lässt, wird garantiert der glücklichste Mann der Welt! Du bist wunderbar und wehe du verdrehst jetzt die Augen! Spring endlich über deinen verdammten Scheißschatten und mach die Tür auf! Ach fuck!« Ich hörte mich an, wie eine verdammte Schnulzkuh und hatte für sowas schlichtweg keine Geduld!

Verdammte Scheiß-Weiber!

Schließlich räusperte ich mich und stand auf. »Antworte wenigstens!« Und ich bekam die Antwort.

»Hau verdammt noch mal endlich ab!«

Mehr konnte ich wohl nicht erwarten.

Kopfschüttelnd schloss ich die Lider, drehte mich um und ging. Irgendwann würde sie sich mir schon öffnen, denn ich musste wissen, ob etwas an Vivis Worten dran war, aber zwingen konnte ich SIE sicher nicht.

Ich saß auf dem kalten Boden, die Arme um meine angezogenen Knie geschlungen und lehnte eine (gerade anschwellende) Wange an das kühle Holz. Dabei stellte ich mir vor, ich könnte meinen Kopf so an seine Brust legen. Was er am Anfang vor seiner Fluch-Arie über mich gesagt hatte, war so schön gewesen, dass ich lächeln musste. Er fand mich wunderbar? So ehrlich wie jetzt hatte ich Philip Wrangler noch nie erlebt und vor allem hatte er mit mir vermutlich noch nie so viel an einem Stück geredet wie gerade eben! Ich wünschte mir so sehr, dass seine Worte wahr wären. Dass er mich wirklich so sah – mich nicht nur beruhigen und somit die Wogen zwischen uns glätten wollte. Okay! Er wollte mich nicht in seinem Bett, was schmerzhaft in meiner Brust stach, mehr als es sollte. Denn ich war die Letzte, die sich selbst jemals zu einem dämlichen Fickschnitzel degradieren würde. Doch Tatsache war: Ihm einmal so nah sein zu können – das wäre die Erfüllung meiner geheimsten, innigsten Sehnsüchte.

Vielleicht wären die Tränen versiegt und vielleicht hätte es die widerlichen Ereignisse des Abends überlagert, wenn er mir gesagt hätte, dass *er* gern der Mann an meiner Seite wäre. Vielleicht hätte ich mich dann wieder wertvoll gefühlt.

Oh, wie schnell wäre ich in seine Arme gefallen. In Arme, vor denen ich tatsächlich nicht zurückschreckte, wenn sie mich berührten! Auf der Tanzfläche hatte sich meine Vermutung endlich bestätigt.

Und dann hätte er mich gerächt, weil er nun mal ein Wrangler war. Denn eines wusste ich genau: was ein Wrangler liebt, das beschützt er. Aber das wollte ich nicht! Ich würde ab jetzt mit allem allein klarkommen müssen und ich sollte mich verdammt noch mal endlich daran gewöhnen!

8. Eiertanz die Erste

Phil ›keine Ahnung‹ Wrangler

»Verfickte Scheiße! Hast du ein beschissenes Veilchen?« Dieser Ausruf dröhnte mir entgegen, sobald Katharina das Haus betrat, und er stammte von Tristan.

Den Samstag hatte ich hauptsächlich vor ihrer Tür verbracht, doch sie hatte nicht geöffnet. Also hatte ich ihr ein paar Tankstellen-Sandwiches und ihr Lieblingseis (Bum-Bum) davorgelegt, einen Zettel daruntergeschoben auf dem »ISS!« stand und mich zurückgezogen.

Nun saß ich an diesem Sonntagmorgen mit Tommy (Vivi war nicht da, denn sie musste mit ihren Eltern ins Spa) auf der Couch und zockte mit ihm *Resident Evil.* Wir befanden uns in einer epischen Schlacht, was aber gerade scheißegal geworden war, denn Katharina war da!

Als ich Tristan hörte, sprang ich in nichts weiter als schwarzen Shorts direkt über die Lehne und stürmte in die angrenzende Küche, in der Katharina gerade zwei dicke Einkaufstüten von der Tankstelle auf den Tresen hievte. Die bläuliche Verfärbung auf ihrer Wange fiel mir direkt ins Auge. Tristan, der aus unerfindlichen Gründen bereits bei ihr war, wurde umgehend zur Seite gestoßen, bevor ich ihr Gesicht umfasste. Instinktiv. Ich konnte nicht anders. Sie zischte, aber zuckte nicht zurück, stattdessen versteinerte sie völlig.

»Wer hat das getan?«, wisperte ich. Mein Herz schlug bis in meinem Hals, mein Magen war verkrampft und meine Hände, die ihre Wangen sanft hielten, brannten wie FEUER. Sie spürte die aufflackernde Hitze zwischen uns wohl auch, denn unter der dicken Make-up Schicht, die sie sonst nie trug, verfärbte sie sich prompt knallrot. Und sie zuckte immer noch nicht zurück, sondern starrte mich nur absolut blank an, während ihre unsagbar schönen katzenartig geschwungenen Augen von Tränen geflutet wurden. TRÄNEN!

Ich wollte verfickt noch mal wissen, wer ihr das angetan hatte, und sie heulte! Meine Nasenflügel bebten, weil ich mich zusammenreißen musste, um sie nicht anzuschreien.

Im selben Moment riss sie sich los und drehte sich von mir weg.

»Ich bin hingefallen ...« Schnell umrundete ich den Tresen, um sie vor dem Kühlschrank zu treffen, in den sie gerade Milch packen wollte.

»Oh nein! Du kannst knicken, mich so billig abzuspeisen!« Wütend presste sie ihre Lippen aufeinander. Ich liebte es, wenn sie mich so kämpferisch anfunkelte wie jetzt, doch gleichzeitig fiel mir auf, dass auch ihre Unterlippe angeschwollen und sogar ihr zarter Kiefer verfärbt war. Sie hatte RICHTIG was abbekommen!

»Das geht dich gar nichts an! Besser?« Sie stieß mich kurzerhand mit ihrem spitzen Ellbogen zur Seite, und als ich trotzdem nicht zurückwich, stellte sie die Milch hinter mir ab. Inklusive Brust-an-*OMFG-Brust*-Kontakt! Viel zu schnell entfernte sie sich wieder von mir. Also packte ich sie am Oberarm und zog sie ziemlich ruckartig an mich. Dabei entging mir ihr Zusammenzucken keineswegs. Als ich dann noch die Hämatome auf ihren Armen sah, wollte ich endgültig ausflippen. Unerbittlich flammte der Hass auf den Verursacher dieser verflucht falschen

Flecken auf ihrer makellosen Haut auf. Ich konnte mich kaum noch beherrschen, sie nicht anzuschreien, damit sie mir endlich sagte, wer für diese gottverdammte Scheiße verantwortlich war.

Gleichzeitig wollte ich jedes einzelne Mal küssen, ihren Körper ehren und ihren Schmerz vergessen machen. Sie an mich ketten und nie wieder loslassen, damit so ein Dreck nicht noch einmal geschehen konnte!

Der in mir tobende Gefühlskrieg verwirrte mich zutiefst, denn ja, ich stand auf sie, aber bis jetzt hatte ich nicht gemerkt, WIE SEHR. Nichts hatte mich in meinem Leben jemals so rasend gemacht wie ihre Wunden. Katharina war eine große Frau, doch ich zum Glück auch ein großer Mann, weshalb sie mir nur bis zur Nasenspitze reichte. Im Funkelcontest begegneten wir uns aber auf Augenhöhe. Schon allein deshalb sollte sie mir gehören!

»UND WIE ES MICH WAS ANGEHT!«, knurrte ich ihr förmlich ins Gesicht und musste an mich halten, um nicht auf der Stelle zu explodieren – oder sie zu küssen. Was ungefähr den gleichen intensiven Charakter gehabt hätte.

Eiskalt starrte sie mich an.

»Bist du der Nächste, der versucht, mir seinen Willen aufzuzwingen?«

VERDAMMT! Das hatte gesessen! Als hätte ich mich verbrannt, ließ ich sie los. Wollte hilflos zu meinem Bruder sehen, doch der Verräter hatte sich bereits unauffällig vom Schlachtfeld verzogen und zockte mit Tommy weiter, als gäbe es uns gar nicht. Deserteur!

Mein gesamter Körper bebte und ich ballte abwechselnd die Fäuste, während ich die nächsten Worte rauspresste. »Also hat irgendein Dreckskerl es gewagt! Ich schwöre dir ...«

Ihr humorloses Lachen unterbrach mich rücksichtslos. »Halt die Klappe, Philip!«

Vor mir landete eine Sechser-Packung Cola. Sie hievte sie mit einer Leichtigkeit, als wären die Flaschen mit Watte gefüllt. Und trug dabei nichts als ein rot-schwarzes Kleid und wallende blonde Locken. Diese Frau war wunderschön und verdammt angepisst als sie mich erneut anfunkelte.

»Wieso interessiert es dich überhaupt, was mit mir eiskaltem, berechnendem Wesen passiert, das nur hier ist, um einen von euch auszunehmen? Weißt du was, Philip?« Oh scheiße! Nur sie nannte mich bei meinem vollen Namen und nur ihr konnte ich es nicht verbieten. Diese blutroten Lippen waren zu verführerisch, wenn sie ihn aussprachen. Sie musste nur etwas auf die Zehenspitzen gehen, um in mein Ohr zu flüstern. »Du wärst es nicht.« Lächelnd wich sie zurück. »Ist die Frage, ob ich mit dir auch ins Bett hüpfe, somit geklärt? Gut! Dann braucht es dich ja nicht weiter zu interessieren ...«

Meine Faust donnerte auf den Tresen.

»NUR WEIL ICH DICH NICHT ENDLICH FICKEN DARF, SOLL ES MICH NICHT INTERESSIEREN, WENN DICH JEMAND VERLETZT?«, brüllte ich durch das ganze Haus und JETZT zuckte sie vor mir zurück, obwohl ich sie nicht berührte. Als wäre die Tatsache, *dass* ich sie ficken wollte, das Schlimmste, was ich aussprechen konnte und als würde es sie am meisten von allem verängstigen.

»Heilige Scheiße, Phil! DU WILLST KATHA FICKEN?« Tristan war mit einem Mal wieder in der Küche und schrie mich an, um mich abzulenken. Als ob er das nicht bereits gemerkt hätte! Als ob ich ihn nicht durchschauen würde! Als ob ich mich JEMALS bei ihr vergessen würde! Was dachte das Arschloch nur von mir?! Was dachte SIE da erst von mir?!

»Was denkt ihr eigentlich von mir?!« Mit einer Hand strich ich mir durch die Haare. Ja, ich konnte meine Aggressionen schwer beherrschen, aber bei ihr würde ich mich niemals vergessen! Kaum bekam ich meine Zähne auseinander, aber ich sprach: »Natürlich interessiert mich, was mit dir passiert, egal was!«

»Von wegen!« Oh-ha! War da gerade etwas Ungeplantes aus Katharina rausgeschossen? Nur schwer verkniff ich mir ein kleines Lächeln, denn wenn sie sich gehen ließ, bemerkte man ihr wahres Alter, aber vor allem ihre Unsicherheit.

»Du denkst wirklich, du interessierst mich nicht?« Mit einem Mal war all die Wut verflogen, die mich gerade eben noch so siedend heiß durchflutet hatte. Ich wollte nichts anderes, als sie in meine Arme ziehen und verdammt noch mal vor jedem Bastard beschützen, der sie auch nur schief ansah. Ich wollte ihr zeigen, wie SEHR sie mich interessierte ... doch ich tat nichts dergleichen, sondern blieb stehen und bohrte weiter. Obwohl das sonst nicht meine Art war. Doch in diesem Fall musste ich ALLES erfahren! Da gab es keine Rücksicht und keine Kompromisse für Miss-little-fucking-hot-Princess. »So ziemlich alles, was dich betrifft, interessiert mich.«

Ihr Mund klappte auf! Fast hätte ich zu Tristan geblickt und ihn gefragt, ob es sich um eine Halluzination handelte oder ob das wirklich geschah. Einige Sekunden schien sie völlig ... *erschüttert*. Ich fasste unter ihr Kinn, sie ließ es zu, nicht wie bei diesem Sergej-du-wirst-bald-mit-einer-Gurke-in-den-Arsch-gefickt-Bastard.

Kurz wollte sie wegsehen, aber ich hinderte sie daran und klappte ihren Mund zu.

»Und ich würde niemals in meinem Leben etwas tun, was dich verletzen könnte.«

Irgendwas an den letzten Worten nahm sie mir wohl übel, denn sobald ich den Satz ausgesprochen hatte, verhärteten sich ihre anbetungswürdigen Züge und sie zuckte vor meinen Fingern zurück.

»Dass du auch noch leere Versprechen machst, hätte ich nicht von dir erwartet!« Mit diesen Worten wirbelte sie herum und verließ das Haus.

»Tolle Scheiße, Phil! Sie hat die Einkäufe noch nicht verstaut!«, war Tristans einziger Beitrag.

9. BODYGUARDALARM!

Katharina ›vor Peinlichkeit fast tot‹ O ... O ... Obstkorb

»Philip ... sag ihnen, sie sollen aufhören!«

»Wieso ich?«

»Weil du der Älteste bist!«

»Als ob sie auf mich hören würden ...«

Er ragte hinter mir auf wie ein tollwütiger Pitbull! So kannte ich ihn gar nicht, zumindest in der Schule.

Jeder, der unseren Weg vom Auto zur Schule nur streifte, machte sofort Platz. Manche so schnell, dass sie stolperten und fast hinfielen. Das war so alles nicht geplant. Ursprünglich wollte ich arrogant und ungerührt wirken. Stattdessen wollte ich jetzt meinen Kopf einziehen und keinem Einzigen in die Augen blicken, denn hinter mir ging nicht nur Philip. Oh nein! VOR mir lief Vivi, als ob das IRGENDWAS gebracht hätte! Zu meiner Rechten Tommy! Zu meiner Linken – tatsächlich Tristan!

Sie hatten eine verdammte Formation gebildet und dachten, keiner würde es merken! Das war so peinlich! Wir waren doch keine Wildgänse auf dem Weg in den Süden!

Trotzdem hielt ich mein Kinn oben und tat so, als würde diese Grausamkeit nicht stattfinden. Die Hände vergrub ich tief in meiner knappen beigefarbenen Lederjacke und ließ mich unauffällig zurückfallen. Prompt knallte ich in Philip, dessen Atem in der morgendlichen Kälte kondensierte, als er mich auslachte. Kaum stapfte ich wütend schneller, passten sie sich an!

Ob sie mir genauso hinterherkommen würden, wenn ich anfing, Haken zu schlagen oder im Kreis zu laufen?

Ich wollte sterben, aber gleichzeitig regte ich mich so über dieses entwürdigende Verhalten auf, dass ich ganz vergaß, ein mulmiges Gefühl wegen des bevorstehenden Zusammentreffens mit … *ihm* … zu haben! Genauso wie die Wut!

Was mich das ganze Wochenende über gequält hatte, als ich mit Petry auf der Couch lag, mit zugezogenen Vorhängen und dem Fernseher als einziger Lichtquelle, war wie weggeblasen.

Ich war echt zu sauer auf Philip und immer noch ziemlich ... *verwirrt.*

Zumindest seitdem sich ein ›endlich‹ in einen seiner Sätze geschlichen hatte. Ein kleines Wort sollte nicht so viel Bedeutung haben, wie ich sie ihm zukommen ließ, aber es war, wie es war. Und egal, wie ich es drehte und wendete, es hörte sich wunderbar an: NUR WEIL ICH DICH NICHT ENDLICH FICKEN DARF, SOLL ES MICH NICHT INTERESSIEREN, WENN DICH JEMAND VERLETZT?

Endlich. Endlich hieß, er wartete auf etwas schon sehr lange und sehr sehnsüchtig – etwa so lange und sehnsüchtig wie ich? Das konnte unmöglich wahr sein!

Komischerweise hatte er Valerie heute Früh den Laufpass gegeben, noch bevor sie sich an ihn kleben konnte wie alter Kaugummi. Auch Eva und die anderen Wrangler-Schlunzen bekamen kaum Beachtung. Sein Blick ruhte nur auf mir und er war ... wahnsinnig heiß!

DAS war *der* Blick!

Dunkel, verlangend, besitzergreifend.

Er machte tatsächlich die Scham und das Grauen von Freitagabend wett. Das Kribbeln war um so vieles stärker als alles Negative. Andere Gedankengänge hatten schlichtweg Vorrang. Ich fragte mich, ob es wirklich möglich war, dass ich Philip

Wrangler auf DIESE ART INTERESSIERTE.

»Immer vorsichtig, Kleines!« Als ich bei dieser Überlegung stolperte – und das passierte mir sonst nie –, war es seine Hand, die mich am Ellbogen fasste und auffing. Ich mochte das. Zu sehr, als dass es gut sein konnte!

Zum Glück waren wir schon fast in unserem Klassenzimmer und einige der fröhlichen Gänse-Schar verließen uns.

Philip begleitete mich bis an meinen Platz und setzte sich tatsächlich *auf* meine Tischkante. Mit engem, schwarzem Shirt, das über seinen Muskeln spannte und diesen bedrohlich wirkenden Tätowierungen, die sich an seinem Hals und einen Arm herabschlängelten, inklusive einem wahnsinnig aufwühlenden Blick. In meinen Ausschnitt! Das hatte er noch nie getan! Ich glaube, ich hatte ihn auch noch nie auf irgendeiner Kante sitzen sehen. Und erst recht glotzte Philip Wrangler in keine Ausschnitte. Mein Dekolleté prickelte! In dem Moment beugte er sich zu mir vor und starrte mir prüfend ins Gesicht.

»Alles klar? Du siehst aus, als hätte dir jemand mit einem Knüppel auf den Kopf gehauen.«

OH mein Gott ... wie sprach man noch mal? Wie hieß ich? Wieso waren seine Augen plötzlich so nah? Es war unausweichlich! Meine 3-Sekunden-Regel ging flöten, so ziemlich mit allen anderen zusammenhängenden Gedankengängen. Philip Wrangler umfasste mit einer Hand gemächlich meinen Kopf und strich mit seinem Daumen vorsichtig über meine Schläfe.

»Ich glaube, ich bringe dich besser nach Hause ...«

Erst als ich im Augenwinkel eine Bewegung wahrnahm, fiel mir auf, dass sich der Rest der Klasse auch eingefunden hatte. Valerie schoss visuelle Giftpfeile in meine Richtung, ebenso diejenigen, die ich extra noch direkt fixieren wollte, um ihnen zu zeigen, dass sie mich nicht unterkriegen konnten!

Philip machte alles kaputt!

Ich war kein kleines, süßes Weibchen, das man beschützen musste! Das sollte gerade er am besten wissen! In seiner Gegenwart wurde ich schwach, und das war das Schlimmste, was mir passieren konnte. Das durfte ich nicht zulassen!

Wenn du weich wirst, wirst du unvorsichtig und dann fickt dich das Leben sofort! Von hinten!

Leider blieb mir nichts anderes als die Flucht, was das alles endgültig zu einem Desaster verdammte.

»Ich habe doch gesagt, deine Mühen sind umsonst!«, zischte ich Philip zu, packte mein Zeug und ... verschwand! Er lief mir hinterher. Ich hörte es genau und das, obwohl der Lehrer mir eigentlich schon mitgeteilt hatte, dass ich gefälligst dableiben sollte.

»KATHARINA!«

»Halt die Klappe!«

»HEY?!« Bevor er meinen Arm ergreifen konnte, packte ich den Riesen am Kragen und drückte ihn gegen die Wand. Ich wusste nicht, was in mich gefahren war! Wir funkelten uns Millimeter voneinander entfernt an.

»Ich. Brauche. Dich. Nicht!«

»Ach ja!« Obwohl ich nun zurückwich, ergriff er mein Handgelenk, für die Situation total sanft, und hob es hoch, damit die blauen Flecke mir förmlich ins Auge stachen. »Das sieht man!«

»Seit wann bist du so versessen darauf, mich zu beschützen? Die letzten Jahre war ich dir auch egal!« In seinen Augen blitzte etwas auf, dann lehnte er sich mit einem Mal mit dem Ellbogen an die Wand hinter mich, keilte mich ein, war mir so nahe, dass wir dieselbe Luft atmeten und ich … erstickte nicht. Das Gegenteil war der Fall, während ich von seinem Blick gefesselt wurde und seine Fingerspitzen von meinem Handgelenk bis zu meiner Schulter hinabglitten.

»Egal?«, wisperte er an meinen Lippen. Im Augenwinkel bemerkte ich, dass einige Klassentüren aufgingen und Lehrer todesmutig nach draußen linsten. Keiner griff ein. Träge strich er meine Haare über meiner Schulter zurück. »Du warst immer das Wichtigste für mich!«

»WAS?«

Er lachte leise und strich mit seiner Nase über meinen Haaransatz. Ich im Gegensatz hätte heulen können, denn ich fand das nicht witzig. Gleichzeitig erwärmten dieser so seltene Laut und seine Worte einen Ort tief in mir, denn sein Lachen war wahnsinnig attraktiv. Schnell riss ich mich wieder zusammen und schubste ihn an den Schultern von mir. Nur wenig in meinem Leben war mir jemals schwerer gefallen. So bedrohlich wie möglich sah ich ihn an.

»Kümmer dich um deinen eigenen Scheiß! Ich sage es dir jetzt ein letztes Mal!« Somit ließ ich ihn stehen und flüchtete erneut. Vor allem vor mir selbst, denn ich hatte nun die Gewissheit. Nein, bei Philip Wrangler bekam ich keine Schweißausbrüche, wenn er mir nahe war, und wenn er mich berührte. Mir wurde auch nicht übel, oh nein, es fühlte sich wunderbar an. Kribblig und berauschend und so vertraut – wie nach Hause zu kommen. Da ich mein Zuhause in dem Moment verloren hatte, als Mama ging, durchströmte mich so eine siedend heiße Hoffnung, dass es mir fast die Sinne raubte. Und ich wusste aus Erfahrung, wie tödlich so ein Zustand sein konnte.

Sich auf jemanden verlassen – möglich, vielleicht unter ganz gewissen Umständen!

Aber auf einen Mann?

Nein!

Niemals!

Ich hatte gesehen, was meine Mutter von meinem Vater gehabt hatte. Nichts als Schmerz.

Diese neue Nähe zwischen uns spielte keine Rolle, denn alles daraus Resultierende war sowieso zum Scheitern verurteilt. Es war an mir, Philip das beizubringen. Nur die Wahl der Waffen stand noch aus.

Seine Gefühle für mich – wenn es tatsächlich welche gab – galt es umgehend zu vernichten. Dem Boden gleichzumachen! Abzutöten, wie ich es tagtäglich bei mir schaffte, um keinem auch nur einen winzigen Blick auf mein wahres Ich zu gewähren.

***

»Tristan ...« Ich zog das Wort nur eine Nuance länger. In einer Hotpants lehnte ich mit den Unterarmen am Küchentresen – mit hochgezogener Augenbraue, Hohlkreuz und leicht rausgestrecktem Hintern, sodass meine langen braun gebrannten Beine gut zur Geltung kamen.

Er sah sofort auf. Und das, obwohl er so schwere Lider hatte, dass er kaum die Augen offenhalten konnte. Wie so oft kifften wir zusammen, inmitten des mit Pflanzen überwucherten Wohnzimmers, wo Tristan im Ledersessel seines Vaters thronte. In Jeans und Muskelhemd, barfuß, mit zerzausten, dunklen Haaren. Total gelangweilt von der Glotze und immer wieder am Einschlafen, doch im letzten Moment hochschreckend.

Er schob Wachdienst.

Sie dachten ja, sie würden es geschickt anstellen, doch ich hatte natürlich bereits am ersten Tag gemerkt, was sie geplant hatten. Die TOTALE Überwachung! Danke Vivi! Danke Big Brother! Nun war ich ein eigener weiblicher Wrangler-Staat, den es zu beschützen galt.

»Kannst du mir mal helfen?«, fragte ich Tristan und biss mir auf die Unterlippe wie ein kleines Mädchen, das Eis will.

Misstrauisch hob er eine Augenbraue und passte sich automatisch, weil wir es beide wohl im Blut hatten, meinem Tonfall an. Sofort klang er wie eine einzige Verlockung. Das hatte ich noch nie so überzeugend bei einem Typen erlebt. »Mit angemessener Gegenleistung? Klar!«

Sein Blick glitt eindeutig zweideutig über meinen Hintern, den ich vorteilhaft im morgendlichen Sonnenlicht präsentierte.

Eine Woche war vergangen. Eine Woche der Folter für meine Gefühlswelt. Ich hatte die Schnauze voll und griff nun zu unlauteren Maßnahmen! Der Staat brauchte seine Abhängigkeit! Äh, Unabhängigkeit! Mist!

Eine Woche mit Philip Wrangler in meinem Nacken. Voll angestauter Elektrizität, verbotenen Blicken und unsagbarem Schmerz, weil ich einen Entschluss gefasst hatte, der ALLES zwischen uns zerstören würde, was es VIELLEICHT irgendwann mal hätte geben können.

Außerdem ... wollte ich – natürlich nur fürs Protokoll – wissen, ob mir nur noch Philips Berührungen nichts ausmachten, oder ob es sich bereits auf die komplette Männerwelt ausbreitete. Und ja ... als Versuchsratte war mir eben kein anderer eingefallen als Tristan. Ihm vertraute ich irgendwie, was ich besser nicht weiter hinterfragte.

Philip war unterwegs und würde in zehn Minuten zurückkommen. Woher ich das wusste? Weil ich ein Telefonat belauscht hatte, in dem Tristan mit irgendwelchen Typen verabredet hatte, dass er in zwanzig Minuten da wäre. Irgendjemand musste die Wachschicht übernehmen. Tomas war bei Vivian – für immer und ewig, den würde dort kein Schwein je wieder wegkriegen! Denn bei Vivi gab es Vivi. Und Eltern! Und richtiges Essen! Und Tischgespräche! Und Vivi. Es war eine Traumfamilie in rosa Spitze!

Also würde Philip genau in dem Moment auftauchen, um uns in verwerflicher Umarmung vorzufinden! ICH mit seinem Bruder! Das würde seinen Gefühlen für mich einen gut platzierten Todesstoß versetzen. Wenn ich es denn übers Herz bringen konnte, einen anderen Mann zu berühren und mich von ihm berühren zu lassen. Na gut! Dieses Experiment *musste* gelingen! Da gab es kein *Wenn* und kein *Aber* und kein *Vielleicht* oder gar ein *Nein*!

Deswegen hatte ich Tristan auserkoren!

Mit ihm sollte es relativ einfach werden.

Tristan und ich hatten das Haus ganz für uns allein und wir waren cool – cool zugekifft. Eigentlich waren wir uns sogar ziemlich ähnlich. Zumindest waren wir die Bestaussehendsten in diesem Kuhkaff. Unser Kuss wäre sicher hollywoodmäßig anzuschauen! Oh Gott, ich liebte meine Gedankengänge, wenn ich bekifft war.

Während ich also mit ihm sprach, knöpfte ich meine rot-weiß karierte Landhausbluse auf, bis mein unschuldiger Spitzen-BH zum Vorschein kam, der meine gut ausgefüllten C-Körbchen zur Geltung brachte. Mein Dekolleté sah aus wie bei einem Playboybunny! Also so, wie der Arsch mit Ohren vor mir es bevorzugte.

»Weißt du was, ich sag dir jetzt einfach die Wahrheit – total cool selbst reflektiert! Ich empfinde etwas für Philip! Ja, deinen Bruder Phil! Ja, mein Gott, er ist nun mal ... einfach ... einfach ... *wunderbar*!« Ich hatte es ohne große Umschweife zugegeben, das war schon mal gut! Tristans Gesicht verdüsterte sich schlagartig, das war nicht ganz so gut. Mit einem Mal wirkte er nicht mehr wie die Verführung himself, sondern sogar etwas einschüchternd. Auf jeden Fall ziemlich wachsam. Trotzdem überwand ich meine Ängste und ging todesmutig auf ihn zu.

»Aber das geht nicht. Ich kann Philip nicht wunderbar finden, weil ich mich dann auch wunderbar fühle und dann vergesse ich alles andere um mich herum und werde schwach und verletzlich und so gar nicht ich – und das darf ich mir nicht erlauben!« Irgendwas in seinem Ausdruck glättete sich, als ich mich mit diesen Worten auf der breiten Armlehne des Sessels niederließ.

»Und was hab ich jetzt mit dem Scheiß zu tun?« Ein eingeöltes, langes Bein drapierte ich betont lasziv über seinem Schoß. Es war eine stumme Einladung.

Er zog lediglich eine Augenbraue hoch *und einen Mundwinkel,* bevor er mit den Fingerspitzen von meinem Knöchel immer weiter hoch strich, ohne mich aus den wachsamen, forschenden und unerbittlichen Augen zu lassen. Mit jedem Zentimeter wurde meine Kehle ein wenig enger.

Sein Ausdruck verdunkelte sich, definitiv anzüglich, was bedeutete, er würde darauf eingehen. Als sein Blick an meinem Dekolleté hängen blieb, das sich durch den Luftmangel immer schneller hob und senkte, fragte ich mich ernsthaft, ob er mir überhaupt zugehört hatte. Womöglich lag ich in seinen Gedanken schon unter ihm wie ein williges Stück Fleisch. »Du willst vieles, aber sicher nicht mit mir ficken.« Mit einem abschließenden, distanzierten und eiskalten Blick in meine Augen wurde das verkündet.

»Ja! Ich wollte nur eine eindeutige Situation schaffen!«, schrie ich ihn im nächsten Moment an und war froh, seine Hand wegschlagen zu können. Es war klar, Berührungen von jedem anderen, außer Philip, selbst von Tristan Wrangler waren schier unerträglich.

»Was?«, fragte er mehr als amüsiert mit funkelnden lauernden Augen.

»Ich dachte nicht, dass du mich wirklich ficken würdest!«

»Ich würde dich NIE FICKEN!«

»Nicht?« Verblüfft starrte ich ihn an und bekam endlich wieder richtig Luft.

»NEIN!«

»Oh ... dann ist ja alles gut!« Mir fiel ein Stein vom Herzen! Gottseidank! Ich war so erleichtert! Nur weil ich ihn seit Jahren, öfter als mir lieb war, um mich dulden musste, hatte ich es überhaupt so lange auf dieser Lehne ausgehalten! Niemals könnte ich diesen Plan tatsächlich wahr machen.

Ich wollte endgültig auf die Beine springen, doch mit einem Mal legte sich sein Arm wie ein Stahlträger um meine Hüfte und der Kloß in meinem Hals war zurück. »Gut, das hätten wir geklärt und wo wir schon mal dabei sind, hörst du mir auch zu!« Na super! War ich seine verdammte Seelenklempnerin? »Ich hab von eurer beschissenen Scheiße echt die Schnauze voll! Glaubst du, ich hab Bock, ständig zuzusehen, wie Phil mit seiner verdammten Zipfelmütze durch die Prärie läuft, wenn du im Haus bist? Und du bist verschissen oft im Haus! DU WOHNST PRAKTISCH HIER! Und du benutzt mein Scheißhaus, ich weiß es ganz genau, ich kann das verstehen, mein Scheißhaus ist das Beste, aber Mann, kack woanders!« Super! Jetzt saß ich halb nackt auf ihm und er dachte an sein Klo!

»WAS?«

»Phil steht auf dich! Er will dich bumsen, ficken, vögeln, von oben bis unten in Honig tunken und ablecken!«

»WAS?« Mein Herz war gerade stehengeblieben! Außerdem bekam ich von dem abrupten Themawechsel ein Schleudertrauma!

»Meine Fresse, red ich ostfriesisch?!« Tristan wartete meine Antwort nicht ab und hielt mich beim Sprechen immer noch fest. »Phil ist ein kleiner Scheißer, der sich total allein gelassen fühlt. Er braucht eine Konstante in seinem Leben. Das warst immer du, das wirst auch immer du sein. Du bist perfekt geeignet, du wurdest geradezu erschaffen für ihn! Denn Phil ist wie so eine verkackte Elster, er braucht etwas, was glänzt und funkelt und wunderschön ist – etwas, was er einfach nur den ganzen Tag sabbernd angaffen kann und worum ihn alle beneiden. Er braucht einen verfickten Stern! Du bist sein Stern! Ständig trägst du Glitzer und tanzt dabei über unseren Rasen, verbiegst dich, streckst ihm deinen Arsch rollig entgegen, wenn er hinter dir vorbeigeht ...« OH GOTT! »JA, klar hab ich das gesehen, du brauchst jetzt nicht einen auf alte Jungfer machen!«

»Aber ich musste es doch testen!«, gab ich kleinlaut zu.

»Was? Dass er dauergeil ist, wegen dir? Glaub mir, das ist er! Und das ist widerlich! Wenn ich jemals in so einen widerlich-kitschigen, hochgradig peinlichen Viagra-Zustand gerate, der sich Verliebt-Sein nennt, dann verpass mir eine Kugel, bevor es zum Äußersten kommt!«

»Und was ist das Äußerste?«

»Die totale *Entmannung.*« Das hörte sich so gruslig an wie *Lonestar* aus *Spaceballs*.

»Ich bin nicht verliebt!«

Er lachte. »Es tut mir leid, dir das mitteilen zu müssen, aber genau das bist du! Offiziell! In ihn! Seit Jahren! So wie er in dich! Seit Jahren! Und das, obwohl ICH in der Nähe bin! Verstehst du es nicht? Es gibt keine andere Möglichkeit, außer dass du auf Phil stehst, wenn du nicht auf mich stehst, denn er ist nach mir der Zweitschärfste auf diesem Planeten.« Er hielt mir zwei lange Finger unter die Nase.

»Was für eine Logik!« Ich verdrehte die Augen.

»Leb damit, denn ich hab immer recht.« Entspannt lehnte er sich zurück, zündete sich den stinkenden Joint an, wie der Pfeife rauchende Weihnachtsmann aus der Werbung, und schaute zufrieden aus dem Fenster.

Ich begann diesen Truthahn wirklich zu verstehen, der ihm seit der zweiten Klasse hinterherlief. Auf seine spezielle Art war Tristan Wrangler ein atemberaubender Mann – wenn er wollte – und das konnte ich nicht von jedem behaupten!

»Schnapp ihn dir verdammt! Er wartet nur darauf, gepflückt zu werden.«

Lächelnd und vor allem dankbar für seine grenzenlose Ehrlichkeit beugte ich mich vor und gab ihm einen Kuss auf die Wange. Dabei spürte ich sein leichtes Lächeln. »Danke.« Schnell wich ich wieder zurück.

»Keine Sorge! Ich hab ihm alles beigebracht, was in der kurzen Zeit möglich war. Er ist ein guter Ficker!« Fürsorglich tätschelte er mir den Kopf und ich wich mit einem lauten »Wääääääh!« weiter zurück.

»Dieses Kapitel verbuchen wir unter nie geschehen, okay?«, fragte ich ihn immer noch grinsend und fing an, meine Bluse zu zuknöpfen. Tristan runzelte gespielt angestrengt die Stirn als eine dritte tiefe und schneidende Stimme fragte: »Welches Kapitel?«

Ich sah auf. Nur um im nächsten Moment zu erstarren. Denn Philip trat mit geballten Fäusten in den Türrahmen und starrte uns an wie ein Stier das rote Tuch.

CUT!

10. ENDE DER AUSFLÜCHTE!

Katharina ›aufgeregt wie noch nie zuvor‹ Oberkrapfen

»Das würde mich auch interessieren!«, verkündete Philip beängstigend leise. »Aber vor allem der Grund dafür, dass du in Unterwäsche auf dem Schoß meines Bruders sitzt!«

Oh! Oh!

»Ich bin nicht in Unterwäsche! Ich hab noch eine Hotpants an!« Eilig raffte ich mit beiden Händen die Bluse zusammen und sprang auf.

»Nicht mehr lang! Zumindest, wenn sie mein Mädchen wäre ...«, murmelte Tristan fast lautlos und saugte euphorisch am Strohhalm seiner MC-Donalds-Cola, als hätte ihn Scotty kurzerhand in einen Kinosaal gebeamt.

Philip ... kam gerade vom Fahrradfahren und trug ein verschwitztes Shirt, das an seinen aufgepumpten, vor Anspannung zitternden Muskeln klebte. Er war groß, wütend und von einer äußerst gefährlichen Aura umgeben. Und er ging auf mich zu, doch ich wich nicht zurück. »Weist du mich ab, weil du in Wahrheit auf *diesen Penner* stehst? Der ist doch noch grün hinter den Ohren!« Er war wütend. Wirklich wütend. Und das nach dem tollen Gespräch mit Tristan, und der Offenbarung, die er mir beschert hatte.

»Hey! Wenn wir etwas *nicht* tun, dann aufeinander stehen. Sie kann auch ruhig vor mir knien und mir einen blasen. Ich hab nichts dagegen.«

Tristan fasste sich lässig an den Schritt und wurde ungefähr zwei Sekunden darauf von Philip am Kragen auf die Beine gezogen. Dieser zischte nur ein vernichtendes »KLAPPE!«

»Okay! Okay! Sie gehört dir Big Brother!« Abwehrend hob Tristan beide Hände und ließ sich dann wieder elegant in seinen Sessel gleiten, um das Schauspiel weiter zu beobachten.

Und dann stellte Philip sich direkt vor mich und strahlte mit seinen Strahlern auf mich herab. »Wenn es das ist, was du willst! Eine von vielen zu sein! Bitte! Fick mit Tristan! Langsam habe ich echt die Schnauze voll von diesen Spielchen!«

»Ich ...!«

Er unterbrach mich mit zischender Stimme und fasste an meinen Hals, sodass sein Daumen direkt über meine schnell pochende Hauptschlagader streichen konnte. Ich erschauerte – auf eine gute Art. »Ich weiß, es belastet dich, dass deine Mutter weg ist und dass du innerlich gerade durchdrehst, glaub mir! Ich weiß auch, was es heißt, sich verschissen allein und unverstanden zu fühlen! Und ich sage dir jetzt ausdrücklich, dass du in meinem Zimmer immer ein offenes Ohr findest, und noch viel mehr. Ich werde immer für dich da sein und das ganz sicher nicht aus freundschaftlichen Gründen. Aber hör auf damit, Katharina, hör auf, mich zu provozieren, denn du hast keine Ahnung, was passiert, wenn man mich zu sehr reizt! Das wird übel enden – und zwar für uns beide.« Somit drehte er sich um und marschierte davon.

Irritiert blickte ich zu Tristan, doch der zuckte nur mit den Schultern. »Was willst du mehr?«

Abwehrend verschränkte ich die Arme vor der Brust. »Tja! Vielleicht ...«

»BOAH, KATHA! Was willst du noch? Er hat dir sein verficktes Herz vor die Füße geschmissen! Entweder du hebst es auf und gehst verdammt noch mal da hoch oder du nimmst deine

Titten und wackelst auf direktem Weg hier raus! Nur brauchst du dann verfickt noch mal nicht mehr wiederzukommen!« Noch euphorischer saugte er an seinem Strohhalm, bis es gluckerte. Jaaaa, damit trieb er die Leute liebend gern in den Wahnsinn – nicht nur im Kino.

Unsicher sah ich die dunkle Treppe hoch, umfasste das Kreuz, das um meinen Hals hing, und trat den Weg an – zu dem meine Mutter mir geraten hätte.

»Katha?«, rief mir Tristan hinterher und ich blieb noch einmal stehen, die Hand bereits auf dem Geländer.

»Was?«

»Wer war es?« Oh Mann, konnten sie die Frage, wer mich so zugerichtet hatte, nicht endlich einmal sein lassen?

»Das werde ich euch niemals sagen«, antwortete ich und stieg langsam die Stufen hoch.

***

Sollte ich klopfen? Sollte ich einfach reingehen?

Konnte mein Herz bitte mal aufhören, bis in den Schädel zu hämmern?

Das alles war so unendlich aufwühlend! Auch die weichen Knie und die hektische Atmung.

Mein Innerstes spielte verrückt. Ich wusste nicht wie ich ihm gegenübertreten sollte.

Oh Gott, ich schaffe es nicht. Ich schaffe es einfach nicht, an diese Tür zu klopfen! Das ist doch eigentlich gar nicht so schwer. Einfach die Hand ausstrecken, Knöchel ansetzen, und klopfen!

KATHARINA, DU KANNST ES! Das haben schon tausend Menschen vor dir getan!

Mit zusammengebissenen Zähnen hob ich die Hand, setzte die Knöchel an und zog sie wieder zurück!

ICH KANN NICHT!

»Katharina!«, rief plötzlich Philip von innen und ich schrie vor Schreck fast auf.

»JA?!«

»Ich höre dich!« OH SCHEISSE! Ich hatte Selbstgespräche geführt und es nicht bemerkt! Das passierte mir wirklich so gut wie nie in der Öffentlichkeit! Aber egal, nun war es zu spät, er wusste, dass ich vor der Tür stand und er würde mich schon nicht fressen, also überwand ich mich schließlich.

Zaghaft öffnete ich und fand ihn auf seinem Bett vor – umgeben von Wäschebergen, leeren Flaschen, Tellern, Schulheften, Büchern und vertrockneten Pflanzen. Das war Philip Wranglers ganz persönliches Chaos, in das er nur sehr wenige einließ – genau genommen fast gar keinen. Ganz selten seine Brüder oder seinen Vater und gelegentlich mal mich.

Aber in dem Moment sah ich davon nichts. Außer ihn.

Denn er lag, wie so oft, auf dem Rücken, die Arme hinter dem Kopf und die Fuß-Gelenke übereinandergelegt. Sein Blick fixierte die Decke. Außerdem hatte er sich seines verschwitzten Shirts entledigt und trug nichts weiter als eine verflucht, und ich meine damit wirklich, wirklich, ziemlich enge Radlerhose. OH GOTT diese Vergewaltigung des guten Geschmacks war an ihm alles andere als das!

Seine Schenkel waren genauso muskulös wie die penibel ausmodelierten Bauchmuskeln und die klar definierte glatte Brust. Zu diesem tätowierten Traumkörper ohne ein einziges Gramm Fett war er ein Riese von einem Mann.

Das alles sah ich auch nicht. Zumindest nicht wirklich.

NEIN!

Ich registrierte es nur so nebenbei ...

Meine Aufmerksamkeit wanderte automatisch zu seinem Schritt, und Tristan war schuld!

Philip hatte gar keine Latte! Von wegen IMMER, wenn ich im

Haus war, aber Tristan war eben der Meister der Übertreibung.

»Gibt es einen Grund, wieso du mir auf den Schwanz starrst?«

OH SCHEISSE!

Mein Kopf schoss nach unten und ich trat ganz ein.

»Ich muss dir etwas sagen ...« Mit bebenden Fingern sperrte ich die Tür hinter mir ab und das Klicken hallte bis tief in meinen Bauch nach. Wagemutig ging ich auf ihn zu. Immer noch auf den Boden schauend ... wohlgemerkt. Vorsichtig ließ ich mich am äußersten Rand des Bettes nieder und verschränkte die Hände im Schoß. Den Rücken kerzengerade, den Blick auf meine Finger gerichtet. Oh verdammt! Wie sollte ich bloß anfangen? Mit einem Mal steckte mir wieder ein Kloß überdimensionaler Größe im Hals. Ich war mir seiner Nähe allzu bewusst.

»Katharina ...« Plötzlich legte sich seine Hand auf meinen nackten Oberschenkel und er umfing ihn. Sie war warm, scheinbar riesig auf meinem dünnen Bein und ich fühlte mich ... *sicher*. Ganz anders als bei Tristan. Mein Herz blieb stehen, die Atmung stockte, es kribbelte dort, wo er mich berührte – Philip Wrangler berührte nicht nur mein nacktes Bein, sondern vor allem mein nacktes Innerstes! Es gab nichts Negatives. Mein Blick löste sich von seiner schönen Hand, wanderte den tätowierten Arm hoch und strandete schließlich unsicher in seinem blaugrünen. »Innerhalb von diesen vier Wänden wird dir niemals irgendjemand schaden. Erst recht nicht ich ... Egal, was du von mir verlangst, ich werde es tun oder eben nicht. Egal, was du sagst, ich werde es respektieren. Ich werde *dich* respektieren, das schwöre ich.«

Prompt konnte ich ruhiger atmen – ich wusste nicht, ob es seine Berührung, oder seine Worte waren. Aber irgendwie hatte er mich in einen emotionalen Kokon aus Schutz und Sicherheit gehüllt. Etwas, was ich noch nie erlebt hatte.

Dabei hatte ich gerade mit Tristan rummachen wollen, um ihm wehzutun und er war trotzdem so gut zu mir! Tränen brannten in meinen Augen.

»Wieso bist du so nett zu mir, nachdem was ich tun wollte?« Er lächelte schwach und ich liebte es.

»Wenn du Tristan wollen würdest, wärst du bei ihm. Aber du bist hier – in meinem Zimmer und in meinem Bett ...« Wieso, ZUM TEUFEL, wurde mir bei diesen eigentlich ziemlich unschuldigen Worten so unsagbar heiß?

»Ich wollte schon immer mal in dein Bett ...« Es schoss einfach aus mir raus! Zu spät merkte ich, wie dämlich und billig sich das anhörte. Das kam davon, wenn ich meine Gedanken nicht filterte, bevor sie meinen Kopf verließen. »ALSO!«, rief ich aus. »NICHT für DAS!«

»Nicht?«, neckte er mich sanft. Das tat er nie! Philip neckte nicht! Keinen! Ich wurde knallrot und das war garantiert auch eine Seltenheit.

»Philip ... bitte ...«

»Okay!« Er ließ mich (leider) los, lehnte sich zurück, verschränkte wieder die Arme hinter dem Kopf und schloss die Lider. »Du sprichst. Ich höre!«

Erst mal sprach ich überhaupt nicht, sondern schaute sein wunderschönes, männliches Gesicht an. Es war nicht so ebenmäßig und weich wie Tommys oder Tristans, vielmehr männlich und markant. Ich mochte seine intelligenten Züge, besonders aber die vollen Lippen und das familientypische Grübchen am Kinn. Außerdem die Denkerfalte zwischen seinen Augenbrauen, die ich berühren wollte, mit meinem Finger darüber streichen, so wie immer, wenn sie zum Vorschein kam. Aber ich wusste nicht, ob ich mich jemals trauen würde.

Er verdiente, die Wahrheit zu erfahren. Nur er – und sonst kein anderer.

»Philip ... ich bin kaputt ...«, fing ich leise an und komischerweise ging es besser als erwartet. Wenigstens etwas!

»Wir sind *alle* kaputt, denn diese Welt lässt einem keine andere Wahl. Nur auf unterschiedliche Arten«, antwortete er ruhig. Immer noch ohne mich anzusehen.

»Ich weiß, was du meinst. Es kommt darauf an, wie man damit umgeht, aber ich habe Dinge erlebt, die ...« Schon war der Kloß zurück, doch ich musste es ihm erzählen! Ich wollte, dass er mein Verhalten ihm gegenüber verstand! »Mein Vater ...« Allein bei dem Gedanken musste ich schlucken und meine Stimme brach weg. Ich bekam kein Wort mehr heraus.

»Dein Vater?«, bohrte Philip sanft nach, und ich riss mich zusammen, nicht für mich, sondern für *uns.* Anscheinend empfand er wirklich etwas für mich und wir hatten eine Chance. Irgendwie. Aber dafür musste er wissen, worauf er sich einließ. Mit aller Willenskraft zwang ich mich zu einer ruhigen und sachlichen Stimmlage und vor allem die Erinnerungen zurück. »Er war gewalttätig.«

»Wie?«

»Er war Alkoholiker und hat sich oft bei der kleinsten Kleinigkeit vergessen ... mich hat er dann nur geschlagen ... aber meiner Mutter ...« Ich schloss die Lider und schüttelte den Kopf. Nein, in diesen Winkel meiner Erinnerungen konnte ich einfach nicht gehen!

»Du musst mir nichts sagen, was du nicht kannst. Wir haben Zeit.« Oh Gott, ich war gerade mit 180 Kilometern pro Stunde dabei, mich hoffnungslos in diesen Mann zu verlieben. Aber richtig! Dankbar lächelte ich ihn an.

»Dein Vater hat uns gerettet, ich kann mir gar nicht vorstellen, wo ich heute wäre, wenn David nicht gewesen wäre ...Und ich habe mir geschworen, mein Leben nicht davon bestimmen zu lassen, was mir als Kind widerfahren ist.

Diese Macht wollte ich ihm nie zugestehen! Das Meiste konnte ich verdrängen, aber ... trotzdem merke ich bei jedem Gedanken und Schritt die Narben, die er auf meiner Seele und meinem Körper hinterlassen hat und die mich so *anders und hässlich* machen! Du hast keine Ahnung, wie sehr ich mir manchmal wünsche, einfach normal zu sein. Für dich.«

Das war nichts weiter als ein Wispern. Fast entkamen mir ein paar Tränen, aber ich blinzelte sie schnell weg, räusperte und straffte mich. Nun schaute er mich an, doch diesmal wich ich seinem Blick nicht aus, als er mich damit fesselte. Ich konnte nicht.

»Du bist vieles! Distanziert und ruhig, aber sicher nicht hässlich! Außerdem: Normal kann jeder. Ich will nichts Normales, Katharina. Ich will *dich* mit allen Narben die du vorzuweisen hast.« Obwohl diese sanften und sicher ausgesprochenen Worte meinen Bauch schwirren ließen, redete ich einfach weiter.

»Ich weiß was passiert, wenn mich ein Fremder berührt – ich hasse es abgrundtief. Aber bei dir spielt mein Körper verrückt. Ich schrecke nicht zurück. Ich *mag* es, von dir berührt zu werden! Du gibst mir das Gefühl sicher – komplett – zu sein. Es ist richtig« und hoffnungslos, es war hoffnungslos! »Aber ... weißt du, ich kann dir nichts versprechen. Nach außen hin wirke ich taff und unnahbar, doch in dieser Hinsicht bin ich aus Porzellan. Eine falsche Bewegung, und ich werde zerbrechen. Davor habe ich Angst.«

»Ich werde nicht zulassen, dass du zerbrichst. Dafür bist du zu kostbar.« Langsam nahm er meine Haare, berührte dabei meinen Hals und strich sie über meine Schulter zurück. Zärtlich glitt er dann mit den Fingerspitzen über meinen Nacken und kraulte mich wie eine kleine Katze.

»Wie fühlt es sich an?« Oh Gott, dieser Blick, dieses

Kribbeln! Ich schluckte mühsam, hielt ihm aber stand. Sogar ein kleines Lächeln gelang mir, gleichzeitig bemerkte ich, wie die Röte in meine Wangen schoss.

»Gut.« Nun strahlte er mich an – wirklich! Und mein Herz begann zu rasen.

»So wird auch alles andere sein, ich weiß es.« Mein Gesicht wurde sofort zu einer Grimasse, als hätte ich in eine Zitrone gebissen. »Doch, wirklich ... wenn du mir vertraust. Ich werde vorsichtig sein und sanft ... und behutsam ...« Genauso sanft und behutsam, als wolle er seine Worte beweisen, tupfte er einen seidig weichen Kuss auf meine Schulter, und ich hielt den Atem an.

Er flüsterte an meiner Haut. »Immer noch gut?« Seine wunderbaren Lippen glitten nun an meinem Hals entlang und an meinem Kiefer zu meinem Mundwinkel.

Ich nickte, zu mehr war ich nicht fähig. Fast hatte ich Angst, unter diesem emotionalen Chaos in mir zusammenzubrechen. Allerdings konnte ich ihm auch nicht sagen, er solle aufhören, jetzt, wo er all das tat, von dem ich insgeheim träumte ... NIEMALS! NEIN!

»Hast du eigentlich eine Ahnung ...«, raunte er, während er über meine Unterlippe strich. »Wie viel schlaflose Nächte mich diese Lippen gekostet haben?« Ich lächelte noch breiter, schmeckte seinen Atem auf meiner Zunge – brannte darauf, dass er mich küsste. Meine Lider senkten sich erwartungsvoll, doch da wich er zurück.

WAS! NEIN!

»Willst du mich nicht küssen?«, fragte ich leise und versuchte mir keine Enttäuschung anmerken zu lassen. Scheiße! Aus dem Augenwinkel linste ich zu ihm rüber und bemerkte gerade noch, wie er den Mund zuklappte. Fest fuhr er sich mit der Hand durch das Haar und verkrallte sich darin verzweifelt.

»Oh MANN! Ich versuche gerade, mich zusammenzureißen und nicht über dich herzufallen, allein weil du auf meinem Bett sitzt, und deine nächste Frage ist, ob ich dich nicht küssen will!«

»Willst du?«

Nun sah ich ihn doch an, stellte mir vor, wie es wohl wäre, endlich diesen Mund zu berühren und stöhnte allein deswegen fast auf. Er starrte mich düster an, alles an ihm war verspannt, bis er die Lider schloss und sich wieder in die Kissen zurückfallen ließ. Weg von mir!

»Nichts lieber als das, aber ich werde hier liegen bleiben und du wirst es selbst tun!«

»WAS?«

Er lächelte spöttisch.

»Hast du Angst?«

Und das war mir Ansporn genug – das, und dieser Mund!

Wer war ich, da nein zu sagen?!

11. TÖDLICHE KÜSSE

Philip ›soon exploding‹ Wrangler

Sie wollte mich!

Sie wollte mich!

Sie wollte mich!

Sie!

Katharina!

Die absolute Traumfrau eines jeden einzelnen Mannes auf diesem Planeten wollte *mich!* Es war an der Zeit, Poster von mir an die Wand zu hängen – oben ohne, mit einem Bärenfell über den Schultern und Lederhosen an, von Frauen umringt, deren lackierte Fingernägel nach mir grapschten! Wäre es nicht so wahnsinnig unmännlich gewesen, hätte ich mal kurz einen indianischen Freudentanz veranstaltet.

Stattdessen hielt ich mich zurück, mit eisernen Fesseln wohlgemerkt. Auch wenn ich sie sofort in die Kissen drücken, mit Küssen, irren Liebesbekundungen überhäufen und letztendlich ficken wollte – lange. Am besten ein paar Tage durch!

Das konnte ich aber nicht.

Katharina, die schönste Frau des Universums, wollte mich und hatte mir etwas von ihrer Vergangenheit anvertraut. Etwas, das ich niemals in meinem ganzen Leben erwartet hätte! Natürlich war mir aufgefallen, dass sie Körperkontakt mied und auch sonst sehr abweisend war. Allerdings hatte ich angenommen, dass sie andere Menschen einfach nicht mochte!

Der wahre Grund wäre mir niemals in den Sinn gekommen. Wahrscheinlich hätte jeden x-beliebigen Menschen solch ein Erlebnis in der Kindheit verschüchtert oder gebrochen – das wäre nur logisch –, aber Katharina war das genaue Gegenteil, und dies war der Hauptpfeiler ihrer Fassade. Wenn sie nicht mehr auf ihre Distanz zurückgreifen konnte, wurde sie verletzlich wie das kleine, missbrauchte Mädchen, das in ihr lebte.

Sie hatte Angst vor Männern und traute keinen anderen Menschen!

So einfach war das! Oder besser gesagt schwer! Ich konnte mir nicht vorstellen, wie sehr sie das belasten musste.

Verdammt, ich würde alles tun, um ihr zu zeigen, dass eine Beziehung ein Akt der Liebe und Leidenschaft und nicht der Grausamkeit und Zerstörung ist – wenn man sich liebt, sich gegenseitig respektiert und sich vertraut.

Und sie vertraute mir! Und sie wollte es genauso brennend wie ich!

Das bewies mir ihr erhabenes Nicken, mit dem sie mir befahl, sie gewähren zu lassen. So konnte sie, wenn es ihr zu viel wurde, aufhören. Das war ein verfickt guter Plan!

Also schloss ich die Augen, versuchte meine verkniffenen Lippen zu entspannen und ruhig eeeiiin und auuuus zu atmen. Dabei verdrängte ich den bescheuerten Gedanken, dass ich mich ein bisschen wie Dornröschen fühlte und wartete ... und wartete ... *und wartete.*

Sekunden wurden zu Stunden und Tage zu Wochen. Ich war mir sicher, dass bald der Winter über uns hereinbrechen würde – wo war die Dornenhecke?

Nach ungefähr zwei Minuten, die mir vorkamen wie Stunden, fragte ich mich, ob das wirklich so eine gute Idee gewesen war, wie ich angenommen hatte. Sie hatte sich schon nicht getraut, an meine verdammte Tür zu klopfen, und jetzt?!

Ich durfte sie auf keinen Fall überfordern. Verdammt! Wenn ich schon am Anfang verkackte, verkackte ich diese ganze Sache. Und die Katharina-Mission war die einzige Sache in meinem Leben, die ich auf keinen Fall verkacken durfte!

Was, wenn sie merkte, wie verdammt schwer es für mich war, mich zu zügeln? Was wenn ich zu weit ging, was ...

Ich spürte einen warmen Lufthauch auf meinem Gesicht. Ihre Lippen strichen Sekunden darauf über meine – sofort schoss ein Blitz epischen Ausmaßes durch meinen Körper und schlug geradewegs in meine Endzone ein. Schon jetzt musste ich mir ein raues Stöhnen verkneifen, als sie zaghaft mit ihrem vollen, wunderbaren Mund über meinen glitt. Ihr Atem war so süß, und er ging unsagbar schnell. Trotzdem wich sie nicht zurück. Nein, ihre Finger strichen über meine Wange, meinen Kiefer und dann ... glitt ihre Zunge über meine Unterlippe. Ganz langsam und vorsichtig tastete sie sich vor. Diesmal konnte ich mein Stöhnen nicht zurückhalten, aber zum Glück war ich damit nicht allein, denn Katharina gab einen wahnsinnig sexy Laut von sich, worauf sich mein Körper fast selbstständig machte. Meine Hände verkrallten sich in dem Bettzeug unter mir.

Unsere Zungen berührten sich wie abgesprochen, ihr Geschmack war so köstlich, wie ich ihn mir immer ausgemalt hatte und noch besser. Sie schmeckte nach Zimt, ich wusste nicht wieso, aber so war es, und so süß und so verführerisch.

Und sie hauchte meinen Namen!

Meinen Namen!

Oh heilige Scheiße! Ich explodierte fast, mein Schwanz stand bereits wie eine eins und ich verfluchte mich dafür, ein verschissener Hengst zu sein und diese scheißpeinliche Hose anzuhaben! Diese Riesenlatte, die ich da vor mir herschob, dürfte ihr den Schreck des Jahrhunderts bescheren, sollte ihr Blick darauf fallen oder sie sich auf mich schmeißen.

Vielleicht sollte ich mich beherrschen, aber das war unmöglich.

Verdammt!

Stattdessen ließ ich mich etwas zu weit gehen, fickte ihren Mund mittlerweile ausgiebig mit meiner Zunge, so wie ich es mit meinem Schwanz tun wollte.

Doch sie hörte nicht auf, oh nein! Sie war erbarmungslos.

Immer weiter und weiter trieb sie dieses Spiel. Immer sinnlicher wurden ihre Töne, immer mehr umnebelte sie meinen Kopf, immer höher driftete ich ab und immer stärker pochte mein Schwanz.

»Oh Gott ...«, keuchte sie und ich wusste genau, was sie meinte. Zumindest wenn es zwischen ihren Beinen auch nur ansatzweise so brannte wie bei mir. Genau genommen so sehr, dass ... OH SCHEISSE!

Ich spritzte ab!

In meine Hose!

Einfach so!

»Fuck!« Mit diesem Ausruf wich ich vor ihr zurück, ergriff mit einer Hand meinen gerade pulsierenden Schwanz und warf den anderen Arm über mein Gesicht.

»Kommst du gerade?« Diese trockene – fast schon belustigte! – Frage riss mich etwas aus meinem Orgasmus. Er war lasch, nur ein Abklatsch dessen, was geschah, wenn ich dabei in einer Frau war. Aber dennoch verkrampften sich meine Bauchmuskeln genauso wie mein Kiefer, sodass ich im ersten Moment nicht fähig war, auch nur ein Wort rauszubringen.

»Scheiße!« entkam mir, sobald alles in meiner Hose gelandet war.

»Philip. Alles in Ordnung?!« Sie zog an meinem Arm, aber ich versteckte damit immer noch mein Gesicht, das geradezu vor Peinlichkeit glühte. Scheiße! Ich wollte im Boden versinken! Wenn davon jemals jemand erfuhr, am besten Tristan, wäre ich meinen Nachnamen los, der ja bekanntlich puren Sex verkörperte.

»So eine Scheiße ...«, murmelte ich vor mich hin und nahm meinen Arm schließlich weg, um sie entschuldigend und ziemlich zermürbt anzusehen. Und FUCK – sie war nie schöner gewesen! Ihre Augen glänzten aufgeregt – meinetwegen! Ihre schelmisch grinsenden Lippen waren geschwollen – wegen meinen! Und ihre Haare waren ein einziges Chaos. Sie war so wunderschön, dass es förmlich in meiner Brust stach! Sogar ihre Wangen waren rot und ihr Blick offen und so voller ... Liebe?

»Es ist okay! Ich fühle mich geehrt«, hauchte sie fies grinsend, beugte sich vor und gab mir tatsächlich noch einen kleinen Kuss. »Mehr als okay ...« Und schon wurde der Kuss wieder ausgiebiger. Es war immer noch verschissen peinlich und ich außerdem ein Arsch, der seinen Orgasmus gehabt hatte, während sie total leer ausgegangen war. Andererseits befürchtete ich, dass sie noch nicht so weit war, mir etwas in den unteren Regionen zu erlauben. Wieder atemlos löste sie sich von mir, blieb aber mit ihrem Gesicht direkt über meinem. Ihre Augen waren der Hammer!

Und in diesem Moment war es mir klar, es gab kein Zurück mehr!

Kurz darauf begleitete ich sie nach Hause. Überglücklich, aber nicht Händchen haltend. Und zum Abschied klaute ich mir noch einen Kuss.

***

Meine Fresse ... Die halbe Nacht lag ich wach in meinem Zimmer, einen Arm unter meinem Kopf, und schaute raus in den Sternenhimmel. Einer schien besonders hell, und als ich die Hände hob und meinen Ausguck formte, fiel mir auf, dass es tatsächlich der Stern meiner Mutter war.

Manchmal wünschte ich mir, sie wäre noch da, damit ich sie fragen könnte, was ich tun oder denken sollte. Doch das war sie nicht mehr, deshalb konnte ich nur noch ahnen, was sie mir raten würde. Besonders im Bezug auf meine Traumfrau – auf meinen ganz persönlichen Stern.

Dachte sie auch gerade an mich und an diesen Wahnsinnskuss? Wollte sie auch mehr und immer mehr? Es war unglaublich, obwohl ich bisher nur ein Mal ihre Lippen kosten durfte, war ich bereits völlig süchtig.

Das Vibrieren meines Handys auf dem Boden unterbrach meine Gedanken. Wer störte um diese Uhrzeit? Stirnrunzelnd griff ich danach und riss die Augen auf, als ›Katharina Handy‹ auf dem Display erschien. Und die Nachricht toppte einfach alles!

»Ich hätte nie gedacht, dass es so unsagbar heiß aussieht, wenn du kommst. Kannst du das noch mal machen?«, stand da tatsächlich. Ich schluckte schwer und war mir sicher, dass sich kurzzeitig der Teufel persönlich bei ihr eingenistet hatte.

»Ist das ein schlechter Scherz?«, schickte ich zurück. Könnte ja sein, dass Tristan oder Tommy etwas damit zu tun hatten, die mich vorhin schon mit neugierigen Blicken beworfen hatten.

»Nein.« Woooow …

»Wo bist du?«, schrieb ich zurück und grinste bei ihrer Antwort.

»Vor der Haustür.« In nichts weiter, als einer engen schwarzen Shorts rannte ich die Treppen runter und erstarrte, als ich die Tür öffnete. Sie hatte dasselbe an wie gestern, wirkte genauso ruhelos und … ihre Augen waren von derselben Sehnsucht gequält, die mich auch seit Stunden folterte. Sie flog förmlich in meine Arme und wisperte anklagend an meinen Lippen: »Ich kann an nichts anderes mehr denken als an diesen Kuss!«, bevor sie sich auf mich stürzte.

Ich küsste sie zurück und schob sie abgelenkt ins warme

Innere des Hauses, während ich die Tür mit dem Fuß zuschlug. Ihre Finger krallten sich in meine Haare. »Zeig es mir, Philip ... Bitte ...« Oh fuck! Sie meinte das wirklich ernst! Das Tempo, das sie vorlegte, war so rasant, dass ich kaum hinterherkam. *Zu* rasant …

»Was?«

»*Alles*!« Sie war ja so bescheiden.

»Oh Mann! Du machst mich wahnsinnig …«

»Ich will, dass du dich noch mal berührst …« Dies war kaum mehr als ein Flüstern und sie versteckte ihr Gesicht atemlos an meiner Brust, während wir mitten im Flur in der Dunkelheit standen.

»WAS?«

»Verdammt! Sei keine Pussy! Hol dir einen runter!«

»Das hab ich schon verstanden, aber solltest du nicht, ähm ... also ... ist das nicht zu krass, so fürs erste Mal?«

»Nein!« Wie konnte sie sich da so sicher sein, und überhaupt, wenn sie mir so nah war, konnte ich nicht denken, also schob ich sie doch von mir und hielt sie an den Schultern mit beiden Händen fest. »Denkst du nicht, dass es zu schnell geht?«

Störrisch funkelte sie mich an »Nein, verdammt! Ich habe es aufgegeben, gegen meinen Körper und meine Sehnsüchte anzukämpfen. Wenn es *dir* zu schnell geht, musst *du* es mir sagen!« Sie grinste tatsächlich trocken.

»Aha?«

»Ja!« Fest sah sie mir in die Augen.

»Wieso?« Woraufhin sie wieder wunderbar mädchenhaft errötete und ihr Gesicht an meinem Hals versteckte. Dort nuschelte sie: »Weil ich jetzt den Arsch in der Hose habe, dir meine geheimen Fantasien zu offenbaren und ich weiß nicht, wann das wieder geht!«

»Du hast geheime Fantasien?« OH SCHEISSE! Das absolut triumphierende Lächeln konnte ich mir beim besten Willen nicht verkneifen.

»Ja.«

»Wie viele handeln von mir?«

»Alle!« Das klang anklagend. Nun durchströmte mich unbändiges siedend heißes Verlangen. Ich hätte alles für sie getan. A-fucking-lles.

»Na, dann lasst die Spiele beginnen!«

12. HITZEWELLEN

Katharina ›verbrennt jetzt richtig‹ Oskorbova

Oh mein Gott! Niemals hätte ich erwartet, dass sich ein einziger Kuss so anfühlen und solche Dinge in mir anstellen könnte. Dass ich es lieben würde, wenn seine großen Hände in mein Haar fuhren und es zerwühlten, oder dass ich sein Stöhnen förmlich in mich aufsaugen wollte. Es vibrierte durch meinen ganzen Körper, als hätte er die Saite einer Triangel geschlagen, bis ins letzte Eck. Es war so unsagbar berauschend!

Niemals hätte ich erwartet, dass es so einfach wäre, mit ihm intim zu werden und dass es so schwer wäre, mich nach unserem ersten Kuss von ihm zu trennen. Aber es musste sein.

Und so lag ich danach die halbe Nacht lang wach und starrte in den klaren Sternenhimmel, fragte mich, ob er sich plötzlich auch so verloren fühlte. Vor allem aber drifteten meine Gedanken die ganze Zeit zu unserem Kuss zurück.

Er hatte so gut geschmeckt, und sich so gut angefühlt. Allein wenn ich daran dachte, flutete wohlige Wärme meine Gliedmaßen, die meinen Verstand ausschaltete. Ich wollte ihn noch mal! So nah wie möglich! Immer und immer wieder …

Immer wieder diese Sehnsucht – würde sie jemals nachlassen?

An Schlaf war nicht zu denken, deswegen erhob ich mich irgendwann und ging spazieren. Ich musste hier raus, mich bewegen und vor meinen Gedanken davonlaufen. Die laue Nacht kühlte meinen Kopf allerdings auch nicht gerade ab. Im Gegenteil, stattdessen landete ich vor Philips Haus.

Verdammt!

Aber vielleicht …

Tief einatmend griff ich nach meinem Handy und schrieb ihm einfach das Erstbeste, das mir in den Sinn kam. Wahrscheinlich würde er sowieso schon schlafen. Gespannt starrte ich mein Handy an und Wärme flutete mich, als tatsächlich eine Antwort eintrudelte. Bei dem Geräusch hoben sich meine Mundwinkel und ich drückte das Telefon an meine Brust.

Ich wollte ihn noch einmal – wie war egal. Meine Lippen brannten nach ihm, genauso wie mein Herz. Er war süchtig machend, schon beim ersten Mal, und so zog es mich zu ihm wie eine Heroinabhängige zu ihrem Dealer. Vielleicht musste ich auch einfach nur wissen, dass es real war.

Und das war es.

Niemals hätte ich gedacht, dass es mit ihm so einfach wäre, diese körperliche Seite der Liebe zu erkunden.

Oder, dass es so attraktiv, männlich und auch erregend aussehen würde, wenn Philip sich selber berührte. Und das tat er, ohne mich dabei aus den brennenden Augen zu lassen.

Ich lag mit ihm wieder auf seinem Bett, sah an seinem mittlerweile vor Schweiß leicht glänzenden Körper hinab. Über die Bauchmuskeln, den Schriftzug auf seinem Unterbauch und zu seinem Arm, dessen Muskeln sich an und entspannten, bis in die enge Shorts. Sie war so dünn, dass ich genau die Form seiner steinharten und riesigen Erregung erkennen konnte. Seine Eichel zeichnete sich deutlich unter dem kaum vorhandenen Stoff ab, jedes Mal, wenn sein Arm sich nach unten bewegte. Der Lusttropfen glitzerte gut sichtbar und auch sonst wurde nur wenig der Fantasie überlassen.

Oh Gott ...

Ich konnte kaum denken und musste wegsehen. Stürzte mich mit meinen Lippen wieder auf ihn, umfasste diesmal sein Gesicht fester, saugte sein Stöhnen erneut in mich auf und kniete mich neben ihn aufs Bett, um einen besseren Winkel für den Kuss zu bekommen. Verhalten rieb ich die Beine aneinander und merkte, dass ich dort förmlich BRANNTE! Lichterloh!

»Sag mir, wenn es so weit ist ...«, raunte ich zwischen unseren leidenschaftlichen Küssen.

»Du bringst mich noch um!« Er packte mein Gesicht mit einer Hand, verkrallte sich in meinen Haaren und zog mich wieder zu sich hinab, damit ich aufhörte zu reden. Seine Bewegungen in meinem Augenwinkel wurden schneller und er stützte sich auf einen Ellbogen, um mir noch näher zu sein. Mich noch weiter mit den Lippen zu verschlingen. Er war so sexy! Meine Fingernägel glitten an seinem Oberkörper herab, es war nicht möglich, mich zu zügeln und ich rutschte zu ihm in die Hose. Er keuchte, seine Augen flogen auf, sobald ich meine Hand unter seine schob und ihn umfasste. Wir sahen uns an und ich grinste abgelenkt, bevor sich seine Finger um meine schlossen und wir zusammen weitermachten. Sein Griff war fest und warm, das in meiner Hand fester und wärmer.

Niemals hätte ich erwartet, dass es so einfach wäre ...

So ... wunderbar ...

So ... natürlich ...

So ...

»Wenn du jetzt nicht aufhörst explodiert hier gleich ein Vulkan!«, knurrte er mich an.

Jetzt schon?! Oh mein Gott! Keineswegs stoppte ich. Mit stummer Faszination strich ich noch einmal von unten nach oben und die Naturgewalt nahm ihren Lauf.

Leicht drückte er seinen Rücken durch, ein Bein war aufgestellt. Flüssigkeit, die aus seiner Spitze schoss, verfärbte den Stoff noch dunkler, als er bereits war.

Langsam glitt ich mit meinen Fingern noch mal nach oben und nach unten, bis ich die Bewegung schließlich komplett ausklingen ließ und sich sein Körper ruckartig entspannte. Noch mit der Hand über meiner drehte er sein Gesicht atemlos zur Seite und küsste meine Wange.

»Das war die heißeste Naturkatastrophe, die ich jemals erlebt habe«, wisperte ich. Immer noch starrte ich wie gebannt unsere Hände in seiner Hose an. »Ehrlich, ich bin fast verglüht ...«

Er lachte leise und strich mit seiner Nase über meinen Kiefer. »Das sieht man und es steht dir.«

Ich wurde noch dunkler – als ob das möglich wäre.

»Wenn dir das nächste Mal danach ist, ruf mich an! Ich will dabei sein«

»Oh Gott ...« Der Schwanz in meiner Hand zuckte und ich lachte leise, wandte ihm wieder mein Gesicht zu und fuhr mit meinen Fingern über seine verschwitzte Stirn.

»Darf ich?«

»Scheiße, bist du grad aus *meinen* Fantasien rausgehüpft, oder was?« Ich gluckste. »Du darfst mit mir tun, was auch immer du willst, wann auch immer du es willst, und wo auch immer du es willst.« Das klang so ... schnulzig. Ich lächelte breiter, weil ich es dennoch mochte, wenn Philip so was zu mir sagte und so kuschelte ich mich eng an ihn, atmete seinen ganz persönlichen Duft ein und … schlief fast im selben Moment endlich ein. Mit der Hand voller Wichse.

***

Es war elf Uhr vormittags. Schon seit ungefähr zwanzig Minuten lag ich da und beobachtete sein friedliches, schlafendes Gesicht, bis er sich langsam regte und ich grinste.

»Was machst du jetzt mit dem Zeug?«, war die Frage, die ihn endgültig aus seinen Träumen weckte.

»Trocknen lassen.« Dies kam schulterzuckend und wurde von einem herzhaften Gähnen begleitet. Gleichzeitig spannte sich sein Arm an, weil er mich näher an sich zog und mit der Nase durch mein Haar glitt.

»Das ist widerlich!«, murmelte ich an seine Brust gepresst und er gluckste leise und rau.

»Findest du?«

»JA, PHILIP! Geh duschen!«

»Okay! Du läufst aber so lange nicht davon?« Er richtete sich bereits auf, mit einer Hand immer noch in seiner Hose, und hievte sich über mich. Im Morgenlicht sah er noch besser aus als im blassen Mondlicht. Jede einzelne, harte Kontur seines hünenhaften Körpers war zu erkennen und ich errötete, während ich ihn schüchtern anstarrte.

»Wohin sollte ich schon laufen?« Das meinte ich ernst und dementsprechend leise kam die Frage. Ich hatte nichts.

»Nirgendwohin! Ich würde dich überall finden!« Oh Gott, das hörte sich, wie der Himmel persönlich an, aber nur bei ihm. Damit gab er mir noch einen Kuss und schlich sich aus seinem Zimmer, um das Bad aufzusuchen.

Ich glaube, in diese Arschgrübchen hatte ich mich als Erstes verliebt ...

***

Philip kam in nichts weiter als einem schwarzen Handtuch um die Hüften zurück. Feucht von der Dusche ... Riesig, tätowiert, muskulös – die pure, pralle Männlichkeit. Einige Wassertropfen perlten noch über seine Haut.

Ein wirklich imposanter Anblick, mit einer Unmenge an Kraft dahinter. In diesem Moment wurde mir klar, dass ich wahrscheinlich niemals wirklich Angst vor ihm haben würde. Weil ... weil ... ja, weil er einfach Philip und ich Katharina war.

Ich vertraute ihm vollkommen, niemals würde er mich verletzen, niemals etwas tun, das ich nicht wollte. Er hatte es mir versprochen und ich glaubte seinen Worten nicht nur mit meinem Verstand, sondern auch aus tiefstem Herzen. Diese Erkenntnis war erleichternd und uns öffnete sich somit eine komplett neue Welt. Die Welt der körperlichen Liebe. Denn dieser Körper vor mir war geradezu dafür geschaffen, das Kamasutra hoch und runter zu praktizieren – und zwar *nur* mit mir!

Diese neuen Gefühle erschreckten und erregten mich gleichermaßen.

Wieso ich nur an das eine denken konnte, seitdem er im Bad verschwunden war?

Weil ich immer noch verglühte, und ihn wollte – mit Haut und Haaren!

»Ist dir immer noch so heiß?«

»Ja!«

»Soll ich das Fenster für dich öff...« Schon war ich aufgesprungen und hing an seinem Hals, küsste ihn. Langsam und genüsslich diesmal. Ich konnte nicht anders, einmal erweckt, war es fast unmöglich, die Leidenschaft für ihn zu zügeln und das, obwohl ich Bedenken gehabt hatte, ihn überhaupt berühren zu können! Unsere Oberkörper pressten sich aneinander, mir wurde lediglich noch wärmer. Zaghaft und kaum spürbar legten sich seine Arme um meine Taille.

»Fass mich so an, wie du es willst!«, forderte ich. Sie umfingen mich sofort wie zwei Würgeschlangen. Genau genommen so fest, dass ich vom Boden abhob und kichern musste. Kurzerhand ging er einen Schritt nach rechts, nahm mich dabei einfach mit und pflanzte meinen Hintern auf seine Kommode. Irgendwas pikte in meinen Arsch, aber ich konnte dem keine Beachtung schenken.

Er war fast nackt und nass und küsste mir schon wieder das Hirn aus dem Kopf. Ich befürchtete, ich würde durch ihn bald zu einem hirnlosen, nach Philip süchtigen Zombie mutieren und wimmerte ungehalten in seinen Mund, weil es so drängend zwischen meinen Beinen pochte. Das Pulsieren machte mich immer wahnsinniger.

»Berühr mich!« Diesmal klang ich erstens außer Atem und zweitens untypisch verzweifelt. »BITTE!«

Er stöhnte als Antwort und intensivierte seinen Kuss, krallte außerdem die Finger in mein Haar!

Oh Mann! Der Idiot!

»PHILIP!« Ich riss mich von ihm los und starrte ihn wütend an. »ICH MEINE DORT!«

»WAS? Jetzt? Sofort? Ich dachte, du willst es langsam, ich versteh dich nicht Kath...«

»Denk nicht! Tu´s einfach!«

»Ähm ...«

Oh Mann, wie konnte ein Typ, der so einen dämlichen Blick an den Tag legte, nur gleichzeitig so sexy wirken? Oftmals ließ mich allein sein Name vergessen, dass er selber noch nicht viel Erfahrung auf diesem Gebiet hatte. Also nahm ich eine seiner Hände aus meinem Haar, ließ sie langsam an meinem Hals herabgleiten, kurz meine Brust umfassen und dann meinen Bauch herabwandern. Fast in Zeitlupe, mit angehaltenem Atem. Sein Blick folgte unserem Pfad bis zwischen meine Beine. Ich hörte einfach auf meinen Instinkt und zeigte ihm, wo ich ihn spüren wollte. Denn ich war ein Fan von Kopfsprüngen ins kalte Wasser, anders ging es außerdem nicht. Doch von kalt konnte hier sowieso keine Rede sein, seine Finger kribbelten genau genommen so heiß, dass ich mir sicher war, ein dampfendes Zischen zu vernehmen, sobald er mich *dort* berührte.

»Oh Scheiße ...«, wisperte er nah an meinen Lippen und erkundete mich hauchzart. Strich an der Naht meiner Hotpants langsam hoch und runter. »Du bist wirklich heiß ... Also ich meine ... wortwörtlich.« Ich stöhnte lediglich und ließ meine Stirn geschlagen an seine breite Schulter fallen. »Mal sehen, wie heiß wir dich noch bekommen, hm?« Viel zu leicht fing er an, über dem Stoff und meinen Kitzler zu kreisen.

»Fester ...«, murmelte ich und biss dann in sein nacktes Fleisch, als er dem Befehl nachkam. Ich wollte schließlich nicht das ganze Haus zusammenstöhnen.

»Wow!« Ich bewegte ihm meine Hüften entgegen, kreisend, und erstickte dabei mein Stöhnen an seiner frisch duftenden Haut. »Scheiße ... Katharina ...« Das klang so verbissen, wie ich mich fühlte, als ich den Kopf nach hinten fallen ließ und mich der Lust voll hingab, die er mir schenkte. Ich musste zugeben, Philip wusste wirklich, was und wie er es tat, wenn er auch seinen Instinkten folgte.

Gleich, gleich würde ich kommen! Jeden Moment! Es war so unglaublich gut! Das hätte ich nicht erwartet! Meine Fantasien waren nichts dagegen! Ihm so nah zu sein, mich von ihm so berühren zu lassen … WOW! Er stöhnte verzweifelt. OH GOOOOOTT. GLEICH ....

»Okay! Das reicht!« Er zog seine Finger ruckartig zurück und trat auch noch von mir weg! Wie durch dichten Nebel verschwamm er förmlich und ich blinzelte verwirrt.

»W... was?«

»Ich will dich nicht überfordern ... und auf keinen Fall will ich, dass du irgendwas tust, was du danach bereust! Es geht zu schnell. Verdammt!« Sanft strich er mir die Haare aus dem Gesicht – ich schlug seine Hand weg.

Kommentarlos sprang ich von dem Sideboard und stürmte an ihm vorbei! Entweder das oder ich hätte mich wie eine Furie auf ihn gestürzt und ... keine Ahnung ... es wäre auf jeden Fall unschön für ihn geworden, und ich wollte nicht wegen Mord und Totschlag im Gefängnis landen!

»HEY?«, rief er gerade, als ich die Zimmertür hinter mir zuknallte und durch den Flur stürmte.

Er wies *mich* zurück?

GUT! Ganz sicher würde ich nicht betteln!

»WARTE!« Die Tür knallte erneut, als ich bereits fast die Stufen, immer zwei auf einmal nehmend, überwunden hatte. Mit geballten Fäusten stampfte ich hinaus und auf den Weg, der zum Gartentor führte. Die Haustür wurde aufgerissen und ein Philip Wrangler im Handtuch, das er an seiner Hüfte festhielt, stürmte mir mit nassem Haar hinterher. »VERDAMMT, BLEIB STEHEN! «

»Schnauze!«, rief Tristan sofort aus seinem Zimmerfenster.

»Was ist denn hier los?« Das war Tommy aus einem anderen.

»Keine Ahnung, vielleicht kam er nicht zum Schuss! Mir scheißegal, ich will pennen!« Das Fenster knallte wieder zu.

Ich rannte schneller und grüßte im Vorbeilaufen Frau Hofer, die uralte Nachbarin der Wranglers, der fast die Gartenschere aus der Hand fiel. Sie schüttelte den Kopf. Als *er* an ihr vorbeirannte, konzentrierte sie sich so wenig auf ihre Arbeit, dass sie einen kleinen Heckenengel köpfte.

Da bog ich schon um die Ecke und flüchtete über die leere Straße des noblen Vorortes. Ich beschleunigte meine Schritte, weil Philip aufholte. Und das barfuß über einen Kiesweg – was man bis zu mir hören konnte!

Gerade so schaffte ich es bis zu dem dreistöckigen Haus, die Treppen hoch bis in den zweiten Stock und kramte dann nach meinem Schlüssel in der hinteren Hosentasche. Schnell pfefferte ich ihn ins Schloss, drehte ihn um und ... wurde am Arm rumgewirbelt!

Er war genauso außer Atem wie ich und wirkte außerdem MEGAWÜTEND!

»Hast du ne Macke? Du kannst doch nicht einfach so abhauen!«

»Wie du siehst, kann ich das sehr wohl! Und jetzt lass mich los!«

»Hör auf mit dem Bullshit!«

»Ich hab gesagt, lass mich los!«

Er tat es nicht!

Also zog ich ihm kurzerhand das Handtuch von den Hüften, nutzte seine Irritation, um mich von ihm loszureißen, schlüpfte durch die Tür und knallte sie dem splitterfasernackten Philip vor der Nase zu! So!

13. ARSCHKARTE

Philip ›Hausfrauentraum‹ Wrangler

Das hatte ich nun davon, Katharina etwas zu verwehren!

Ich stand nackt, verschwitzt und mit schmerzenden, aufgespießten Fußsohlen (wegen dem verkackten Kiesweg) vor ihrer Haustür und hatte nicht den Hauch einer Chance, dass sie noch mal öffnen würde!

Fuck! Verzweifelt schlug ich mit der Faust gegen ihre Haustür. Aus der Nachbarswohnung linsten zwei kleine Kinder und erstarrten, sobald sie mich erblickten. Gerade als das kleine Mädchen mit riesigen Augen den Finger ausstreckte und auf meinen Schwanz deutete, war das Pech perfekt und die Mutter der Kinder folgte. Sie zerrte ihre neugierige Brut zurück in die Wohnung und schrie. »Sie perverses Schwein!«, bevor die Tür zuknallte. Gleich würde sie sicher die Bullen anrufen.

Mit beiden Händen schützte ich meinen besten Freund und sah mich um. Wie peinlich … Sollte ich jetzt wirklich in diesem ... ähm ... Aufzug das Haus verlassen? Mich raus auf die Straße trauen? Ins helle Tageslicht?!

Nein! Das ging natürlich nicht, aber hier gab es auch nichts, was ich hätte nutzen können, um mich zu bedecken – weder Pflanzen, Fußabtreter noch irgendwelche Stühle. Da fielen mir die Briefkästen und die darin liegenden Zeitschriften ein. Okay, ich verletzte das Postgeheimnis, das war mir gerade aber ziemlich egal.

Auf Zehenspitzen schlich ich die Stufen runter, nur um dann voller Enttäuschung festzustellen, dass ich durch diesen dünnen Schlitz nichts rausbekommen würde. Mit einer Hand versuchte ich es trotzdem, die andere war mit Halten beschäftigt. Nicht dass ich mir da unten noch was wegholte oder mir der Schwanz abfror.

Genau in dem Moment, als ich mir auf die Zunge beißend und höchstkonzentriert in einem Briefkasten nach einer Zeitung angelte, schwang neben mir die Haustür auf. Eine ältere Dame in Pelzmantel und knallrotem Hut sowie einem Mops an der Leine kam gemächlich hereingetrottet, sah mich ... blieb wie angewurzelt stehen und ... fing an zu schreien!

Ich dachte, ihr rot geschminkter Mund würde mich verschlingen!

Sofort öffneten sich *alle* Türen, weil die ja gar nicht daran dachte, mit ihrem Sirenengeheul aufzuhören und ich entschied mich für die einzig mögliche Option: FLUCHT!

Raus aus dem Haus! Über die Straße, den verdammten Kiesweg entlang, wo ich eher einen »AU AUA AUA AUA FUCK«-Tanz aufführte, als zu rennen, und um die Ecke. Noch einmal winkend an Frau Hofer vorbei (der andere Heckeenengel verlor auch seinen Kopf) über den Zaun springend wie über eine Hürde und ab nach Hause.

Mit dem Rücken lehnte ich mich total erschöpft und außer Puste von innen an die Tür und verschnaufte erst mal.

»So eine Scheiße ...« Angestrengt strich ich mir übers Gesicht ... und sah dann auf, um zur Krönung auf den Blick von Tris aus dem Wohnzimmer zu treffen. Ebenso, wie auf Tommys, auf dessen Schoß, vermutlich als Krönung der Krönung, Vivi saß – absolut reglos. Und alle drei Idioten starrten mich an!

»Kein Wort!«, zischte ich ihnen zu und erklomm hoch erhobenen Hauptes die Treppen. Vivi konnte sich ein »Geiler

Arsch!« wohl nicht verkneifen. Ihr irres Gelächter folgte mir bis in mein Zimmer.

Eins war klar, diese Frau würde mich fertigmachen.

***

Sportfeste mochte ich normalerweise besonders, wenn es richtig schön heiß war. Katharina lief dann nämlich halb nackt herum und verwöhnte meine Augen mit ihren perfekten weiblichen Vorzügen. Auch heute trug sie lediglich einen winzigen, schwarzen Rock und ihr goldenes, hautenges Lieblings-Spaghetti-Oberteil. Das Haar hatte sie straff zu einem Pferdeschwanz hochgebunden und sie trug gemütliche, farblich passende Sneaker. Eine einzelne goldblonde Strähne hatte sich gelöst und glitt bei jeder Bewegung über ihren zarten Nacken – komisch, dass sie diese optische Entgleisung zuließ. Sie lenkte meinen Blick dorthin, wo schon meine Lippen gewesen waren, die zu kribbeln begannen.

In Zeitlupe erinnerte ich mich daran, dass ich diese vollen roten Lippen auch auf mir gespürt hatte, dass die grazilen Finger an meinem Kiefer entlanggestrichen waren, dass sie für ein paar glorreiche Minuten mir gehört hatte.

Bevor ich es so verkackt hatte, wie nur ich es konnte.

Sie war eindeutig die schönste Frau hier an der Schule, ach was sag ich, der ganzen Stadt, und sie wusste das. Sie hätte locker bei der Victoria´s Secret Show (ich kannte das nur von Tristan!) mitlaufen können.

Ihr Arsch wackelte den ganzen Vormittag göttlich an mir und dem Limonadenstand vorbei, den ich beaufsichtigte. Hin und her. Her und hin. Natürlich ignorierte sie mich dabei.

Dann kam der Nachmittag.

Ich starb tausend Tode, als sie während der Show in der Mitte des grünen Rasens für die Schüler und Eltern herumsprang, sich verrenkte, Spagat machte – mir dabei tödliche Blicke zuwarf, während mein Kopfkino gleichzeitig auf Hochtoren lief. Sie war so gelenkig, dass mir unweigerlich in den Sinn kam, was ich alles mit ihr anstellen könnte ...

Es folgten Rückwärtsrollen, Saltos und Räder, dabei strich sie mit ihren Fingerspitzen andächtig über ihr Gymnastikband, drehte Pirouetten und kam mir im Großen und Ganzen vor, wie ein verdammt akrobatischer Engel. Herabgestiegen direkt aus dem Himmel, um mich wahnsinnig zu machen. Sie war so was wie meine persönliche himmlische Hölle.

Verdammte Scheiße!

Ich versteckte mich förmlich hinter dem Tisch des Standes – wegen ... den *harten* Tatsachen des Lebens.

»Was hast du gestern angestellt, dass sie so pissig auf dich ist?« Tristan der Arsch war an meiner Seite aus dem Nichts aufgetaucht und stützte sich mit den Ellbogen auf meinen Tisch, um Katharinas Philip-Folter belustigt zu beobachten. Mein Bruder schaffte es, sofort den Finger tief in jede Wunde zu drücken, das war eins seiner speziellen Talente.

»Nichts!« Was ging es ihn an!?

»Sie ist wirklich verfickt biegsam ... findest du nicht?«, bemerkte er nüchtern und ich wollte seinen Kopf packen und kurzerhand auf die Tischplatte hämmern. Stattdessen lenkte ich ab.

»Mann, Alter, du hast überall Lippenstift.« Angewidert sah ich ihn an.

»Ich weiß ...« Seine Stimme klang weit entfernt. Er legte den Kopf schief und beobachtete gerade Katharinas Arsch, den sie uns zudrehte und in diesem flattrigen Röckchen schwang. SO SEHR, dass das Gold ihres Höschens zwischen ihren prallen

Arschbacken aufblitzte. Ich fragte mich, ob ich darauf ein Glas Vodka abstellen könnte, um es dann über ihr auszuschütten und ihren süßen Spalt genüsslich sauber zu lecken. Dann ...

»Heilige Scheiße! DAS ist krass! Hast du das gesehen! Fuck!«

»TRIS!«, knurrte ich ihm förmlich zu.

»Hmmmm?« Er war wie in Trance.

»Hör auf, sie mit den Augen zu ficken!«

»Irgendwie muss es ja jemand tun. Alles andere ist doch Verschwendung!« Das war der Moment, in dem ich seinen gezielten Provokationen nicht mehr standhalten konnte. Nicht so schwitzend und mit einer Riesenlatte in der prallen Sonne. Da Katharina das Fest organisiert hatte, war sie auch schuld, dass ich als Einziger ohne Schirm in der Hitze brutzelte. Und dann hatte sie nichts Besseres zu tun, als mir zusätzlich mit ihren göttlichen Kurven einzuheizen, während Tristan ohne Unterlass stichelte! Also packte ich ihn am Kragen und zog ihn über den Tisch zu mir heran, sodass seine Nase meine berührte.

»ICH TU DAS!«

Er grinste überheblich, als ich ihn losließ. Natürlich wusste der Arsch, dass ich bei ihm niemals ernst machen würde. Zumindest nicht mehr, seit wir älter als zwölf waren. Bis dahin hatten wir uns regelmäßig die Köpfe gleich nach dem Aufstehen eingeschlagen.

Lachend lehnte er sich wieder zurück, nur um sie weiter anzustarren, als sie ihre Show gerade beendete. Scheinbar fünf Meter sprang sie in die Luft, mit den Beinen im Spagat und kam dann genauso auf dem stechend grünen Rasen auf. Sie ließ sich nach vorne fallen und blieb mit der Nase auf ihrem Knie liegen, bis die letzten Töne des Liedes verklangen. Alle fingen an zu jubeln und Beifall zu klatschen.

Katharina lächelte schüchtern, mit geröteten Wangen, stand auf, verbeugte sich, drehte sich um und ... kam schließlich auf mich zu.

Lächelnd.

Wunderschön.

Ihre Beine waren lang und schimmerten leicht, dank des Öls, das sie benutzt hatte; ihr Pferdeschwanz wippte hin und her. Dabei wurde sie von hinten von der Sonne angestrahlt und wirkte wie ein Engel, der sich mir durch einen weißen Tunnel näherte. Ich musste gerade gestorben sein, denn sie glich einer Erscheinung und war so fucking hübsch, der Traum eines jedes Mannes ... Geradewegs ging sie auf den Tisch zu, krabbelte lasziv, wie sie war, einer Raubkatze ähnlich, darauf, zog mich am Nacken heran und küsste mich. So heiß und verlangend wie gestern. Ihre Lippen tanzten mit meinen, während sie in meinen Mund stöhnte ...

»PHILIP!« Die Vision zog an mir vorbei … und sie stand mit hochgezogener Augenbraue vor dem Tisch.

»JA?«

»Du sabberst!«

Fuck! Schnell wischte ich mir mit dem Handrücken über den Mund, bemerkte aber, dass sie mich verarschte – kleines Miststück! Ihre vollen Lippen umspielte ein winziges arrogantes und total spöttisches Lächeln, als hätte sie gerade eben direkt in meinen Kopf geschaut.

»Und? Hast du dich erkältet?«, fragte sie hinterlistig grinsend. »Ich will ein Wasser.«

»Madame will, Phil springt«, murmelte Tristan neben uns, kassierte Todesblicke von allen Seiten und schlenderte schließlich mit in den Taschen vergrabenen Händen pfeifend davon. Direkt an seiner Nase lief der Truthahn mit eingezogenem Kopf vorbei und er stellte ihr – ganz nebenbei – das Bein. Das war irgendwie ein Ritual zwischen den beiden. Fröhlich marschierte er weiter und ignorierte ihr Stolpern komplett.

Ich reichte Katharina ihr Wasser.

»Danke.«

Sie drehte sich von mir weg, als sie trank, und zeigte mir wortwörtlich die kalte Schulter. Und ich war zu sehr in meinem Stolz verletzt, um es ihr noch einmal zu erklären. Tatsache war, sie wollte mir doch gar nicht glauben! Und wegen ihr hatte ich gestern durch die halbe Nachbarschaft rennen müssen! Nun war ich sicher die Wichsvorlage für alle Hausfrauen der Umgebung! Ich hatte Fifty abgelöst, yeah! Wahrscheinlich hatte eine sogar noch schnell meinen Arsch fotografiert und der hing jetzt in irgendeinem Oma-Schlafzimmer über einem Bett!

Katharina war erbarmungslos. Aber was sie konnte, konnte ich schon lange!

Ohne mich noch eines Blickes zu würdigen, ging sie hoch erhobenen Hauptes, mit wiegenden Hüften, davon, nur um sich zu Tommy und Vivi zu stellen und mit ihnen zu plaudern, zu lächeln und sogar zu lachen und mich nicht einmal mit der Arschbacke anzusehen. Verfickte Scheiße!

***

Schon bald hatte dieses Trauerspiel ein Ende! ICH hatte nämlich, bereits halb ausgedörrt und mit knallrotem Kopf (sicher ein Sonnenstich), auch noch meinen großen Auftritt bei diesem Schulfest.

Dank Katharina durfte ich mich wieder mal zum Nappel machen und in ein Kinderplanschbecken voll ekelhaft wabbligem giftgrünem Schleim steigen, inklusive eines anderen Pissers aus meinem Ringerteam.

»Na, ich hoffe mal, davon fallen dir nicht die Haare aus ...«, murmelte Tristan vor sich hin, als er neben mir zwischen den gaffenden, johlenden, totalen Idioten den schmalen Gang, den sie freiließen, in der prallen Hitze auf das Becken zuging.

»Was willst du überhaupt hier?«

»Ich bin dein Coach!« Ich verdrehte lediglich die Augen, denn er massierte mir die Schultern, sobald wir stehen blieben. Auf der anderen Seite der grünen Masse stand Sergej, ein Kerl, den ich beim Truthahnquälen kennengelernt hatte. Es war ein Winterabend gewesen, es hatte leicht geschneit und ich war vom Training nach Hause gegangen. Er hatte sie zu Boden gestoßen, sie getreten und bespuckt, als ich um die Ecke gebogen war. Zwar ging auch Tristan nicht gerade zimperlich mit ihr um, aber das war zu viel. Also hatte ich ihm kurzerhand die Fresse blutig geschlagen und sie heimgebracht. Mia Engel durfte niemals jemandem davon erzählen.

Seitdem konnte ich ihn nicht ertragen, weder seinen Anblick noch seine Gegenwart – andersrum war es genauso und so lieferten wir uns dreimal die Woche beim Training die heftigsten Kämpfe.

Schon allein, weil er mir seit unserer ersten Begegnung den Rang ablaufen wollte, natürlich nur mit faulen Mitteln.

Er grinste idiotisch – die Narbe auf seiner Wange, die sein Gesicht entstellte, machten das Ganze zu einer waschechten Fratze – und verschränkte demonstrativ die mit Anabolika aufgepumpten Arme.

»Meine Fresse ... Was für ein Poser!« Das war wieder Tristan, der seinen ungefragten Kommentar ablieferte. Diesmal gab ich ihm vollkommen recht!

Vor dem Planschbecken hatte sich förmlich die halbe Schule versammelt. Besonders die Tussis standen alle in den ersten

Reihen und brüllten »Ausziehn! Ausziehn! Ausziehn! Tristan ich will ein Kind von dir!«

»Ich bin doch nur der verfickte Coach!«

Ja, klar, die Hitze knallt mir eh schon den ganzen Tag auf meinen verdammten Schädel, wieso auch nicht gleich auf den ganzen Körper?! Als ich dem Befehl Augen rollend nachkam, kreischten die notgeilen Weiber noch lauter. Ich schnaubte spöttisch und schmiss mein Shirt achtlos zu Boden.

Alle wollten mich, alle waren da, um mich zu sehen, alle – außer ihr. War ja klar, dass Katharina sich nicht die Ehre gab, wieso auch?

Ich ließ meinen Blick über den grünen Rasen des Sportplatzes direkt vor imposanter Bergkulisse gleiten und entdeckte sie, ein Stück weiter weg. Sie lehnte locker am Fußballtor und beobachtete das ganze Spektakel gelangweilt mit verschränkten Armen und hochgedrückten Traumtitten.

Ihr schien das Kommende nicht so zu gefallen wie ihren Geschlechtsgenossinnen. Doch ihr Blick wanderte trotz der Abweisung besitzergreifend über meine in der Sonne glänzenden Muskeln. *Tja, mein Schatz, das könnte alles dir gehören, du musst es dir nur holen!* Ein Grinsen zog meine Mundwinkel nach oben und ich zwinkerte ihr zu. Sie presste die Lippen aufeinander und sah hoch erhobenen Kopfes von mir weg.

Vivian tauchte wie aus dem Nichts mit einem riesigen Megaphon neben mir auf. Als sie es anstellte, wünschte ich mir taub zu sein. Diese abartigen Geräusche, die es von sich gab, glichen einer Vergewaltigung der Ohren und sorgten garantiert für Taubheit bei jedermann. »WELCOME TO THE SHOW!«, quakte sie euphorisch. Sie freute sich, dass alle da waren, fragte, ob alle die Himbeerbowle probiert hätten, weil die ja total lecker wäre, und kündigte nun das absolute Highlight an.

Allerdings hatte sie das bei den anderen Programmpunkten auch schon immer betont. Zum Beispiel bei Martin beim Breakdance oder Tristan beim Boxen …

Sobald sie alle mit dem Ding eine Runde über den Haufen gebrüllt hatte, durften wir den Ring betreten. Meine Freude war grenzenlos, als ich den Inhalt des Kinderbeckens skeptisch betrachtete.

Was war das nur? Wackelpudding gemischt mit Glitzerstaub und Glibberschleim aus meiner Kindheit! »Hoffentlich glitzerst du danach nicht so wie dieser schwule Vampir … Edward!« Ich fragte besser nicht, woher Tristan diesen Namen kannte.

Vivi stand neben Tom und feuerte uns bereits fleißig an, Tristan schlug mir auf die Schulter, als auch schon der *GONG* meinen Hörsturz perfekt machte. Plötzlich legte sich eine total peinliche Stille über das Feld, als wären wir hier bei Rocky Balboa gelandet.

Das einzige Geräusch, das die Ruhe des Nachmittags durchbrach, war das quetschende Schlabbern, das unsere Füße beim Betreten des Beckens machten und das an einen feuchten Furz erinnerte.

Ich war genervt von dem Schleim, der sich zwischen meinen Zehen durchpresste und mir war verschissen heiß! Der Schweiß lief förmlich aus allen Poren und – zur Aufgeilung aller Frauen in Sichtweite – meinen freien Oberkörper hinab. Also würde ich das hier verdammt kurz halten.

So tänzelten wir ungefähr eine Sekunde umeinander, na ja, wir versuchten es, aber dank des Glibbers wirkte es wohl eher wie ein Stampfen, bevor ich ihn im Schwitzkasten hatte.

Auf meinem Rücken war mein Motto eintätowiert: »Der Kampf gehört mir!«. Also stürzte ich mich immer in die Schlacht – welche auch immer.

Und ganz ehrlich? Gerade jetzt, wo Katharina mich wahnsinnig machte, kam mir das eigentlich ganz recht. Obwohl ich mit meiner Aufmerksamkeit alles andere als bei der Sache war. Immer wieder huschte mein Blick über den Pulk von Leuten, während ich gleichzeitig abgelenkt auswich.

In dem Moment, als sie sich durch die Masse schob und wir uns ansahen, passierte es.

Er traf mich mit voller Wucht in den Magen, und zwar mit der Faust. What a fuck! Der Idiot hätte nie eine Chance gehabt, wenn er kein Arschloch gewesen wäre ... Aber so geht es ja vielen Menschen.

Durch die Menge ging ein gemeinschaftliches »Ohhhhhhh!«, bevor ich ihm einen heftigen Kinnhaken verpasste, der bis in meine Schulter hochdröhnte. »UHHHHHHHHHH!« Er fiel mit dem Gesicht aus dem Becken, mit dem Körper mitten in die grüne Scheiße – ich blieb über ihm stehen. Atemlos verschränkte ich die Arme vor der Brust. Der Sieger war klar und nun grinste ich triumphierend.

Ein Philip Wrangler verliert nicht! Rein aus Prinzip!

Natürlich sah ich wieder zu Katharina, die nur ihre Augen verdrehte, aber ein wenig über mich und meine Pose lächelte – man hätte fast meinen können, dass sie stolz auf mich war. Wow ... Wenn sie mich jedes Mal so ansehen würde, wenn ich jemanden zu Boden gehen ließ, würde ich zum Rowdy mutieren.

Sergej rappelte sich immer noch keuchend auf und gab mir die Hand. Die Menge tobte, als wir uns auf die Schulter klopften. Mit einem schmierigen Lächeln nickte er mir zu und wollte sich an mir vorbeischieben, doch ganz nah an meinem Ohr stoppte er und flüsterte:

»Deine kleine Schlampe hat gewinselt, als wir sie fertiggemacht haben ... Sie hat genau das bekommen, was sie verdient.«

14. ZUSAMMENBRUCH

Katharina ›verwundert‹ Oskorbova

Philips gesamte Körperhaltung änderte sich von einem Moment auf den anderen. Keiner verstand, was Sergej ihm zugeflüstert hatte, aber jeder bemerkte sofort, wie Philips Kopf sich langsam zu dem Russen umwandte, er die mächtigen Fäuste ballte, bis die Sehnen an den muskulösen Armen hervortraten. Wie alles, was eben noch menschlich gewirkt hatte, etwas Animalischem wich. Seine Augen verdunkelten sich, als er seinen Kontrahenten ins Visier nahm und sämtliche Wärme, die ich sonst in ihnen fand, mit einem Schlag verschwand. Übrig blieb nur der Drang zu zerstören, zu verletzen und ihn in eine Welt der Dunkelheit zu befördern.

Genauso hatte mein Vater ausgesehen, kurz bevor er zuschlug ... oh Gott ... ich bekam keine Luft! Scheiße!

In der nächsten Sekunde lag Sergej wieder in dem Glibber. Keiner hatte es erwartet oder konnte folgen und es johlte auch niemand. Genau genommen ging ein panisches Raunen durch die Menge und Blicke aus weit aufgerissenen Augen wurden ausgetauscht. Philips Knie war auf Sergejs Brust und presste ihn in den giftig wirkenden Schlamm, der das Narbengesicht langsam umschloss.

Sergej gurgelte.

»*Fuck Phil*!«

Alles war wie ein Unfall, nicht real und keiner imstande einzugreifen. Die Zeit schien sich zu verlangsamen, fast einzufrieren, so wie bei Matrix wenn die Kugeln vorbeifliegen – und in meinen Ohren rauschte es. Ich konnte nicht reagieren, als Tristan ihn rief; mich nicht rühren, atmen oder denken. Doch offensichtlich seine Brüder, denn sie packten Philip an den Oberarmen, und hielten ihn zurück, während Tommy ihm etwas zuflüsterte. Philips Muskeln bebten förmlich, die Sehnen traten hervor, er wirkte wie ein Stier und Sergej war das rote Tuch. Sie zogen ihn mit einigen Mühen von dem Russen weg. Philip ließ es geschehen, völlig starr und mit brennendem Blick auf *ihn* gerichtet. Aber er trat Sergej noch einmal sehr gezielt in den Bauch, sodass dieser Blut spuckte und sich krümmte.

Ich zuckte zusammen, als würde er in meinen Magen treten. Fühlte *seine* Fußspitze, die sich in meinen Bauch bohrte, wie mir kotzübel wurde, ich trocken hustete und nach Luft keuchte. Wie ich langsam unter seinen Tritten ohnmächtig wurde, kaum eine Stelle am Körper die nicht schmerzte, brannte, pochte.

Ich wollte sterben ... und rettete mich in sichere Schwärze. Gottseidank!

***

Mein erster Gedanke war, dass es hier himmlisch roch. Mein zweiter, wieso alles so wackelte und schaukelte, und mein dritter, woher das gleichmäßige, beruhigende Klopfen unter meinem Ohr kam. Langsam öffnete ich die Augen, was mir nur mit Mühe gelang, weil mein Kopf an einer Brust ruhte – einer nackten – Philips! Ich wusste es beinahe sofort. Das war schön, obwohl ich merkte, dass er von oben bis unten mit klebrigem Zeug eingeschmiert war ... Aber ich verdrängte sämtliche Mutmaßungen, wieso, denn ich lag endlich in seinen Armen, schmiegte mich an ihn, zusammengerollt auf seinem Schoß. Nichts konnte himmlischer sein.

Mit einem Schlag kehrte die Erinnerung zurück, vor allem an seinen mörderischen Blick, und ich wich ruckartig zurück. Nur um sofort in seinen warmen, besorgten Augen zu versinken. Nichts war mehr von der Härte und Dunkelheit zu erkennen und ich blinzelte benommen. War das alles nur ein Albtraum gewesen? Mit Sicherheit nicht.

»Bringt ihr mich nach Hause?«, fragte ich Tristan, der seinen knallroten Audi lenkte.

»Nein!«, widersprach Philip. »Wie geht's dir?«

»Ich will nach Hause!«

»Bei mir ist dein zu Hause.«

»Philip!«

»Nein!«

»Tristan!«

»Klappe, Katha!«

Nun drückte ich mich von seiner schleimigen Brust weg. »Was soll das?«

»Du sollst still sein und mir sagen, wie es dir geht!« Unnachgiebig sah er mich an, ungefähr genauso kampfeslustig, wie ich mich gerade fühlte.

»Wie soll ich dir denn bitte was sagen, wenn ich still bin? Mein Gott, Philip, denk doch mal logisch! Außerdem! Von dir nehme ich keine Befehle entgegen, wenn du meine nicht einmal zu Ende bringst!« Ja, manchmal war ich selber schockiert darüber, wie leicht ich manchmal mit Philip über solche Themen sprechen konnte, die es sonst nur zwischen Vivi und mir gab.

»Ehrlich, Phil? Du hast aufgehört, bevor sie gekommen ist? Alter, das ist das Letzte! Dann ist das alles wirklich total verständlich! Habe ich dir nicht beigebracht, dass eine der Grundregeln lautet: Der erste Orgasmus gehört der Frau!«

»KLAPPE!«, riefen wir beide Tristan zu, der sich empört eingeschaltet hatte. Er murrte was von Fahrdienst und undankbarem Pack, aber ich schaltete ab, weil ich gerade dagegen ankämpfte, mich nicht in diesen funkelnden grünblauen Augen aus vollster Nähe zu verlieren.

»Philip, du weißt ganz genau, dass ich Gewalt verabscheue … Was ist nur in dich gefahren?«

»Alles, was ich möchte ...«, wisperte Philip mit einem Mal, »ist, erst mal zu wissen, wie es dir geht, Kleines.« Ich starrte ihn immer noch an, irgendwie total gerührt davon, wie er mich nannte und von seinen vorsichtigen Berührungen, als er sanft über meine Wange strich.

»Mir geht's gut und ich bin nicht klein ...«, flüsterte ich, auch wenn ich mich bei ihm genauso fühlte.

Er lächelte warm. »Für mich schon.«

»Nur weil du ein Riese bist …«

»Katharina. Ich will, dass das zwischen uns klappt, aber dafür musst du mit mir reden. Wir müssen ehrlich zueinander sein, nichts vor dem anderen verstecken. Ich weiß, das war bis jetzt deine Taktik, um in Ruhe gelassen zu werden, aber du willst doch nicht, dass ich dich in Ruhe lasse, oder?« Mist! Meine üblichen Verhaltensstrategien prallten einfach an ihm ab, er durchschaute mich! Ich war baff und eine totale Irre, die keine Ahnung von zwischenmenschlichen Beziehungen und allem Drum und Dran hatte. Er hingegen schien, ohne viel Erfahrung, alles zu durchschauen und zu wissen, wie es funktionierte. Abwehrend verschränkte ich die Arme vor der Brust. Philip lachte leise und strich dabei mit seiner Nase über meine Schläfe. Kurz musste ich auch grinsen und konnte gar nichts dagegen machen, weil ich merkte, dass ich genau das tat, wovon er gerade gesprochen hatte.

»Willst du, dass ich dich in Ruhe lasse, Katharina? Sag ein Wort und ich werde dich nie wieder berühren.« Seine Hand legte sich auf meinen Oberschenkel. Besitzergreifend, riesig, heiß. »Ja oder nein? Ein für alle Mal.«

OH GOTT! Das wollte ich natürlich nicht! Auf keinen Fall sollte er *jemals* aufhören, mich zu berühren, aber ich konnte nicht so einfach über meinen Schatten springen. Wieso tat er mir das an, obwohl er genau Bescheid zu wissen schien?! Er musste doch merken, wie verrückt ich nach ihm war. Allein wenn ich an meine Show dachte, die ich beim Sportfest hingelegt hatte – die war einzig und allein für ihn gewesen. Mir blieb keine andere Möglichkeit, mich ihm mitzuteilen.

Ich umfing seinen Nacken, zog ihn zu mir und küsste ihn verzweifelt.

Er verstand meine Antwort sofort, und sein von oben bis unten tätowierter Arm schlang sich enger um mich, seine Lippen öffneten sich und wir stöhnten beide auf, als sich unsere Zungen berührten. Oh Gott, ich wollte auf der Stelle ENDLICH mit ihm in seinem Zimmer ganz alleine sein. Die Vorhänge zu – nur er und ich in der Dunkelheit. Das wäre noch himmlischer!

In den nächsten Sekunden brachte Tristan den Wagen zu einem ziemlich abrupten Stillstand, bei dem es mich fast nach vorne geschleudert hätte, wenn Philip mich nicht sofort festgehalten hätte.

Meine Gebete wurden erhört! Wir waren daheim!

***

»Würdest du mir die außerordentliche Ehre erweisen und bei mir duschen?«, wisperte er in mein Ohr und ob ich wollte oder nicht, ich fühlte an meinem Bauch, wie es zuckte. Ja, wir waren förmlich ins Haus gestolpert, knutschend, halb fallend, aber auch klebend, was ich bisher erfolgreich ignoriert hatte, und hingen immer noch aneinander.

Meine Antwort war ein heiseres Stöhnen, allein bei der Vorstellung von seinem mit Wasserperlen bedeckten Körper. Ich war kurz vorm Bersten!

Nachdem ich gestern von Philip nach Hause getürmt war, hatte ich zwar den halben Tag damit verbracht, es mir selber zu machen, weil ich sonst total angespannt und … geladen gewesen wäre, aber irgendwie hatte mich das nicht befriedigt. Kein bisschen. Ich brauchte IHN.

Voller Vorfreude und Neugier brannte ich darauf, zu erfahren, wie es mit Philip sein würde. Genau genommen konnte ich an nichts anderes mehr denken, seitdem ich ihn das erste Mal geküsst hatte.

»BITTE fürs Fahren! Nicht der Rede wert! Geht nur und habt wilden Sex, Kinder!«, rief uns Tristan hinterher, da hatte mich Philip gerade hochgehoben und trug mich im Braut-Style die Treppen hinauf. Ohne den Kuss zu unterbrechen.

Mit dem Ellbogen drückte er die Klinke seines Zimmers runter, wir tauchten in die Dunkelheit. Die Vorhänge waren schon zu, anscheinend mochte es Philip auch dunkel.

»Oh!« Dann fiel ihm ein, dass wir ja unter die Dusche mussten und ich lachte, als wir sein Zimmer wieder verließen und in eines der drei riesigen Bäder wechselten, die diese Traumvilla hergab. Den Luxus, ein direkt angrenzendes Bad zu haben, durfte ja nur Tristan genießen, aber der verbrachte dort auch die meiste Zeit, wohlgemerkt.

Philip setzte mich mitten auf den warmen Fliesen ab, sah einige Sekunden auf mich herab und ich fühlte mich bereits nackt! Ich konnte nicht REDEN! Was sich allerdings in meinem Kopf abspielte, war eine ganz andere Sache …

Philip zwang mich nicht, sondern gab mir einen winzigen Kuss, trat zur Wanne und ließ Wasser einlaufen. Immer noch in nichts weiter als den schleimigen Jeans, trotzdem mit einer atemberaubenden Rückenansicht. Irgendein Badezusatz wurde reingekippt, sodass sich schon bald ein Schaum-Mount-Everest bildete und es himmlisch nach Kokos und Vanille duftete.

Ich starb fast vor Aufregung und glaubte nicht, mich jemals vor ihm ausziehen zu können, aber erst mal ... galt es, nicht sofort zu schmelzen.

Denn er drehte sich zu mir um und öffnete langsam den Knopf seiner Jeans. Ließ mich dabei nicht aus den Augen, lauerte auf jede noch so kleine Regung. Ich stand da wie das Reh im Scheinwerferlicht und konnte ihn nur anstarren, vor allem den verschnörkelten, stilvollen Schriftzug, der unter seiner linken Brust eintätowiert war: ›Trust‹. Ich fühlte mich sofort angesprochen, als hätte er es für mich stechen lassen. Ja, ich vertraute ihm und deswegen ergriff ich nicht die Flucht.

Auch nicht, als der Reißverschluss herabgezogen wurde und muskulöse Leisten freilegte. So konnte man fast den Ansatz von seinem Schwanz erahnen, der sich aufmerksamkeitsheischend gegen den rauen Stoff presste. Er sah mich mit schief gelegtem Kopf an und lächelte provokativ. *Na, soll ich?*

Mühsam schluckte ich und nickte, bevor er die Finger in den Bund einhakte und die Hose zu Boden fallen lassen wollte, was diesem sinnlichen Strip die Kirsche aufgesetzt hätte. Ja, *hätte*.

Denn durch den matschigen, widerlichen Schleim wurde aus einem Striptease, der so männlich und doch lasziv begonnen hatte, eine typische Philip Wrangler Nummer. Die Jeans klebte an seinen Muskeln.

Während ich mich vor Lachen nicht mehr einbekam, hüpfte er also kurz darauf fluchend und glitzernd auf einem Bein durch das stilvolle Badezimmer, um das Ding loszuwerden. Meine gewieherte Frage, ob ich helfen solle, beantwortete er mit einem angepissten »NEIN!« Daraufhin lachte ich noch lauter.

Mit einem Mal hob ich vom Boden ab und fand mich auf seinen Armen wieder, während er zur Wanne marschierte, dabei war ich komplett angezogen!

»Du lachst mich aus, kleine Katharina?« Seine Augen

funkelten verwegen, während mir das Lachen sofort verging und ich mich panisch an ihm festklammerte.

»NEIN PHILIP!« Da ließ er mich schon los, um mich ins Wasser zu schmeißen. Allerdings hielt ich kurzerhand seine Oberarme fest und umschlang ihn irgendwie mit meinen Beinen wie ein Äffchen. Damit hatte er natürlich nicht gerechnet. Ob er wollte oder nicht, ich zog ihn gnadenlos mit ins riesige Eckbadewannenvergnügen. Prustend landete er halb auf mir mitten im Schaum. Etwas davon verfing sich sogar in seinem Haar.

Riesig, pitschnass und steinhart ragte er über mir auf, presste sich eng an mich ... in einer Pose, bei der sich bestimmte Teile genau dorthin drückten, wo ich sie schon immer haben wollte.

Oooops …

»Lachst du jetzt auch noch?«, wisperte er direkt an meinen Lippen und bewegte seine Hüften an meinen. Nein, zum Lachen war mir nun wirklich nicht mehr zumute. Stattdessen stöhnte ich und rieb mich ebenfalls zaghaft an ihm. Er war riesig.

»Oh Gott ...«, keuchte ich und er umfing mich mit einem Arm an der Taille, hob mich aus dem Wasser – sich entgegen –, und presste sich noch enger an meinen Unterkörper.

»Wenn ich aufhören soll, musst du es mir *jetzt* sagen. Ja oder nein?!«

»NEIN!« Gut! Der Hirnfilter war aus, somit fiel mir das Sprechen mit ihm viel leichter. Er grinste ... triumphierend und gleichzeitig verlangend ... dann küsste er mich kurz.

»Darf ich dich berühren, Kleines?« KLEINES! Wieso machte es mich nur derart an, wenn er mich so nannte?! War irgendwas an diesem Kosenamen verhext?

»Das fragst du noch?«, flüsterte ich absolut ehrlich. Und er tat es!

Während er mich wieder um den Verstand küsste, wie nur er es konnte, schob sich seine Hand geradewegs in mein goldenes Lieblings-Höschen. Er stöhnte meinen Namen, als er mich darunter berührte, glatt rasiert und perfekt wie der Rest von mir. Zärtlich und vorsichtig – sein angespannter Kiefer verriet, wie sehr er sich zügelte, und gleichzeitig, wie sehr es ihn anmachte. Besonders als er meine Klitoris fand, steigerte es wohl nochmals seine Erregung, denn er keuchte hingebungsvoll, bevor er anfing, sanft mit zwei Fingern zu reiben. Gleichzeitig küsste er mich behutsam, lauerte immer noch auf ein Stopp oder einen Schrei. Das würde sicher nicht passieren – zumindest im negativen Sinne. Er schmeckte wunderbar und berauschend.

Philip hatte sich wohl in den Kopf gesetzt, mich tatsächlich zum hirnlosen Zombie mutieren zu lassen! Und das gelang ihm.

Bereits nach ein paar Minuten musste ich aus dem Kuss ausbrechen, um nicht zu ersticken, stattdessen stützte ich mich hinter mir ab und bewegte meine Hüften. Immer und immer wieder streifte sein harter Schwanz meinen Innenschenkel, und jedes Mal machte mich diese Berührung unsagbar an. Mir vorzustellen, wie er mit diesem riesigen Ding in mich eindringen würde, brachte mich dem Orgasmus noch näher, als ich ihm seit unserem ersten Kuss sowieso schon war.

In Ekstase gefangen, ließ ich den Kopf nach hinten sinken, mich völlig gehen und in seine Arme fallen. Er hielt mich fest und sicher und brachte es zu Ende, ohne mich aus seinem brennenden Blick zu lassen.

Ich kam leise und still, biss mir dabei auf die Lippe, und presste die Lider aufeinander, roch nur ihn und empfing gierig seinen Mund, als er mich – während ich pulsierte – wieder küsste. Er zuckte noch ein bisschen mit den Fingerspitzen, sodass mein Orgasmus verlängert wurde und ich gar nicht mehr wusste, wohin mit all der Lust. Dieser Mann besaß eine Menge Feingefühl –

eine Tatsache, die man dem Riesen Philip Wrangler nicht auf den ersten Blick zugetraut hätte. Aber er hatte so viel mehr zu bieten, als sein Äußeres preisgab ...

Und es gehörte mir!

Lächelnd lag ich da, angezogen in der heißen Wanne und ließ mich von ihm halten.

»Katharina?«

»Hmmmm?« Er lachte leise, seine Lippen strichen über meine.

»Ich muss jetzt sofort duschen! Kalt!«

***

Irgendwann hatte ich mich total umständlich aus meiner pitschnassen Kleidung geschält und genoss, so wie Gott mich erschaffen hatte, das Bad mit dem immer noch riesigen Schaumberg. Philip war so nett, mich zu ignorieren.

Dass er kalt duschen musste, war keine Lüge gewesen. Offensichtlich sogar so dringend, dass er sich mit Gewalt seiner Jeans entledigte. Ein deutliches Reißen verriet, dass sie nicht überlebte.

Als er selbstbewusst vor die Dusche trat und ich unverhohlen meiner Lieblingsbeschäftigung nachging – ihn zu blickficken –, wurde ich Zeugin eines traumhaften Spektakels: seiner Rückansicht. Breite Schultern, schmale Hüften, perfekter Arsch und trainierte Schenkel. Tätowierungen auf den Schulterblättern und an seiner rechten Wade. Philip Wrangler nackt – absolut heiß und ein Erlebnis für das weibliche Auge!

Mit einem leisen, selbstzufriedenen Grinsen stellte er sich unter den Wasserstrahl, als wäre ich nicht da, und bei der Gelegenheit sah ich ihn auch das erste Mal von der Seite nackt – also praktisch in all seiner Pracht – und konnte mir nur schwer das Keuchen verkneifen.

Dank einiger Filmchen im Internet wusste ich, dass er jedem Pornodarsteller Konkurrenz machte. Das, was ich gefühlt hatte, bestätigte sich. Er war in allen Belangen riesig.

Und er wirkte nur ganz leicht verbissen, als er sich Duschgel auf die Hand klatschte und sich damit einrieb.

Mein nächster Orgasmus baute sich allein bei dieser Aussicht auf, besonders als er auch seinen Schwanz einseifte und routiniert daran entlangstrich. Was ihm ein Zischen und mir ein Stöhnen entlockte. Sein Blick glitt zu mir, während er ihn immer noch in der Hand hielt. Ich hatte gesagt, ich würde das beim nächsten Mal für ihn tun, und ich wollte es auch! Ich wollte ihn anfassen und halten – mächtig, schwer, warm, und ihm Lust bescheren.

Wie ferngesteuert erhob ich mich aus dem Wasser, wusste ganz genau, dass ich ihm somit das erste Mal meinen Körper nackt und verletzlich präsentierte, an dem der Schaum träge hinablief. Es war mir egal, der Drang, zu ihm zu gelangen, war größer als jegliche Angst.

Alles kribbelte! Von meinen Zehen bis unter meine Kopfhaut!

Auch Philip stöhnte – aber richtig gequält. Gleichzeitig verdunkelte sich sein Blick, aber auf eine sehr, sehr gute und sehr, sehr erregende Art. Er glitt unverhohlen aber auch vorsichtig über meine Rundungen, von unten nach oben und noch einmal zurück. Instinktiv scannte er meinen Körper und sog alles in sich auf. Man merkte deutlich, dass ihm gefiel, was er sah, denn sein Atem wurde hektischer. Schließlich schaute er mir tief in die Augen, besonders als ich den Fuß hob und über den Wannenrand trat.

Während ich auf ihn zuging, hinterließ ich feuchte Spuren auf den eleganten hellbraunen Fliesen. Angezogen wie die Motte vom Licht begab ich mich hinter ihn in die dampfende Dusche.

Es war leichter, ihm nicht in die Augen zu sehen, denn wenn ich das tat, konnte ich gar nicht mehr denken. Mein Herz schlug mir bis zum Hals und trotzdem ... berührte ich zaghaft seine

Hüfte ... beugte mich vor und küsste ihn zwischen die Schulterblätter. Ein gequälter Laut entrang sich seiner Kehle, besonders als meine Hände an ihm nach vorne glitten.

Sein Unterbauch war hart. Unter meinen Fingerspitzen fühlte ich die Sehnen, als ich an seiner glatten Haut nach unten fuhr und ... erst an seinem Schwanzansatz stoppte. Sofort stemmte Phil seine Fäuste mit einem wahnsinnig sexy Stöhnen vor sich an die Duschwand, als könnte er sonst nicht standhalten. Mir war das recht, so konnte ich ihn schließlich ganz umfassen, an ihm nach vorne gleiten und dabei entzückt in seinen Rücken seufzen, als er in meiner Hand zuckte und prompt noch härter wurde. Träge rieb ich meine aufgestellten Nippel an ihm und schloss die Augen. So eng unter dem prasselnden Wasser an ihn geschmiegt, fühlte es sich an, als wären wir eins. So war es richtig.

Langsam und genüsslich fing ich an, meine Hand zu bewegen.

Ich wollte aus vollen Zügen auskosten, wie seine Atmung schneller wurde, wie die Muskeln seines Körpers unkontrolliert zuckten. Er wurde immer härter, als ob das möglich wäre, bis ich dachte, er würde jeden Moment platzen!

»Katharina ...«

»Sei still und komm einfach!« Ich war nicht dumm und beschleunigte meine Bewegung nur ein winziges bisschen. Geschlagen ließ er den Kopf nach vorne fallen, als er kam und unkontrolliert gegen die Fliesen spritzte. Ich liebte es schon, wenn ich dabei zusah! Aber ihm mit meiner Hand einen Orgasmus zu verschaffen, war noch tausendmal besser. Ich war live dabei, fühlte förmlich die ihn durchlaufenden Wellen tief in mir widerhallen. Meine Stirn an seinen Rücken gelehnt und hilflos stöhnend. Ich war gerade erst gekommen, hätte aber nichts dagegen einzuwenden gehabt, auf der Stelle weiter zu machen. Zumindest verlangte mein Körper danach!

Schließlich stoppte ich alle Bewegungen.

Philips Atem ging hektisch, kaum in der Lage sich zu beruhigen. Sein breiter Rücken hob und senkte sich heftig und er blieb lange Zeit in genau der Pose stehen, während das Wasser warm auf uns herabprasselte. Dabei hielt ich ihn immer noch in der Hand, fühlte, wie er kleiner wurde, und ließ ihn schließlich sehr schweren Herzens los. Was aber nicht hieß, dass ich meine Hände ganz von ihm nahm, oder es jemals wieder tun würde!

Ganz automatisch glitten sie nach oben, über seine feuchten Bauchmuskeln, erkundeten und ertasteten ihn blind. Seine vom Orgasmus steifen Brustwarzen zwirbelte ich zärtlich – besonders die eine mit dem Piercing –, woraufhin er tatsächlich knurrte. Ich kicherte und strich mit meinen Fingernägeln hauchzart an seinen Seiten hinunter, bis er Gänsehaut bekam, und krallte sie schließlich in seinen Arsch.

»Du bist der Wahnsinn! Vielen Dank.« Ich küsste ihn in den Nacken.

Er schnaubte spöttisch. »Wenn hier jemand zu danken hat, dann wohl ich!«

»Wieso? Du hast mich doch vorhin auch um den Verstand gefingert!« Noch immer drehte er sich nicht um, aber ich wusste einfach, dass er jetzt selbstzufrieden grinste! »Hab ich das?« Ich verdrehte die Augen – als ob er das nicht gemerkt hätte!

»Ja, Philip!«

»Trotzdem steht es drei zu eins!«

»Wie bitte?«

»Na, ich hatte drei Orgasmen und du nur einen. Das können wir so nicht stehen lassen.«

JETZT grinste ich auch. »Stimmt. Gerechtigkeit muss sein.«

15. EINE TRAUMFRAU IN MEINEM ZIMMER

Philip `der kleine Trottel‹ Wrangler

Niemals würde ich das Bild davon vergessen, wie sich Katharina aus der Badewanne erhoben hatte, als der Schaum träge über ihren braun gebrannten, perfekten Körper lief. Über diese trainierten, lang gezogenen Muskeln. Die großen, runden Brüste mit den zarten, rosa Nippeln und dem flachen Bauch ... der gleichermaßen weich und hart war, mit einer schmalen Taille und ausladender weiblicher Hüfte. Gekrönt von einem zarten glatten Intimbereich, über den gerade knisternder Schaum rann – ich stöhnte und spritzte fast ab, als ich mir vorstellte, dort wären meine Finger. Aber als sie dann auch noch auf mich zukam – wie eine blonde, nasse Gottheit – und mir von hinten einen runterholte, hielt ich es wirklich nicht lang aus!

Ja, Schande über mein Haupt! In dem Moment, als sie mich berührte, hatte ich alle Tricks von Tristan vergessen, mit denen ich einen Orgasmus hinauszögern konnte, aber wie sollte ich bei diesem Anblick auch klar denken? Das hatte er mir nicht verraten!

Der Arsch.

Danach hatte ich ihr eines meiner einfachen weißen Shirts und eine Shorts gebracht und mir dasselbe angezogen. Zum Glück war uns niemand über den Weg gelaufen, ehe wir uns in meinem Zimmer verbarrikadiert hatten.

Denn jeden, der in den Genuss ihrer endlos langen Beine in meinen Sachen gekommen wäre, hätte ich leider töten müssen. Und ich mochte meine Brüder zu sehr, um die Hinrichtung nicht zutiefst zu bedauern.

Durch die geschlossenen Vorhänge drang kaum Licht, nur der Fernseher flimmerte unruhig, während wir es uns gemütlich gemacht hatten und ich meine Hanutas futterte. Ja, ich war etwas süchtig danach, weswegen ich überall welche gebunkert hatte, sogar unter dem Bett – was Katharina zum Lachen brachte. Und wenn ich vorher schon gedacht hatte, sie wäre sonst absolut perfekt, so konnte ich nicht beschreiben, wie sie wirkte, wenn sie offen und ehrlich mit mir lachte. Mit geröteten Wangen, langen feuchten Strähnen und diesen Traumtitten unter meinem Shirt, die ich so dringend berühren wollte.

Fuck!

Ich wollte sie.

Ganz!

Und gar!

Und überhaupt!

Aber ich durfte auf keinen Fall irgendwas überstürzen! Was mir den Umgang mit ihr alles andere als erleichterte! Vor allem, weil sie nichts anderes im Sinn zu haben schien, als die totale Überstürzung. Außerdem musste ich wirklich langsam rausfinden, was mit ihrer Mutter war und vor allem, was Sergej genau getan hatte. Wenn ich daran dachte, legte sich ein Filter über meine Optik und ich sah rot!

Er hatte sie so zugerichtet! Ich war mir sicher! Und dafür würde er büßen! Auf welche Art, würde ich entscheiden, wenn ich die ganze Geschichte kannte. Das Problem war nur, Katharina war einer der verschlossensten Menschen auf diesem Planeten. Wenn sie sich nicht mit einem Thema auseinandersetzen oder es besprechen wollte, dann tat sie das auch nicht. So einfach war das.

Stur – sturer – Katharina!

Und dann ... existierte da ja noch das kleine Problem, dass sie mir seit Neuestem rund um die Uhr den Verstand raubte ...

Es war schon ziemlich spät und wir schauten uns einen meiner Lieblingsfilme an, den wir schon tausendmal unten im Wohnzimmer zusammen gesehen hatten. Ich wusste, dass sie nur vorgab, ihn zu hassen, weil er absolut keinen Sinn machte, aber auch, dass sie ihn dennoch irgendwie lustig fand, gerade *weil* er so dämlich war. Währenddessen überlegte ich zwanghaft, wie ich meine Fragerunde beginnen sollte – und das schon seit einer geschlagenen Stunde.

Zuerst hatte sie sich ja mit bravem Abstand im Schneidersitz auf meinem Bett niedergelassen und versucht, dem Geschehen auf dem riesigen Fernseher zu folgen. Doch ich spürte, dass ihr Blick genauso oft verlangend zu mir huschte wie meiner zu ihr, und schließlich ... stellte sie die Schüssel mit dem Popcorn weg ... und ... oh scheiße, schob sich zu mir rüber!

Jeder einzelne Muskel in meinem Körper spannte sich sofort abwartend an. Was sollte ich tun?! *Oh Gott, Schwanz bleib unten! Du bist soooo peinlich ...*

Sie drehte sich auch noch etwas, sodass sie neben mir saß und mein Profil beobachten konnte. Der Fernseher war vergessen, ich atmete nicht. Zaghaft streckte sie auch noch ihre Hand aus und strich andächtig über meinen Oberschenkel bis zu *ihm*.

Scheiße!

Nur mit der Fingerspitze erkundete sie ihn von meinem Ansatz bis zur Eichel, die in Richtung Bauchnabel ragte. Ich biss die Zähne zusammen, versuchte mich weiterhin auf Austin Powers und Felicity Schickfick zu konzentrieren, doch es war unmöglich.

Im Augenwinkel bemerkte ich, wie sie errötete und sich tatsächlich auf die Lippe biss, bevor sie mir einen winzigen schüchternen Blick zuwarf.

Als ich nicht weiter reagierte – ja, ich wollte sie ein bisschen ärgern, aber vor allem wissen, wie weit sie sich trauen würde –, umfasste sie ihn, soweit es die enge Shorts zuließ, woraufhin er sofort zuckte und steinhart wurde. Das verwunderte mich jetzt nicht wirklich. Nur leider bestand nun die akute Gefahr, dass die Spitze jeden Moment oben aus der Hose schauen würde. Sie stöhnte, als er zuckte. Fuck!

Ich unterdrückte den Drang, ihn ordentlich zu richten, stemmte die Ellbogen fester ins Bett und harrte der Dinge, mit denen sie mich um den Verstand bringen würde.

Nun massierte sie ihn leicht und ließ mein Gesicht dabei nicht aus den Augen. Währenddessen führte ich einen epischen Kampf mit meinen Hüften, damit sie reglos blieben und sich *nicht* wollüstig wanden. Er wurde so groß, dass er wie befürchtet am oberen Bund der Calvin Klein Shorts rauslugte. Prompt nahm sie dies zum Anlass, um sich mit einem Mal über meinen Schoß zu beugen und meine Spitze zu küssen!

Scheiße!

Das Stöhnen schoss nur so aus mir raus, eine Hand hob sich und vergrub sich wie von selbst in ihren seidigen Locken. Mein Kopf fiel zurück gegen die Wand.

»Was ... wird das ... *Scheiße*!« Ich klang völlig abgehackt.

Sie zog meine Hose weiter hinunter, befreite meinen Schwanz und leckte nun mit ausgestreckter Zungenspitze von unten nach oben. Am Schluss schloss sie ihre wunderbaren vollen Lippen um meine Eichel und ... *saugte*! Ich stöhnte erneut verzweifelt und krallte die Hand in das Bettlaken unter mir.

»Nach was fühlt es sich denn an?«, murmelte sie teuflisch grinsend und verwöhnte nebenbei fasziniert meine straffen Eier.

»Willst du mich unauffällig töten, während ich mir Austin Powers ansehe?«

Meine Traumfrau lachte, was sich warm an meiner Eichel ausmachte, dann strich sie mit fester Zungenspitze darüber, umkreiste sie und nahm ihn unverhofft tief in sich auf, so tief, dass er hinten an ihre Kehle stieß. Sie würgte und ging ein wenig zurück, ließ mich dabei aber nicht aus ihrem Mund. Sie war ja so tapfer!

»Nein ... töten will ich dich sicher nicht!«

»Mit vollem Mund spricht man ... OH GOTT!« Wieder nahm sie ihn tief auf und saugte diesmal richtig fest. »Ich will, dass du in meinen Mund spritzt!«

Oh Gott! Sie schaffte es immer wieder, mir mit ihren ungezügelten Worten, die so gar nicht zu ihr passten, den Kopf wegzublasen, wortwörtlich!

Schon jetzt stand mir der Schweiß auf der Stirn, und ich war so weit, wollte es aber unter allen Umständen verhindern! Das hier war der Himmel – ich wollte es noch ein bisschen genießen!

Katharina hatte andere Pläne, sie war förmlich versessen darauf, das sofort und auf der Stelle zu beenden, und ich hatte dem nichts entgegenzusetzen. Nicht einmal Tristans Hängetittenomatrick half. Meine Finger krallten sich fester in ihre Haare, ich wollte sie von mir ziehen, doch sie stemmte sich dagegen und umschloss ihn drängender.

»KATHARINA! Ich komme!« Als hätte es meinen vorigen Orgasmus nicht gegeben, schoss eine wirklich ekelhafte Menge Sperma in ihrem unverdorbenen, reinen Mund und ich konnte nichts dagegen tun! Gar nichts! Meine Hüften wanden sich auch noch genüsslich unter ihr, und mein Kopf fiel erneut nach hinten. Ein peinliches, tiefes Stöhnen hallte durch das gesamte Zimmer und mir kamen sogar fast die Tränen!

Eindeutig zu schnell war es vorbei und sie rückte etwas von mir ab – bewegte dabei ihren geschlossenen Mund so komisch und sah nachdenklich mit gerunzelter Stirn zur Decke.

»Sag mal! Hast du die Scheiße noch im Mund?« Sie nickte und schob es probeweise von einer Wange in die andere, sodass ich fast kotzte! Schließlich schluckte sie und das mit angewidertem Gesichtsausdruck.

»Nope ... jetzt nicht mehr«, meinte sie schließlich breit grinsend und ich sah sie nur absolut verwirrt und angewidert an, während sie die Shorts wieder hochzog und den Bund auf meinen Bauch schnalzen ließ.

»Was?«

»Gib mir mal das Spezi«, forderte sie. Ich reichte es ihr und sie trank erleichtert. »Schmeckt nicht nach Erdbeere«, stellte sie trocken fest, beugte sich vor und gab mir noch einen Kuss! Wäh! Nein! Das tat es wirklich nicht!

»Das hätte ich dir auch sagen können, bevor du die widerliche Scheiße geschluckt und dich damit kontaminiert hast!«, murmelte ich an ihren Lippen und sie lachte ausgelassen ... bevor sie absolut unverhofft ihr perfektes Bein über meine verausgabte Hüfte schwang und sich auf meine Oberschenkel setzte. Oh Gott, diese Frau passte einfach genau dorthin und nirgendwo anders! Automatisch umschlang sie mein Arm. Ihre Fingerspitzen strichen über meine Brust, umkreisten meine steifen Nippel und sie sah mich – gespielt – schüchtern unter ihren vollen, langen Wimpern heraus an.

»Jetzt ist es noch unausgeglichener ...« Ihre Augen waren riesig – glänzten verlangend und auch voller Vorfreude! *Oh Fuck! Nein! Philip! Du flippst jetzt nicht aus! Du verhältst dich jetzt nicht wie eine Pussy! Du wirst einfach ganz straight und cool sein und es ihr so richtig besorgen, wie sie es braucht und das am besten so, dass sie es niemals wieder vergisst! Also ficken, natürlich nicht, soweit ist sie noch nicht, aber ich könnte mich ja auch mündlich ...* Sie beugte sich vor und flüsterte in mein Ohr.

»Philip, fick mich!«

»WAS?« Sie lachte direkt an meinem Hals, was mir Gänsehaut bescherte.

»Du sollst mich endlich ficken!«

»Aber ... ähm, wollten wir nicht ...«

»Wenn man bedenkt, wie lange ich schon auf dich stehe und auf das hier warte, geht es nicht mehr langsamer!« Sie schob sich etwas nach vorne und rieb ihren Schritt versuchsweise über meinen. Er zuckte, sie grinste, ich starb. »Ich bin bereit wie Spongebob! Bereiter kann ich gar nicht sein!«

»WAS?« Das riss mich jetzt tatsächlich aus meiner Lust!

»Mann, Philip!« Sie wich zurück und funkelte mich jetzt schon ETWAS ungehalten an, und wenn Katharina das nur ein wenig tat, dann glich das schon dem schlimmsten Todesblick normaler Menschen.

»Na was? Du fängst hier von Spongebob an, das verwirrt mich!«

»Also, du bist eher Patrick ...«, murmelte sie, ohne mich anzusehen und verdrehte die Augen, als ich meine weit aufriss. Dann lachte sie, was total süß war, gleichzeitig verschränkte sie ihre Finger in meinem Nacken. »Willst du nicht?«, fragte sie auch noch!

»NEIN!«, rief ich aus. »Ähm DOCH! Ich will! Sofort, auf der Stelle, auf diesem Bett und das so lange wie möglich! Ich bin mir sicher, wenn ich einmal anfange, dich zu vögeln, kann ich nicht mehr aufhören! Wirklich, Kleines ...« Denn das war sie für mich, verdammt! Im Gegensatz zu mir war sie winzig und zerbrechlich und ich so ein tölpelhaftes Trampeltier! Meine Arme umfingen sie fester und ich zog sie eng an mich. »Aber das heute war doch schon ziemlich viel und ich will dich nicht ...«

Als ich ihren eiskalten Blick bemerkte, schluckte ich trocken und änderte ein wenig meine Taktik. »Du hast im Moment andere Dinge im Kopf. Das weiß ich, ohne dass du es sagst, und ich will nicht, dass die unser erstes Mal überschatten.« Ja, ›überschatten‹ war genau der richtige Ausdruck, denn das geschah nun. Ihre eben noch offenen strahlenden Augen wurden leicht trüb.

Ich hasste es!

Diesmal ließ ich sie nicht davonlaufen, meine Arme umfingen sie nur ein wenig fester und sie konnte sich nicht rühren. Ich sprach gegen ihren Hals, weil ich wusste, dass sie mich jetzt nicht ansehen konnte, und ignorierte ihre prompt schiebenden Hände an meinen nackten Schultern.

»Was ist mit deiner Mutter, Katharina?«

Stille! Nichts war mehr zu hören bis auf ihr scharfes Einatmen.

Genau eine Sekunde, bevor sie tatsächlich aufschluchzte! Hart und fest, sodass es sie schüttelte. Absolut schockiert lockerte ich meinen Griff, denn das hatte ich nicht erreichen wollen und auch niemals damit gerechnet! Als sie von mir runtersprang und sich panisch von mir abwandte, konnte ich erst mal nichts tun, außer sie total dämlich anzustarren. Scheiße! SCHEISSE! Das war richtig übel! Blinde, blanke Panik kroch meine Kehle hoch und schnürte sie zu. Mein Magen verknotete sich und mir wurde eiskalt.

Ich sprang auf und umfasste ihren Ellbogen, wollte sie daran zu mir zurückdrehen. »Was ist mit ihr?« Meine Stimme klang genauso außer sich, wie ich mich gerade fühlte. Mir wurde regelrecht schwindlig.

»Lass mich los!« Sie wollte sich von mir fortreißen, aber diesmal würde ich nicht so dumm sein! Ich würde sie nicht vor mir davonlaufen lassen – nie wieder!

»Nein, ich lasse dich *nicht* los!« Ja! Es waren tatsächlich

Tränen, die an ihren plötzlich so bleichen Wangen entlangliefen. Verzweifelte, bittere und schmerzhafte Tränen! Tränen, die nicht auf dieses Gesicht gehörten und sich anfühlten, als wären es meine eigenen! Und Katharina kämpfte gegen sie, meinen Griff, gegen alles – wie eine Wilde!

»WAS SOLL DAS?«, rief sie schließlich und versuchte nach mir zu treten. Fast erwischte sie mich, aber ich konnte im letzten Moment noch ausweichen.

»Bleib bei mir!« Von hinten umfing ich sie mit den Armen, so war es am sichersten, und hob sie ein bisschen hoch. Sobald mein Körper sie berührte, versteifte sie sich komplett. Doch dann fielen ihre Schultern in sich zusammen und sie völlig gegen mich. Ihre Fingernägel bohrten sich in meine Unterarme, die über ihrem Brustkorb verschränkt waren.

»Nein ...«, wimmerte sie diesmal und schluchzte erneut auf. »Nein ... nein ... NEIN!«, rief sie absolut verzweifelt und heiser und begann, lautstark zu weinen. So sehr, dass sie in meinen Armen bebte, es mir das Herz zerriss und ich es wusste.

Katharinas Mutter würde nie wieder zurückkehren, genau wie meine.

Ich stand in diesem dunklen Zimmer, während mein Lieblingsfilm lief, und hielt sie so fest ich konnte. Diese kleine, verwundete und alleingelassene Frau. Ich wusste, wie sie sich fühlte, genauso hatte ich damals auch empfunden. Aber ich war nicht ganz auf mich gestellt gewesen! Da hatte es meinen Vater gegeben und Tristan und Tommy und vor allem Natalie. Sie war auch zu meiner Mutter geworden. Ich konnte nicht glauben, dass sie einfach weg sein sollte. Wie? Und wohin und wieso?

Ich hatte so viele Fragen, doch die waren jetzt nebensächlich, weil Katharina mich brauchte und weil sie nicht davonlief, sondern sich an mich klammerte, als würde ihr Leben davon abhängen.

Irgendwann verklangen die heftigsten Schluchzer, meine Arme waren zu diesem Zeitpunkt fast eingeschlafen. Wortlos hob ich sie hoch, ging die zwei Schritte zu meinem Bett und legte mich dort mit ihr hin. Sie protestierte nicht. Immer noch hinter ihr, zog ich die Decke über uns, merkte, wie sie wieder lauter weinte, als ich sie gründlich einmummelte. Noch intensiver klammerte sie sich an mich – ich küsste ihre Schläfe und strich mit meiner Nase durch ihre Haare.

»Ich weiß ...«, wisperte ich. »Lass es raus, ich weiß, in dem Moment tut es noch mehr weh, alles bricht zusammen und du denkst, du wirst nie wieder ganz und nie wieder atmen können, aber danach wird es besser ... Ich verspreche es dir, Kleines. Ich werde dich zusammenhalten.« Sie nickte tatsächlich ein wenig und ihr Schniefen intensivierte sich. Dann ließ sie es raus, völlig.

Geschlagen schloss ich die Augen und presste sie noch enger an mich.

Hinter meinen Lidern brannten ebenfalls Tränen. Ich wälzte mich in ihrem Schmerz genauso wie in meinem eigenen vor ... Jahren, wurde zurückkatapultiert zu diesem kalten Morgen, als uns mitgeteilt wurde, dass wir unsere Mama nie wiedersehen würden, weil sie sich erhängt hatte.

Gerade jetzt spürte ich wieder die Hand meines Vaters, die er auf meine Schulter legte, aber nicht, um mich zu trösten, sondern, um sich selbst zu stützen. Und so stark ich bei meinem Vater und meinen Brüdern war, musste ich es nun auch für Katharina sein.

Sie hatte das nicht verdient, denn sie war doch noch so jung! Aber was war überhaupt geschehen? WAS? Diese Frage zog ihre elendigen Kreise in meinem Kopf, doch ich wusste, ich konnte sie ihr jetzt nicht stellen, nicht bohren, sondern musste sie einfach nur weinen lassen und für sie da sein. Nichts anderes war wichtig.

Der Morgen nahte schon und Licht drang zwischen den Vorhängen hindurch. Katharina lag mittlerweile reglos in meinen

Armen. Ich wusste, dass sie nicht schlief, das merkte ich an ihrer Atmung, aber sie sprach sehr, sehr lange nicht. Als sie es dann tat, wünschte ich, sie hätte es mir nie erzählt.

Völlig tonlos war ihre Stimme. »Ich habe es euch nicht gesagt, weil ich nicht konnte. Damit wäre es real geworden, dass sie weg ist ... dass ...« Die nächste Tränenflut raubte ihr kurzerhand die Sprache und sie klammerte sich wieder an mir fest, als könnte sie es ohne mich nicht ertragen – als würde sie sonst tatsächlich auseinanderfallen. »Ich habe alles allein geregelt, weil ich euch nicht noch einmal so etwas zumuten wollte ...« Als ich mich anspannte, um etwas zu erwidern, was wirklich nicht nett gewesen wäre, hinderte sie mich daran, bevor ein Wort meine Lippen verlassen konnte. »Ich *konnte* nicht, Philip!« Und ich klappte den Mund wieder zu.

Es war *ihre* Mutter, *ihre* Entscheidung, *ihre* Art zu trauern! Alles, was sie in diesem Moment tat oder eben nicht tat, war legitim. Es ging nur um sie und sie musste die Sache handhaben, wie sie es brauchte, um sie durchzustehen! Ausschließlich!

Was war ich nur für ein Arsch!

»Es tut mir leid ...«, murmelte ich.

»Was?«

»Ich hätte für dich da sein müssen! Stattdessen vögle ich ...«

»Sei ruhig!« Dies klang tatsächlich ruhig und endlich drehte sie sich zu mir um. Ihre Augen waren durch ihr Weinen ganz winzig geworden und die Lider aufgequollen und gerötet. Ihre Nase war genauso verfärbt und ihre Wangen immer noch bleich – trotzdem war sie wunderschön. »Du *bist* für mich da! Schon die ganze Zeit!«

»Ach ja?«

Sie lächelte leicht und strich mir zärtlich ein paar Strähnen aus der Stirn.

»Ja.«

»Wie denn?«

»Du lenkst mich ab! So sehr, dass ich mich kaum selbst wiedererkenne!« Somit beugte sie sich vor und küsste mich zart. Einige Sekunden brauchte es, bis ihre Worte bei mir ankamen, doch dann ... VERSTAND ICH!

Auch wenn es schwerfiel, wich ich zurück.

»Das heißt im Klartext? Ich bin die perfekte Ablenkung vom Tod deiner Mutter?!« Nun klang *ich* ruhig – zu ruhig. Sie lächelte auch noch und nickte eifrig.

Das saß!

Aber so was von!

»Wow!« Etwas anderes fiel mir im ersten Moment nicht ein. Das war ich also für sie. Eine Ablenkung – nicht weniger und vor allem nicht mehr! War doch klar gewesen! Was sollte eine Frau wie Katharina auch sonst von mir wollen?

Sie runzelte die Stirn. »Philip?« Wahrscheinlich, weil ich sie absolut reglos anstarrte.

»Und du dachtest dir, hey, wenn er mich fickt, das wäre sicher die beste Ablenkung von allem!?« Sofort wurde sie noch bleicher – ich hätte nicht geglaubt, dass es möglich war – und wich ruckartig zurück.

»Nein!«, rief sie aus, doch ich hörte sie schon gar nicht mehr.

»Der kleine dumme Philip! Der kleine Idiot! Ja, ja ... sein Körper ist heiß, aber etwas anderes interessiert mich ja eigentlich gar nicht, für was anderes ist er nicht gut genug ...«

»OH Gott, Philip. NEIN!«

»Danach finde ich dann den Mann meines Herzens, denjenigen, den ich liebe und mit dem ich den Rest meines Lebens verbringen will! Einen, der nicht so bescheuert und unerfahren und ...«

»Hör sofort auf!« Ihre Nasenflügel blähten sich, die Augen blitzten. Humorlos lachte ich auf. *Nur ihre Entscheidung, wie sie damit umging,* war soeben ausgeflogen! Ich war ihr zwar verfallen, aber ich besaß dennoch meinen verfickten Stolz!

»Wieso soll ich aufhören? Du magst es doch, wenn man die Wahrheit sagt! Wie wär´s mit Tristan? Der wäre doch sicher eine noch bessere Ab...«

Sie wollte mir eine schmieren, aber diesmal war ich schneller und fing vorher ihr Handgelenk ab. Ich hielt sie fest, während wir uns tödlich anstarrten und ich wisperte.

»Was? Kommt dein Vater jetzt in dir durch?«

In dem Moment, als ich das sagte, wusste ich, trotz des irren Nebels, der mich umgab, dass ich zu weit gegangen war. Aber es war zu spät, ich hatte das Biest, das jeder Mensch in sich trägt, aus seinem Käfig gelassen, und innerhalb von ein paar Minuten den ultimativen Schaden angerichtet. In ihren Augen zerbrach etwas.

SCHEISSE!

Sofort war sie aus meinem Bett verschwunden, aber nicht aus meinem Zimmer! Oh nein! Ihre Augen funkelten nun absolut hasserfüllt und waren weit aufgerissen, während sie zu meinem DVD Player ging und dort meine heilige Austin Powers DVD rausnahm.

»Wie mein Vater also?«, säuselte sie und zerbrach sie inklusive Joker-Grinsen. Ich krallte mich in die Laken unter mir, um nicht ernsthaft gewalttätig zu werden. Noch nie in meinem Leben hatte mich irgendjemand so wütend gemacht!

»Wollen wir mal sehen ... was würde er jetzt wohl tun?« Sie visierte meinen Fernseher an, der unschuldig von der Halterung an der Wand getragen wurde, dann sah sie mich mit hochgezogener Braue an. Ich ahnte Schlimmes! Meine Augen huschten zu dem Baseballschläger, der an der Wand darunter lehnte. Wobei ich mich fragte, was mich nur geritten hatte, ihn genau dort abzustellen.

Sie folgte meinen Blick, während sie grinste wie Satan persönlich, und hob ihn langsam auf.

»Wage es nicht!«, zischte ich, da hatte sie schon ausgeholt und ihn mit Vollkaracho in meinen unschuldigen armen Fernseher befördert.

»NEIN!«, rief ich lang gezogen, doch es war längst zu spät.

Ich hechtete auf die Beine, wollte erste Hilfe-Maßnahmen ergreifen – wurde aber von dem Baseballschläger gestoppt, den sie mir an die Brust hielt. Mit verengten Augen sah sie mich an, und ich wagte nicht mal mehr zu atmen.

»Mein Vater ... hätte den hier an dir benutzt!« Somit schmiss sie ihn achtlos zur Seite, drehte sich um und stolzierte aus meinem Zimmer.

16. NICHT GEPLANT!

Katharina ›total verwirrt‹ Oksorbova lol

Okay! So war das alles nicht geplant gewesen! Ganz sicher nicht! Eigentlich sollte ich nun endlich mein erstes Traum-Mal mit meinem absoluten Traum-Mann erleben. Das Problem?! Philip war kurzerhand kein Traummann mehr, sondern ... ein Arschloch! Er hatte mir bewiesen, dass er Tristan Wranglers Scheiß-Bruder war.

Ich liebte ihn! Mit jeder Faser meines Selbst, bereits seit Jahren!

Ja, so war es! Und ich konnte es nun endlich vor mir zugeben, als ich mit Petry auf der Couch in meinem dunklen, kalten Wohnzimmer lag. Philip vertraute ich bedingungslos und bei ihm ging ich immer wieder über meine Grenzen. Ich vergaß mich und meine Vergangenheit in seinen Armen, fühlte mich wohl und glücklich! Das *musste* Liebe sein!

Doch gleichzeitig brachte es niemand fertig, so einen intensiven, rasenden Hass in mir brennen zu lassen, wie dieser Mann!

Wie konnte er nur annehmen, er wäre lediglich eine Ablenkung?!

Oh heilige Scheiße! Das machte mich so dermaßen sauer, dass ich überreagiert hatte! Es war doch gar nicht dieser dämliche Vaterkommentar gewesen! Ich wusste, dass er das nicht so meinte! Dass er das nur sagte, weil er sich nicht anders zu helfen wusste, als das Arschloch raushängen zu lassen! Aber ich hatte diesen einen Punkt des klaren Denkens schon weit überschritten.

Der einzige Mensch, der mich so weit provozieren konnte, dass ich völlig ausrastete, hatte das soeben erfolgreich geschafft.

Pech gehabt!

Damit hätte er rechnen müssen!

Oh Mann, ich hatte wirklich total überreagiert. Das war so eine Aktion, die im ersten Moment als einzig richtige erscheint, sich dann aber als absolutes Desaster erweist. Ich wollte meinen Arm ja noch irgendwie aufhalten, da hatte ich seinen geliebten Fernseher schon getötet. Als das Glas splitterte, tat es mir bereits unsagbar leid. Ich zuckte zusammen, als wäre es mein Eigentum gewesen, das ich in meinem Wahn zerstört hatte. Da war schon wortwörtlich alles zerschmettert.

Jetzt ... ließ er mich gehen ... er kam mir nicht hinterher, dabei wünschte ich mir nichts sehnlicher!

Aber das hatte ich mir selbst zuzuschreiben, denn ich war zu weit gegangen und das, nachdem er so süß gewesen war. Er hatte mir wirklich geholfen, was meine Mutter betraf, deren Verlust ich seit Wochen zu vergessen oder zumindest zu verdrängen versuchte. Alles war noch so, wie sie es hinterlassen hatte. Ihre Kleidung im Schrank. Ihre Schuhe im Flur, ihr Mantel am Haken. Ich hatte gedacht, sie niemals wegräumen und niemals mit irgendwem darüber reden zu können.

In der Abgeschiedenheit seines Zimmers, in seinen Armen gelang es mir ... Es hatte so wehgetan, und ich war mir sicher, dass es nicht so schlimm gewesen wäre, hätte ich meinen Schmerz stückchenweise rausgelassen. Doch nun konnte ich ihre Sachen sogar ANSEHEN, als ich die Wohnung betrat, und das länger als zwei Sekunden, ohne dass ich das Gefühl hatte, von Erinnerungen überwältigt zu werden und daran zu ersticken.

Nach wie vor erstaunte mich Philips Reaktion, denn er hatte allen Grund mich zu hassen, schließlich hatte er meine Mutter auch geliebt. Und ich hatte vor ihm geheimgehalten, dass sie fort war. Vor ihm und seiner ganzen Familie. Entgegen meinen Erwartungen verstand er mich. Und er schrie mich nicht an, oder stieß mich von sich. Oh nein! Er zog mich noch näher an sich, fesselte mich förmlich an sein Herz – für immer und ewig.

So war es also, von ihm geliebt zu werden. Und ich merkte, dass ich ihn dringend brauchte. Ich war bei Weitem nicht so taff und stark, wie ich mir selber immer weismachen wollte. Gleichzeitig wurde mir klar, dass ich das bei ihm auch nicht sein musste. Denn so weich Philip im Gegensatz zu mir manchmal wirkte, wenn es drauf ankam, war er ein wahrer Mann und stark genug, um eine Frau wie mich zu beschützen und aufrecht zu halten.

Er war der perfekte Mann für mich ...

Doch jetzt hatte ich ihn verloren.

Oder?

Oh Gott, alles, aber ich konnte ihn nicht auch noch verlieren. Ich könnte alles ertragen, aber nicht das.

»Petry, tu doch was!«, murmelte ich hilflos und zog mir die dünne, weiche Decke übers Gesicht, die noch ein wenig nach meiner Mutter roch. Darunter war es leichter zu weinen – irgendwie. Was sollte ich jetzt tun? Und vor allem: Wie sollte ich wieder aufhören zu heulen?

Dank Philip hatten sich die Schleusen geöffnet und ließen sich nicht mehr schließen. Das größte Problem dabei war, dass es ohne ihn und seine Arme dermaßen wehtat, dass ich nur noch sterben wollte

Als es klingelte, blieb mein Herz fast stehen!

Philip!

Das war der einzige Name, der mir durch den Kopf schoss, genauso schnell schoss ich auf die Beine und zur Tür, riss sie auf und ... sah mich Vivi, Tommy und einem absolut genervten Tristan gegenüber.

Verwirrt mit der Klinke in der Hand starrte ich den bunten Trupp an und wusste nicht, was ich sagen sollte. Vivi hatte verheulte Augen und eine Riesenpackung Eis in der Hand, sogar Tommy schniefte! Mir wurde mit Grauen klar, was sie erfahren und vor allem was sie vorhatten!

Sicher nicht!

Bevor ich die Tür mit einem Ruck schließen konnte, schob sich Tristans Fuß dazwischen! Der Arsch heulte als Einziger nicht, keineswegs! Der zwängte sich teilnahmslos in seiner uralten Lederjacke an mir vorbei und die anderen folgten ihm wieder wie die beschissene Gänseschar.

»Vergiss es!«, meinte er nur, während er sich seelenruhig die Schuhe von den Füßen streifte. Auch die anderen zogen sich aus, heulend und schniefend und rotzend. Hatten die da zwei Einkaufstüten dabei? War das Alkohol?

»Leute! Ehrlich! Haut ab oder ich lass Petry auf euch los!«

Vivi nahm nur wortlos meine Hand und zog mich hinter sich her ins Wohnzimmer.

***

Vier Stunden später waren wir im ganzen Raum verteilt, bis oben hin vollgefressen und stockbesoffen. Tristan lag irgendwo in der Ecke, mit einer Schale Erdnüsse und einer Flasche Whiskey als Partner. Vivi fläzte auf der Couch, Tommy davor, die Beine weit von sich gestreckt und ich saß mit Petry auf dem Schoß in eine Decke eingekuschelt auf meinem Sessel daneben. Der Fernseher war an, allerdings wusste ich nicht, was lief, denn keiner schaute hin.

Am Anfang hatten wir uns nicht unterhalten, sondern nur wortlos und verbissen ein Stamperl, oder auch Kurzen genannt, von dem Vodka für besondere Anlässe nach dem anderen gekippt. Nach dem Fünften hatte Tomas plötzlich angefangen. Ganz von allein hatte er über seine Mutter geredet.

Woraufhin Tristan total bleich wurde, und die Hände zu Fäusten ballte, sodass seine Knöchel weiß hervortraten. Eilig schenkte er allen nach, stoppte damit Tommy jedoch nicht. Er erzählte, was er mit seiner Mutter am liebsten unternommen hatte. Spazieren gehen ... Bäume und Blumen benennen, Pilze sammeln. Sie hatte ihm so viel über die Natur beigebracht.

Dann enthüllte er, was Tristan gern mit ihr gemacht hatte und da musste ich das erste Mal lachen. Er hatte es geliebt mit ihr zusammen Gesichtsmasken aufzutragen, solche Peel-off-Dinger und sich die Lippen dabei mit Arschcreme vollzukleistern. Als ich Tristan fragte, ob er vielleicht schwul und die ganzen Frauen nur Tarnung wären, schnaubte er abfällig und lenkte ab, indem er mir etwas über Philip preisgab, das ich tatsächlich noch nicht gewusst hatte. Und das war heftig, denn ich hatte diesen Mann förmlich studiert.

Philip hatte mit seiner Mutter jeden Tag voller Leidenschaft gekocht. Bereits als Achtjähriger konnte er Gerichte zubereiten wie ein Fünf-Sterne-Koch. Das war der Wahnsinn und ich total erstaunt, als Tristan mir eine halbe Menükarte runterbetete, die Philip ausprobiert hatte. Doch als sie starb, hörte er von einem Tag auf den anderen damit auf.

»Dann kam deine Mutter ...« Tristan grinste und stieß mit seinem Glas an meines, und zwar so ruppig, dass es fast überschwappte, weil er schon ziemlich betrunken war. »Eine typische Russin! Die perfekte Hausfrau mit Omas guter alter Küche. Ist doch klar, dass der verfressene Sack sie sofort liebte, sie hat in ihm wieder die Leidenschaft geweckt. Er tat es zwar nie mit ihr, aber beobachtete sie ständig dabei – und war glücklich. Ich hätte ja gedacht, du wärst die eine, die ihn dazu bringen würde, irgendwann wieder selber zu kochen, aber du hast ja lieber seinen Fernseher getötet!«

Vorwurfsvoll schüttelte er den Kopf. Ich hingegen kippte mir meinen Vodka in den Rachen und knallte das Glas zum Nachschenken auf den Beistelltisch zwischen uns.

»JA, das war scheiße!«

»Hm, hm ...«, gab Vivi mir glucksend recht, bevor sie richtig laut loslachte. »Du hättest ihn sehen sollen, als er die Überreste beseitigt hat. Er hat fast geweint.« Auch Tommy lachte und ich musste nachziehen, obwohl daran wirklich gar nichts komisch war! Prompt fiel mir das auf und ich verstummte.

»Ich hab Scheiße gebaut ...«, murmelte ich und drehte das Glas in meinen Händen hin und her. »Wirklich.«

»Ach! Das ist doch nur materieller Scheiß!«, schaltete sich Tommy ein. »Er kann sich einen neuen Fernseher kaufen!«

»Das meine ich nicht«, flüsterte ich nun fast.

»Was dann? Red lauter, meine Fresse!«, beschwerte sich Tristan und schenkte mir noch mal ein.

Ich verdrehte die Augen. »Ich hab ihm irgendwie auf eine ganz blöde Art zu verstehen gegeben, dass er nur so was wie eine Ablenkung ist – wegen ... ihr wisst schon ... meiner Mutter.«

»Scheiße!« Das war Vivi.

»Hm, hm!« Ich trank eilig mein Glas aus und hieß das Schwirren in meinem Kopf herzlichst willkommen.

»Aber so ist es nicht!«, rief ich aus. »Ich bin völlig verrückt nach ...«

»Das wissen wir!« Alle winkten genervt ab und ich ließ meinen Kopf in die Hände fallen. Angestrengte Stille legte sich über den Raum. Jeder versuchte eine Lösung für das Problem zu finden, außer mir, ich fragte mich stattdessen, wann der Lack an meinen Nägeln eigentlich so hässlich abgeblättert war und überlegte dann, wo ich den schwarzen Nagellack hingeräumt hatte. Der würde zu meiner Stimmung passen.

»Okay!« Vivi hob einen Zeigefinger.

»Was?«, zischte ich, weil sie mich erschreckt hatte.

»Ich hab's!«

»WAS DENN?«, knurrte ich noch aggressiver und sie verengte die Augen, während sie sich unheilvoll ihre kleinen Händchen rieb.

»*Den Plan*!«

»Nicht schon wieder!« Das kam von uns allen ...

***

Aber irgendwie klappten Vivis Pläne immer wieder, deswegen trug ich am nächsten schwülen Fast-Sommer-Morgen Philips Lieblingskleid. Darin hatte mich Tristan schon tausendmal heimlich fotografieren müssen, hatte er mir gesteckt. Es war Butterblumengelb und vom Design her nichts Besonderes, nicht einmal mit einem Ausschnitt konnte ich aufwarten. Aber Tristan versicherte mir grinsend, dass ich das nicht nötig hätte, und wenn er so was sagte, dann glaubte ich ihm das. Zwar war es hochgeschlossen, dafür aber für meine Verhältnisse relativ kurz, denn normalerweise reichten meine Röcke immer bis zu den Knien. Es sei denn, ich hatte einen Wettkampf.

Dazu einen Pferdeschwanz – der musste laut Vivi sein! Und einfache Turnschuhe! Ich sah ein bisschen aus wie eine Tennisspielerin, und als diese hätte ich figurtechnisch auch locker durchgehen können.

Philip fuhr diesmal allein zur Schule, während die anderen mich abholten. Sein strahlend weißer Mercedes parkte längst auf seinem Parkplatz, als wir ankamen. Tristan suchte alles nach Philip ab, aber er blieb verschwunden.

Nur sein Auto stand an derselben Stelle wie immer. Verdammt! Im Klassenzimmer tauchte er auch nicht auf!

Nach Schulschluss RANNTEN wir alle total bescheuert zum Parkplatz, aber der Mercedes war weg! Also fuhren wir nach Hause, wo wir seinen Wagen vor der Garage sahen. Als wir die Treppen hochstürmten, war sein Zimmer allerdings abgesperrt. Er war daheim, aber uns war klar, dass er niemandem die Tür öffnen würde. Wahrscheinlich hatte er sich schon gestern zusammengereimt, dass Vivi irgendwas planen und alle anderen (wieder mal) mitmachen würden.

Wieso musste dieser stille Riese auch so verdammt intelligent und gleichzeitig so unsagbar blöd sein?!

Scheiße!

Scheiße!

SCHEISSE!

***

Am nächsten Morgen stand ich in aller Herrgottsfrühe auf und wartete bereits an seinem Auto, als er das Haus noch in völliger Dunkelheit verließ, um bloß keinen von uns zu treffen. Sobald er bemerkte, wie ich mit verschränkten Armen an der Fahrertür lehnte, stockten seine Schritte nur kurz. Dann kam er auf mich zu, ohne mich wirklich zu betrachten, und sah dabei so unsagbar gut aus, dass sich mein Magen verknotete.

»Geh mir aus dem Weg!« Ich rührte mich keinen Millimeter.

»Hör mir zu ... es war nicht so ...« Bevor ich zu Ende sprechen konnte, hatte er schon umgedreht und war zur Garage marschiert. Quietschend öffnete sie sich, kurz darauf kam er auf seinem weißen Fahrrad rausgeschossen und düste an mir vorbei. Verdammt! Als ich mich mürrisch umdrehte, lehnte Tristan auch noch im Türrahmen und meinte mit einem breiten Grinsen. »Das war wohl nichts.«

»Ha, ha!« Müde ging ich an ihm vorbei ins warme Haus, um mir einen Kaffee zu gönnen.

Auch den Rest des Tages gelang ihm die Flucht, also blieb mir nur eine Möglichkeit: Ich musste ihn beim Training abpassen! Aber konnte ich IHNEN gegenübertreten? Eins war mir klar, ich musste, wenn ich Philip zurückwollte!

17. KÄMPFE UND GESTÄNDNISSE

Philip ›tickt ein bisschen aus‹ Wrangler

Sie verfolgte mich. Dieses wunderschöne, heiße und hinterhältige Miststück verfolgte mich auf Schritt und Tritt. Egal, wohin ich ging, sie war schon da und sah aus wie ein zu Fleisch gewordener feuchter Traum. Immer! Unter normalen Umständen hätte es nichts gegeben, was mich mehr gefreut hätte, aber jetzt wusste ich, was für Motive sie leiteten. Sie wollte Ablenkung, und die war ICH!

»Verdammt ...« Geschlagen ließ ich meinen Kopf nach unten fallen, während ich Liegestützen machte, schaffte es aber, mich weiter mit einem Arm auf dem Rücken hochzuhieven. Der Schweiß lief mir aus allen Poren, weil ich mich bei diesem Training so ausgepowert hatte und bereits Überstunden schob.

Ein leises Lachen ließ mich jedoch aufhorchen und ans andere Ende der Halle schauen. Da stand sie! In ihrem knappen schwarzen Trainingsbody, und der ging an ihren endlosen Beinen wirklich verdammt weit hoch. Zusammengebundene Haare, barfuß und wunderschön! Sie lachte mit meinem Trainer und ich äffte sein dämliches Hohlbirnen-Gelache genervt nach.

Eigentlich wollte ich nur weg von hier, um sie nicht mehr sehen zu müssen, aber im Augenwinkel bemerkte ich, wie sie mit ihren Dehnübungen begann. Und obwohl ich das schon kannte, musste ich sie anstarren, ganz offensiv. Es lief immer nach dem gleichen Muster, denn ihre Art des Dehnens war die blanke Folter, die sogenannte ›Katharina-Folter‹.

Zunächst setzte sie sich, spreizte die Beine, um mit der Nase das eine Knie und dann das andere zu berühren und anschließend ihren Brustkorb nach vorne zu senken, bis ihre perfekten Titten mit dem Boden Bekanntschaft machten. Dann richtete sie sich auf und streckte die Arme weit nach rechts und nach links, legte sich auf den Rücken, drückte ihr Becken hoch für eine Kerze und spreizte erneut diese Wahnsinns-Hammer-Beine. Und das war's. Mein Untergang. Ich schaffte keine anständigen Liegestütze mehr, weil mir erstens plötzlich die Kraft fehlte und mir zweitens mein Schwanz im Weg war. Also ging ich kurzerhand zu Sit-ups über und versuchte nicht zu kommen, als sie sich ihren verdammten Ball schnappte.

Verdammt! Als hätte sie geahnt, wie gern ich ihr dabei zusah, wenn sie nur für sich allein tanzte, tat sie genau das. Sie umschmiegte die rote Kugel erst mit beiden Armen, bevor sie mit einer Pirouette begann, sie weit nach oben warf, zwei Räder dahin machte, wo der Ball landen würde und sie ihn auffing. Heute legte sie die schönste Show ever hin – voller Anmut und Leidenschaft. Dabei wirkte sie, als ginge es ihr bei dieser Vorführung um alles, denn sie verbog und verrenkte sich mit einem derart hingebungsvollen Gesichtsausdruck, dass ich mir wünschte, der dämliche Ball zu sein.

Ich fragte mich, wie sie sich gleichzeitig konzentrieren und so gehen lassen konnte, denn nicht nur mein Blick lag auf ihr, vor allem auch der des Russen!

Wütend schnaubte ich und intensivierte mein Training. Schließlich war das ja nicht mein Problem. Ich versuchte sie wirklich auszublenden, leider ohne Erfolg. Als ich merkte, dass Sergej tatsächlich auf sie zuschlenderte, schwang ich mich automatisch auf die Beine und folgte ihm.

Grob stieß er sie mit seiner massigen Schulter zur Seite, gerade als sie wieder ihren Ball auffangen wollte.

Sie stolperte, bevor sie zu Boden fiel. Er beugte sich zu ihr runter und reichte ihr breit grinsend die Hand, da war ich schon bei ihm und ... trat ihm mit voller Wucht in den Kiefer, auch wenn ich wusste, dass es Konsequenzen haben würde, die mir aber in dem Moment scheißegal waren. Das war nicht die feine englische Art, doch er hatte seine dreckigen Finger von ihr zu lassen!

Er schrie auf wie eine Pussy und ich wollte ihm gerade richtig zeigen, was ich von ihm hielt, als sich von hinten Arme um meine legten und mich stoppten. Das hatte ich erwartet, außerdem war ich sowieso schon wieder von Sergej abgelenkt.

Mein Blick glitt zu Katharina und Martin – aus meinem Team –, der ihr aufhalf. Sie humpelte merklich und sofort riss ich mich los (denn die konnten mich ohnehin nicht halten, wenn ich das nicht wollte). Ohne darüber nachzudenken, hob ich sie auf meine Arme und marschierte los. Sofort schmiegte sie sich eng an mich und klammerte sich an meinem Nacken fest – womit sie da war, wo sie hingehörte.

Im Vorbeigehen starrte ich Sergej an. Verdammtes Drecksschwein, jetzt hatte er sie schon wieder verletzt! Nur mit Mühe beherrschte ich mich, ihn nicht noch mal zu treten, denn wir waren in der Öffentlichkeit. Er saß am Boden und hielt sich mit beiden Händen den Kopf. Ihm war wohl ETWAS übel ... Stattdessen rief ich dem Coach »Ich mach das!« zu und verschwand mit ihr in dem angrenzenden Geräteraum, durch den man in das winzige Krankenzimmer gelangen konnte. Keiner sollte sie auch nur ansehen, geschweige denn anfassen!

Noch immer lief ich auf verdammtem Autopilot, von meiner Sorge um sie fast kotzig, denn immer wieder spielte sich in meinem Kopf ab, wie sein massiger, riesiger Körper ihre zierliche aber ansonsten so standfeste Gestalt einfach umrannte.

Sobald ich sie auf die Liege setzte, umfasste sie mit

schmerzverzerrtem Gesichtsausdruck und aufeinander gepressten Lippen ihren Fußknöchel und ich holte ein paar Kühlpacks. Vorsichtig setzte ich mich neben sie.

»Lass mich mal sehen!« Ich nahm ihre Finger weg und tastete ihren Knöchel behutsam ab. Als sie zurückzuckte, war es klar. Er war mindestens verstaucht. Ein absolutes Horrorszenario für so eine Sportfanatikerin wie sie.

Verdammt!

Sie tat mir leid, besonders, als ich die Tränen in ihren Augen bemerkte, die sie zu verbergen versuchte, sobald ich ihr das Kühlpack an die richtige Stelle drückte.

»Gleich wird es besser, Kleines ...« Ihre Stirn fiel geschlagen an meine Schulter und sie überließ sich vollkommen meiner Führung. Machte mich damit schon wieder so schrecklich schwach!

Im selben Moment erklang von draußen ein Quietschen und lautes Knallen.

Das Tor zum Sportgeräteraum, durch die man in das Hinterzimmer gelangte, war zugegangen. Katharina versteifte sich deutlich und ich erhob mich sofort.

Das Training war vielleicht schon vorbei, aber hatten die uns tatsächlich hier vergessen?

»Warte!«, murmelte ich und begab mich durch die Dunkelheit zwischen den Geräten hindurch nach vorne. Als ich jedoch den Griff betätigte und das Rolltor hochziehen wollte, bewegte sich nichts! Es war von außen zugesperrt oder klemmte gewaltig!

Jetzt war ich im Arsch ... oder im Himmel.

Eine ganz, ganz böse Vorahnung überkam mich und bestätigte sich, als ich in das winzige Krankenzimmer mit dem winzigen Fenster zurückkehrte. Katharina sah gar nicht mehr so aus, als hätte sie Schmerzen, und das Kühlpack lag achtlos auf der Liege neben ihr.

Sie hatte die Arme unter den wunderbaren Titten verschränkt und das Kinn trotzig vorgestreckt.

»Du lässt ja sonst nicht mit dir reden!«

»Vivi!«, schlussfolgerte ich sofort und lehnte mich schwer in den Türrahmen.

»Ich wollte so oder so tun, als hätte ich mich verletzt, weil ich wusste, dass sich dann der Ritter-Komplex einschalten würde, den jeder Wrangler besitzt, und das mit Ser... *mit ihm* hat gerade gepasst ...« Als sie fast seinen Namen nannte, blickte sie schnell aus dem Fenster. Und ich bewunderte wieder mal ihre Stärke. Vor Sergej hatte sie so getanzt und das anscheinend nur für mich!

»Verdammt, Katharina!« Geschlagen ließ ich mich an die Wand in meinen Rücken sinken und strich mir angestrengt übers Gesicht. »Und wie lange werden wir hier eingesperrt sein?«

»Nur bis morgen!«

»Morgen!« Meine Augen wurden zu kleinen Schlitzen und sie zuckte die Schultern.

»Wir alle wissen, wie stur du sein kannst!«

So, das war´s! Mit einem Brüllen erhob ich mich, wandte mich von ihr ab und marschierte in den Geräteraum. Die zwei Böcke nebeneinander kamen mir gerade recht. In einen von ihnen boxte ich, bevor ich anfing, mich rechts und links an ihnen abzustemmen und zu trainieren und zu trainieren und zu trainieren!

***

Doch schon bald folgte sie mir in den dunklen Raum, an den sich meine Augen bereits so gut gewöhnt hatten, dass ich ihren schlanken, auf mich zukommenden Schatten erkannte. Zu dem Zeitpunkt machte ich gerade Sit-Ups.

Sie setzte sich neben mich auf die Matten, zog die Knie an, bettete ihre Wange darauf und beobachtete mich eine Weile. Dann fing sie an, mit sanfter Stimme zu sprechen.

»Ich habe es wirklich nicht so gemeint, wie du es aufgefasst hast!« Mein Puls schlug viel zu schnell, als dass ich ihr hätte antworten können. Ich ignorierte sie so lange knallhart, bis sie seufzte, meine aufgestellten Beine hinunterdrückte und sich auf meine Oberschenkel plumpsen ließ.

»So, du sturer Esel, du hörst mir jetzt zu!« Nach wie vor reagierte ich nicht und lenkte mich mit den Sit-ups ab, indem ich meinen Oberkörper zu Seite neigte. Leider kam ich dabei ihrem Gesicht verdammt nah und ihr herrlicher Duft folterte mich. »Philip, sieh mich bitte an!«

Kurzerhand hielt ich inne, musterte sie tatsächlich und ... hob sie von mir runter. Mit einem Ruck drehte ich mich um und fing an, Liegestütze zu machen, auch wenn meine Arme von vorhin noch strapaziert waren. Mit einer geschmeidigen und superschnellen Bewegung schlitterte sie unter mich, sobald ich oben war, und lag plötzlich direkt unter mir flach auf dem Boden!

»Du benimmst dich kindisch!«, zischte sie mir zu.

»Du krabbelst auf dem Boden rum, aber *ich* benehme mich kindisch?«, schaffte ich es trocken zu fragen. Ich musste hier weg! Und zwar schnell! Diese Katharina – deluxe – Folter hielt kein Schwein aus! Das hier kam viel zu nahe an Sex, oh fuck ...!

Mit verbissenem Kiefer beförderte ich mich auf die Beine, zog mir mein total durchnässtes Shirt aus, denn es klebte widerlich an meinen aufgepumpten Muskeln, und ging dazu über, Klimmzüge zu machen. Obwohl es alles andere als hell hier war – das einzige Licht war das hereinfallende aus dem Krankenraum –, bemerkte ich sofort, wie sich ihre Augen verdunkelten.

»Du bist schon, seitdem ich denken kann, meine Ablenkung, denn in meinem verdammten Schädel existierst nur du!«, wisperte sie plötzlich und kam auf mich zu ... auf diese ihr typische Raubkatzenart.

Mit wiegenden Hüften und als wäre sie direkt aus einem Stripperfilm entsprungen. »Du bist der Mann meiner Träume, neben dir verblasst alles – das Gute, wie auch das Schlechte! Wenn du bei mir bist, gibt es nur uns.« Meine Muskeln verkrampften sich und ich blieb oben hängen. Direkt unter mir kam sie zum Stehen, ihre Augen brannten geradezu »Philip, du Idiot, ich liebe dich! Schon ewig!« Und somit beugte sie sich vor und küsste die Tätowierung unter meiner linken Brust.

Scheiße!

Was?

Langsam, während jeder Muskel meines Körpers angespannt war, ließ ich mich zu ihr hinab, überragte sie trotzdem noch weit, sobald meine Füße den Boden berührten, und starrte sie an. Hatte ich mich gerade verhört? Konnte das tatsächlich sein? Hatte Katharina die magischen Worte gesagt und das auch noch zu mir, oder träumte ich schon wieder?

Wenn sie es wirklich gesagt hatte, änderte das alles. Sehr. Und für immer und ewig. Denn so etwas würde sie nie einfach so behaupten, ohne sich sicher zu sein, oder deswegen lügen. So war sie nie gewesen und würde es auch nie sein.

Mit einem Mal fühlte ich mich wie ein Ballon, bei dem man die Luft ausgelassen hatte. Völlig leer und gleichzeitig erleichtert, weil nicht mehr alles so spannte. Endlich konnte ich wieder frei durchatmen. Ich wollte so viel sagen, brachte aber kein Wort hervor.

Ich. Konnte. Nicht. Sprechen.

Und mich auch nicht bewegen.

Genau genommen konnte ich gar nichts tun, außer sie anstarren. Ich war wirklich ein Idiot!

Offen und ehrlich und mit all ihren Gefühlen direkt auf ihr wunderschönes Gesicht geschrieben, ließ sie ihre Hände zu meinem Hals hinaufgleiten und zog behutsam meinen Kopf zu sich herunter. Sie beobachtete mich genau, um, falls nötig, auf eine Veränderung reagieren zu können.

In Slow Motion ging sie zeitgleich auf die Zehenspitzen und strich mit ihren Lippen zaghaft, fast schon fragend und unsagbar flehend über meine.

Bevor ihre Augen wieder diesen Glanz verlieren konnten, schaffte ich es – GOTTSEIDANK –, mich aus meiner Erstarrung zu lösen und mit einem Arm ihre zierliche Taille zu umfassen. Mit der ersten Berührung verlor ich die Beherrschung, zog sie an meinen Körper, die andere Hand vergrub ich in ihrem Haar und küsste sie verfickte Scheiße noch einmal so, wie ich sie noch nie geküsst hatte!

Sofort stöhnte sie in meinen Mund, ihre Arme umschlangen meinen Nacken und ihre Beine meine Hüften. Ich setzte sie auf diesen verschissenen Bock, der die perfekte Höhe hatte, presste sie eng an mich und meinen pulsierenden Schwanz.

Es gab kein Halten mehr! Nicht mit diesem Wissen! Nicht nach dieser gefühlten Ewigkeit, in der ich heimlich wie eine kleine Pussy von diesen Worten aus ihrem Mund geträumt hatte.

»Ich muss dich ausziehen! *Jetzt*!« Meine Stimme klang heiser, meine Lippen waren ungezügelt, meine Zähne gruben sich in die zarte Haut ihres Halses. Sie ließ den Kopf nach hinten fallen.

»Tu es! Ich gehöre dir!«

Sie trug nur diesen lächerlichen Body, und einerseits verfluchte ich mich dafür, mir nicht mehr Zeit zu lassen, aber anderseits hatte mein Fuß keine Ahnung, wo das Bremspedal war. In dem Auto, in dem wir nun saßen, gab es genau genommen gar keins! Sobald ich ihren Body bis zum Bauchnabel herabgezogen hatte, umfing ich mit beiden Händen diese weichen, vollen Rundungen, was mir allein schon ein Stöhnen entlockte.

Sie stützte sich auf ihren ausgestreckten Armen hinter sich ab und hielt mit einem Bein meine Hüfte umschlungen, während sie die Augen schloss und meinen Namen stöhnte – besonders als ich mit meinem Mund ihre Nippel verwöhnte, leider auch nicht so zart, wie ich das gewollt hatte. Aber zart war hier auch nicht zu finden. Nein! Es gab nur ungezügelt, leidenschaftlich und glühend. Nichts anderes!

Ich brauchte sie, sie brauchte mich! Ohne Gedanken, ohne Ängste! Nur die pure Lust!

Während ich weiter ihre Brüste verwöhnte, rissen meine Hände grob ihren Body ganz von ihr und nur an einem Bein herab. OH GOTT! Sie war unten ohne! Direkt vor mir!

Mein Schwanz streifte ihre Hitze und ich bemerkte, wie heiß sie war. Sofort stöhnte ich und griff in meine Trainingshose, um ihn zu beruhigen. Gleichzeitig musste ich einige Sekunden mit mir kämpfen, um nicht total unkontrolliert in sie zu stoßen. Bei aller Leidenschaft! Ich war sehr groß und sie eng und zierlich, und das war ihr erstes Mal! Wenigstens ein bisschen Beherrschung MUSSTE ich irgendwie an den Tag legen! Das war sowieso schon so ein entwürdigendes Debüt.

»Oh Gott, Philip! Tu es einfach!«, zischte sie fast schon zornig, immer noch mit den Armen hinter sich abgestützt und funkelte mich wieder leicht dämonisch, aber so was von sexy an. Und dann griff sie einfach zwischen uns und holte ihn raus!

»Scheiße!« Sie zog mich näher und ich biss die Zähne zusammen, als sie mit *ihm* über ihren Kitzler rieb und uns beiden ein wirklich unmenschliches Geräusch entlockte. Sie war triefend feucht. Langsam strich sie nach unten und setzte ihn selbst an ihrem Eingang an. Sie war so verdammt mutig. Der Wahnsinn!

Ich musste nur meine Hüfte nach vorne bewegen, nur noch ein paar Zentimeter! Jede Faser in meinem Körper war bis zum Bersten gespannt, während unsere Blicke ineinander versanken.

Wir grinsten uns verschwörerisch an und ich machte ihr mit den Augen klar, dass ich es JETZT tun würde! Millimeterweit schob ich mich nach vorne, während wir beide den Atem anhielten und sie die Zähne aufeinander biss. Der Schweiß stand ihr bereits auf der Stirn ... da ... knarzte es hinter mir und das Tor wurde mit einem lauten Quietschen nach oben befördert!

Katharina – die Verräterin – rettete sich durch eine perfekt einstudierte Rückwärtsrolle außer Sichtweite.

Mir blieb nichts anderes übrig, als meine viel zu enge Hose über meinen viel zu steifen Schwanz zu ziehen und gleichzeitig von einer Taschenlampe geblendet zu werden.

»Oh ... ich dachte, hier würden wilde Tiere kämpfen ...« Das war die verdammte, verfickte, elendige Stimme vom scheiß Truthahn! Was machte die denn hier mitten in der Turnhalle? »E... Entschuldigung!«, murmelte das pummelige Ding, das aus einer der Klassen unter mir stammte, sobald sie meinen sicherlich absolut mörderischen Blick richtig deutete. Für immer und ewig würde ich sie hassen! Das sagten ihr meine Augen. Sie keuchte, ihre riesigen Glupscher wurden noch größer und dann nahm sie ihre verfickten Stummel-Beine in die Hand und lief davon!

Geschlagen ließ ich den Kopf nach hinten hängen, um mich ETWAS zu beruhigen. *Wilde Tiere!* Das war so typisch.

Und Katharina lachte mich natürlich aus, als sie aus ihrem Versteck gekrochen kam, wieder in ihrem verdammten Body. Also nicht mehr so nackt und wunderschön und perfekt wie gerade eben. Ich malmte mit den Zähnen und meine Hände waren zu Fäusten geballt, als sie meine Hüfte umfing und sich, immer noch außer sich vor Lachen, an mich schmiegte. Sie kriegte sich überhaupt nicht mehr ein und schaffte es nicht, ein Wort zu formulieren. Erst als sie sich irgendwann beruhigt hatte, gluckste sie: »Das ist sooo typisch Philip Wrangler!«

»Ha. Ha«, konterte ich trocken, denn ich konnte dem hier nun WIRKLICH nichts Lustiges mehr abgewinnen!

Irgendwer wollte mich doch verarschen!

18. VOM FLIEGEN

Katharina ›trusting‹ Oskorbova

In der Halle befanden sich nur wir beide. Er hatte die Macht, alles andere zu überstrahlen, sogar *ihn.* Außerdem wusste ich mittlerweile, dass mir nichts geschehen würde, wenn ich bei Philip war. Nicht einmal *er* konnte mir dann schaden. Ich fühlte mich sicher in Philips Nähe, ganz davon abgesehen hatte ich es satt, für mich allein zu kämpfen. Also tanzte ich nur für ihn, ließ mich völlig gehen und vergaß das restliche Publikum.

Es war so leicht.

Und dann kam *er* auf mich zu, doch Philip war wie erwartet sofort zur Stelle. Ohne lang zu fackeln, unterband er sehr effizient jeglichen Versuch mich anzurühren. Schon allein dafür wollte ich ihn noch mehr und war deshalb selig, als er mich ins Krankenzimmer trug. Doch dann kam er dahinter, was wir geplant hatten, und wurde pissig, aber ich würde ihn nicht mehr von der Leine lassen. Nicht mit dem Wissen, dass ich ihn liebte!

Also sagte ich es ihm kurzerhand, worauf er mich in den Himmel beförderte. Mitten in einem Geräteschuppen in der Turnhalle. Leider störte diese dämliche Mia Engel ...

Philip packte einfach meine Hand und rannte beinahe zu seinem Auto, schob mich auf den Beifahrersitz, stieg ein und ... küsste mich – wild und verlangend, sodass mir wieder der Kopf schwirrte.

»Ich weiß nicht, ob wir es bis nach Hause schaffen ...«, murmelte er heiser, direkt an meinen Lippen.

»Nicht nach der Show, die du für mich abgezogen hast und ganz sicher nicht mit dem Wissen, wie deine Nippel schmecken!« Tief stöhnte ich, das war so sexy und gleichzeitig versaut.

Doch dann wich er mit einem Mal atemlos zurück, ließ mich los und den Kopf mit gesenkten Lidern gegen seine Nackenstütze fallen.

»Ich werde dich aber NICHT in einem verfickten Auto entjungfern!« Seine Hände waren zu Fäusten geballt, er trug immer noch nur seine Jogginghose, unter der sich eindeutig seine Erregung abzeichnete. Ich wollte ihn endlich in mir.

Gleichzeitig wusste ich, wie gründlich Philip war und wie wichtig es ihm daher sein würde, alles richtig zu machen. Deswegen schloss auch ich die Augen, lehnte meine Stirn an das kühle Fenster und versuchte, das irre Pochen zwischen meinen Beinen zu ignorieren.

»Dann fahr und wehe du hältst an, bevor wir bei dir im Bett sind!«

***

»Hallo liebe Kinder, wollt ihr was essen, Austern, Chips, Flips? Ja, ja ... wieder einmal werde ich ignoriert ...« Genau das wurde Tristan, wir rannten laut trampelnd die Treppen hoch, doch im oberen Flur stoppte Philip plötzlich aus heiterem Himmel und ich lief in seinen Rücken.

»Was ist? Ich hab gesagt, du sollst nicht anhalten, bevor wir in deinem Bett sind!«, zischte ich ungezügelt, da wirbelte er zu mir herum.

»Aber ich stinke!«

»Was?«

»Ich habe geschwitzt! Ich muss duschen! Und mich rasieren!«

Ich verdrehte die Augen, gleichzeitig umfing ich seine Hüften mit beiden Armen und strich mit meiner Nase über seine Brust, woraufhin er Gänsehaut bekam. »Du wirst gleich noch mehr schwitzen und danach können wir gemeinsam duschen.« Er stöhnte verzweifelt. Kurzerhand hob er mich einfach so hoch, was mich zum Lachen brachte und überwand mit mir die paar Schritte zu seinem Zimmer. Dabei verführte er mich schon wieder mit seinen Lippen und drückte sich unmissverständlich an meinen Bauch. Mit dem Ellbogen öffnete er und stellte mich erst vor seinem Bett auf die Beine. Sofort ließ ich mich nach hinten fallen und landete auf fünf Packungen Hanuta. Augen rollend hob ich mein Becken, damit er sie unter mir fortfegen konnte, und musste gleichzeitig lachen. Das verging mir allerdings sehr schnell, als er sich kurzerhand herabbeugte, meine Hüften oben hielt und mich zwischen den Beinen küsste. Genau dort, wo sich nur mein dünner Body befand! OH GOTT! Er knabberte zart an meinen Schamlippen darunter, packte schließlich den Stoff vorsichtig mit den Zähnen und ließ ihn gegen meinen Intimbereich schnalzen. Fast wimmernd sah ich Philip ins Gesicht, der mich schon jetzt mit dunkel glühenden Blicken verschlang!

Er war so sexy!

Es gab nur noch uns beide, nichts anderes zählte, nichts anderes existierte mehr, als er mich sanft runterließ und sich mit einem Knie auf das Bett stützte, um sich über mich zu beugen und mich wieder zu küssen. Mein Mund tat schon weh, aber ich wusste, dies war erst der Anfang. Fest schlang ich meine Arme um seinen Nacken, erwiderte seine Liebkosungen, knabberte und leckte und saugte an ihm, stöhnte und wimmerte in seinen Mund und rieb meinen Schritt an seinem Oberschenkel.

Er hob mich hoch und weiter aufs Bett, sodass er direkt zwischen meinen Beinen war, seine Arme links und rechts von mir. Kurz steckte er die Hand in seine Hose, verlagerte ihn – dann begann er, seine Hüften zu bewegen. Direkt an mir ...

Ich schrie förmlich seinen Namen und spürte sein Grinsen an meinem Mund.

»Bitte, Philip ...« Ja, ich bettelte! Und?

»Du hast so lange gewartet, da wirst du dich jetzt auch noch gedulden können«, wisperte er heiser und streifte mir die Träger des Bodys runter. Seine Lippen folgten dem Stoff, den er herabzog, über mein Schlüsselbein, mein Dekolleté. An meinen Brüsten hielten sie sich länger auf, bevor sie an meinem Bauch hinabwanderten, bis er vor seinem Bett kniete und mich des Kleidungsstücks ganz entledigte.

»Oh Mann, wie lang denn noch?«

Meine Hände verkrallten sich links und rechts in seinen krümeligen Laken, als er knabbernd denselben Weg zurücknahm ...

»So lange ich will«, hauchte er an meiner Wade. Seine Hände fuhren die Linie meiner Beine nach ... bis zu meinen Knien, eins legte er sich über die Schulter, während er mir verlangend in die Augen sah, dann strich er weiter ... über meine Oberschenkel und bis zu meiner Mitte. Er spreizte mich sanft, seine Stirn runzelte sich dabei etwas, als würde er sich nur mit Mühe beherrschen können. Bevor er sich vorbeugte und mich *dort* küsste. Auf bloße, sehr empfindliche Haut.

»Oh GOTT, PHILIP!« Meine Ellbogen stemmten sich in die weiche Matratze und mein Kopf fiel nach hinten. Eine Hand vergrub ich in seinem dichten Haar, krallte mich förmlich daran fest, während ich meine Hüften nicht stillhalten konnte. Ja, natürlich, ich hatte es mir schon oft selber gemacht, aber das war nicht mit seiner samtig weichen, feuchten Zunge zu vergleichen, die mich hingebungsvoll verwöhnte.

»Hm?«, brummte er ziemlich abgelenkt und steigerte die Intensität seiner Liebkosungen, bis ich mich wild auf dem Bett hin und her wand und nicht einmal mehr wusste, wie ich hieß, geschweige denn, was ich eigentlich hatte sagen wollen.

Kurz bevor ich kommen konnte, hörte er jedoch auf und schob sich an mir nach oben – nackt ... Mir war völlig entgangen, wie er seine Hose ausgezogen hatte! Das ärgerte mich! Denn es gab nichts Schöneres, als zu beobachten, wie er für mich seinen heißen Körper entblößte – langsam. Am liebsten hätte ich gesagt, er solle aufstehen und sich noch mal anziehen ... Doch dafür war ich jetzt zu ungeduldig, besonders, als er sich wieder über mich stemmte, um mich zu küssen und sein Schwanz meine Mitte streifte.

Instinktiv griff ich nach unten und umfing ihn, ich konnte nicht genug von ihm bekommen. Philip stöhnte heiser in meinen Mund und bewegte seine Hüften vor und zurück, ich tat es ihm mit den lüsternen Geräuschen nach und war mir sicher, jeden Moment zu verbrennen ...

Er stützte seine Stirn an meine und atmete heftig in mein Gesicht, während ich ihn weiter massierte.

»Letzte Chance. Ja oder nein?«, raunte er auch noch an meinen Lippen.

»Das ist nicht dein Ernst!«, rief ich aus. Er lachte nur heiser und so heiß, bevor er meine Hand fortschob und sie neben meinem Kopf festpinnte. Dann beugte er sich vor.

»Wirklich, Katharina?« Seine Augen glühten vor Ernsthaftigkeit. Ich nickte und schluckte mühsam. Er grinste – halb.

»Wie du willst ...«

Mit der anderen Hand umfing er sich und strich mit seiner Spitze zwischen meinen Beinen entlang, von unten nach oben und wieder zurück, bis er an meinem Eingang lehnte ... Philip war wirklich riesig ... Das konnte doch niemals funktionieren!

»Vertrau mir, Kleines ... wir passen perfekt zusammen – ich weiß es ...«, wisperte er an meinen Lippen. Ich hielt den Atem an und biss mir auf die Unterlippe, sah ihm aber in die Augen und nickte. Das war das letzte Quäntchen, auf das er gewartet hatte. Dann biss er die Zähne aufeinander und schob sich in mich – ein winziges bisschen nur. Und ich schrie vor Schmerzen auf!

»FUCK!« Sofort wollte er sich zurückziehen, weil er die Nerven verlor, aber ich stemmte meine Hacken in seinen Arsch und hielt ihn auch mit den Armen fest.

»MACH WEITER!« Jetzt oder nie!

»Aber ...!«

»PHILIP, verdammte Scheiße! MACH JETZT!«

»OKAY!«

Und dann tat er es. Mit einem Ruck, bei dem ich meinen Kiefer verkrampfte, um nicht wieder zu schreien und ihn erneut zu erschrecken, presste er sich in mich – bis zum Anschlag.

»Oh Gott ...«, murmelte ich und kämpfte gegen das Brennen und Pochen an, genauso wie gegen die Tränen, die meine Augen fluteten. Nie hätte ich gedacht, dass es so wehtun würde! Das war, als hätte man mir einen glühenden Pfahl in den Unterleib gestoßen. Sollte er sich bewegen, wäre es mit Sicherheit noch schmerzhafter. »OH Gott ...«, entfuhr mir noch einmal und ich drückte eine Seite meines Gesichts in die Kissen, meine Hände waren auf seinem Rücken zu Fäusten geballt, meine Beine total verkrampft und gleich würde ich tatsächlich vor Schmerzen heulen.

»Shhh ...« Seine Finger strichen über meine Wange. »Schau mich an ...«, flüsterte er und rührte sich keinen Millimeter. Ich schüttelte den Kopf, denn wenn ich das tat, würde ich wirklich heulen! Wie konnten die Menschen das hier nur freiwillig tun?!

»Red nicht so mit mir!«

»Komm schon, Kleines ...« Oh verdammt!

Noch einmal bewegte ich den Kopf hin und her.

»Wenn du mich nicht dabei ansehen kannst, höre ich auf.« Seine Nase fuhr über meinen Hals und sofort drehte sich mein Kopf. Er wirkte ETWAS verbissen.

»Das Schlimmste ist jetzt vorbei, es wird nicht mehr wehtun«, versuchte er mich zu beruhigen, klang dabei aber ziemlich heiser, und als er sich langsam aus mir rausbewegte, wollte ich ihn anschreien, damit er sofort aufhörte, aber ... es war gar nicht mehr schmerzhaft.

»Jetzt ... gehörst du mir«, murmelte er triumphierend und angestrengt, dann schob er sich wieder in mich. »Jetzt kommt der Spaß!« Er nahm meine verkrampften Hände von seinen Hüften, die sich dort in seine Haut bohrten, küsste jede Handfläche einmal, während er mich mit seinem Blick gefangen hielt, und legte sie schließlich beide neben mein Gesicht. Seine Finger krallte er in meine Handgelenke. »Vertrau mir!«

Als er sich erneut in mich schob, musste ich stöhnen, aber nicht vor Schmerzen. Oh nein! Meine Beine verkrampften sich noch mehr, aber diesmal, weil es sich so gut anfühlte, ihn in mir zu haben. Philip Wrangler war tatsächlich in mir – tief und mächtig! Unglaublich!

Etwas zog er sich zurück, strich an mir entlang, rieb über meinen Kitzler und drang dann wieder in mich ein und ... da war kein Schmerz. Wie er es mir versprochen hatte!

Ich riss die Augen auf und sah ihn an wie die Erleuchtung persönlich, und das war er auch ... oh Gott, und wie er das war! Er lächelte wunderschön und auch ein bisschen triumphierend.

»Siehst du ... alles perfekt, Kleines ...« Und dann kreiste er mit seinen Hüften, wobei sein Unterkörper meinen Kitzler streifte und ich erschrocken seinen Namen stöhnte, weil ich fast kam.

Nun lachte er rau, direkt in mein Ohr, hielt mein Gesicht fest und nahm einen langsamen, wenn auch etwas zittrigen, Rhythmus auf.

Mein Körper konnte nicht mehr still bleiben, meine Hüften reagierten unwillkürlich. Erst zaghaft, dann immer drängender, und als ich mich aus Versehen innerlich anspannte, stockte er – genauso wie ich. Seine Hände krallten sich fester und er presste die Lippen aufeinander. Sein Kiefer verhärtete sich und er schloss die Lider, als müsse er sich jetzt sehr stark konzentrieren. Ich bewegte mich intensiver, änderte den Winkel ein wenig, sodass ich ihn noch tiefer in mir spüren konnte. Oh wow! Das war der Hammer! Und wenn ich mein Becken noch ein wenig verlagerte ... dann ... oh mein Gott! Ich fühlte *alles von ihm*!

»Oh fuck, Katharina, warte! Hör auf damit, warte ... SCHEISSE!« Im letzten Moment zog er sich aus mir zurück und ich bemerkte wie er an sich hoch und runter strich, dabei vergrub er sein Gesicht an meinem Hals und atmete so gut wie gar nicht. Stattdessen zuckte sein gesamter Körper.

Er kam ...

Ich umfing ihn mit meinen Armen und ließ ihn gewähren, auch wenn in mir alles pochte und brannte und pulsierte und ich stumm nach Erlösung schrie.

Plötzlich wurde er ganz lasch und blieb genauso auf mir liegen.

»Das kann doch nicht wahr sein …«, murmelte er. Grinsend keuchte ich in seine Haare und streichelte seinen Kopf. Er brummte ziemlich unwirsch ein paar Flüche an meinem Hals und ich lachte heiser. »Philip ...« Als ich ihn an den Haaren zurückzog, stemmte er sich dagegen. Ich verdrehte die Augen und umarmte ihn wieder. »Dann bleib so liegen und zerquetsche mich. Auch gut.«

Das war jetzt nicht geschehen, oder?! Ich war nicht schon wieder ohne sie gekommen! Und das, wo sie so mutig und tapfer und so *Katharina* gewesen war! Wie konnte ich es wagen?! Ich wollte meinen Schwanz abschneiden und ihr nie wieder in die Augen sehen. Ich schämte mich so!

Das hatte sie nicht verdient! Sie verdiente *richtigen* ersten Sex mit einem *richtigen* Abschluss. So eine Bilderbuch-Nummer. Und was tat ich? Fickte sie fünf Minuten und spritzte dann das Bett voll, weil ich mich im letzten Moment daran erinnerte, dass ich keinen verschissenen Gummi benutzt hatte. Ja super!

Verfickte scheiße ...

Aber sie war immer noch nackt und erregt und in meinem Bett. Dass ich einmal verkackt hatte, hieß ja nicht, dass ich es nicht wiedergutmachen konnte. Genau genommen war es ganz praktisch, dass der erste Druck abgebaut war, denn jetzt konnte ich mir Zeit lassen und ihr zeigen, was ich von ihrem Körper hielt. Wie sehr ich sie vergötterte. Was es mir bedeutete, dass sie mich so nah an sich ranließ.

Ich fing gleich mal dort an, wo mein Mund war und küsste sie unter ihr Ohr. Sie erschauerte und hörte auf, über meinen Rücken zu streicheln.

»Ich bin ein Idiot ...«, flüsterte ich in ihre zarte Muschel und biss hinein. »Aber ich mach's wieder gut ...«

»Das war doch nicht so schlimm ... Es war ... *wow* ...« Ihre Stimme klang tiefer, wenn sie erregt war und ihre Aussprache war ziemlich schleppend. Als wäre sie vor Lust betrunken – MEINETWEGEN. Ich mochte das und grinste, während ich mit meinen Lippen ihren Kiefer entlangwanderte.

Dabei stützte ich mich auf einen Ellbogen, um das meiste Gewicht von ihr zu nehmen. Meine Fingerspitze glitt zwischen ihren verschwitzten Brüsten hinab.

»Nein, schlimm war das nun wirklich nicht, da würden mir eher ein paar andere Adjektive einfallen.«

»Die wären? Oh Gott ...« Zärtlich strich ich über ihren Venushügel und ihre Schamlippen und sprach an ihrem Hals.

»Perfekt, genial, atemberaubend, absolut bombastisch ... zum Beispiel.« Sie schnaubte ironisch, war aber nicht wirklich bei der Sache, weil ich vorsichtig ihren Kitzler massierte.

»Genau das bist du, wenn du unter mir liegst und ich in dir bin.« Somit schob ich einen Finger in ihr Inneres. Sie stöhnte laut auf und bog ihren Rücken durch, kniff die Augen genau in dem Moment zusammen, als ich meinen Kopf hob, um sie zu betrachten.

Sie war wirklich mein verfickter Stern. Ihre goldenen Haare waren um sie verteilt, ihre Wangen gerötet und sie strahlte irgendwie von innen heraus.

Zum Glück regenerierte sich mein Schwanz unsagbar schnell. Als ihre festen Muskeln meine Finger umschlossen, wurde er schon wieder härter. Er war ihrer feuchten Mitte so nah und doch so fern. Ich hätte meinen Körper nur ein wenig verlagern müssen, um wieder in sie stoßen zu können, aber ich tat es noch nicht. Stattdessen beobachtete ich mein Treiben. Es sah bombastisch aus, wie meine Finger in ihr verschwanden. Sie war schon kurz davor, stammelte meinen Namen und krallte sich in die Laken – ich konnte nicht genug von diesem Anblick bekommen und saugte alles wie ein Süchtiger in mich auf. Doch schon nach kurzer Zeit hatte meine Geduld ein Ende. Als ich meinen Daumen auf ihren Kitzler drückte, fing sie sofort an zu pulsieren.

Ich hielt ich es nicht mehr aus und bewegte meine Hüften. Genau in dem Moment, als sie explodierte, schob ich mich noch einmal in sie.

Sie klammerte sich schreiend an mir fest und biss mir in die Schulter, als ich plötzlich in ihr war, während sie gerade ihren Höhepunkt hatte ... und dann packte ich ihren Arsch mit beiden Händen und ... fickte sie – richtig!

Jedes Mal wenn ich kurz davor war zu kommen, zog ich mich aus ihr zurück, worauf sie spuckte und fauchte wie eine Wildkatze, und verwöhnte sie mit meinen Lippen und Händen. Das besänftigte sie ein bisschen, aber nur ein bisschen. Ich trieb sie so lange in den Wahnsinn, bis sie wimmerte, das hatte ich mir geschworen, für den Fall, dass ich sie jemals in mein Bett bekäme. Ich würde Katharina die Große dazu bringen nach mir zu betteln und zu flehen! Und scheiße, das tat sie. Ich liebte jede Sekunde davon, während sie sich regelrecht nach meinem Schwanz verzehrte. Schon allein deshalb spannte ich sie auf die Folter und zögerte es immer ein wenig länger hinaus, bis ich ihn ihr wieder gönnte und in sie eindrang.

Nach ungefähr einer Stunde dieses Spiels stand ich selber kurz davor und musste das Ganze beenden. Ich massierte ihren Kitzler und ließ zu, dass sie kam. Mit mir, in sich. Und dabei starb ich fast, aber ich hielt es aus, bevor ich mich aus ihr rauszog und ... ja ... ein zweites Mal das Bett vollsaute. Aber auf ihrem perfekten, reinen Körper konnte ich mein Sperma unmöglich hinterlassen. Danach brach ich zusammen ... Gerade so hievte ich mich neben sie, ein Bein immer noch über ihrem und spürte meine Muskeln vor lauter Zittern nicht mehr.

»Heilige Scheiße ...«, murmelte sie, auf dem Rücken liegend, Arme und Beine von sich gestreckt wie ein Käfer, während sie atemlos an die Decke starrte. Ich lachte leise.

»Was?«

»Das sind nur ein paar neue Adjektive ...«

»Scheiße ist in diesem Bezug gar kein Adj...«

»Ach, halt die Klappe, du Klugscheißer!«

Glucksend drehte sie sich um und richtete sich auf den Ellbogen neben mir auf. Ich lag auf dem Bauch und so konnte sie ausgiebig meinen Rücken blickficken, was sie auch tat. Ihr Haar war so dermaßen zerzaust und ihre Lippen geschwollen, dass ich richtig breit grinsen musste, als mir einfiel, dass sie meinetwegen so ›unperfekt‹ aussah. So durchgefickt, absolut fertig und ... glücklich.

Sie beugte sich vor und küsste meinen Nacken und die Tätowierung dort.

»Ich habe gewusst, dass du so ficken kannst ...« Katharina und ihre derbe Wortwahl, die sie nur benutzte, wenn wir allein waren, würden mich irgendwann wirklich ins Grab bringen! Sie war so ... deftig ... ganz im Gegensatz zu ihren hauchzarten Berührungen. Ihre Fingerspitze strich über meinen Rücken, mal hier, mal dort, meine Tätowierung entlang, aber vor allem über meine Arschgrübchen. Ich schloss die Lider – ließ sie gewähren, während sie sanft mit den Lippen über meinen Nacken glitt und meinen Duft einatmete. Keine Ahnung, was sie daran fand, mittlerweile stank ich mit Sicherheit, aber ihr schien es zu gefallen, denn sie lächelte und schnupperte weiter an mir.

»Jetzt bin ich süchtig ...« Ich gluckste ... »Ehrlich ... das sollte verboten werden ...«, raunte sie nah an meiner Haut und leckte darüber, bevor sie mich strafend biss. »*Du* solltest verboten werden! Für alle, außer mich!« Ich hatte nicht einmal die Kraft zusammenzuzucken. Aber sie forderte: »Dreh dich um!«

Angestrengt stöhnend tat ich ihr den Gefallen ... einen Arm neben mir, einen über meinen Kopf geschmissen. Unter trägen Lidern beobachtete ich, wie sie seitlich neben mir lag und mich nun genauestens unter die Lupe nahm.

»Und jetzt?«

»Jetzt tu ich das, wovon ich immer geträumt habe ...« Mit ihren Lippen erkundete sie jeden Zentimeter meiner Brust, meines Bauches ... und arbeitete sich immer weiter vor. Ich hielt die Augen geschlossen, die Zähne zusammengebissen, und krallte mich schon wieder unauffällig in das Bettlaken, als sie an meiner Leistengegend ankam. Er zuckte und ich keuchte. Zärtlich umkreisten ihre Fingerspitzen meinen Schwanzansatz.

Er zuckte mehr und erhob sich langsam. Das konnte doch nicht wahr sein!

»Oh heilige Scheiße ...«

»Sag ich doch!« Und dann umfing sie ihn mit den Lippen. Warm und feucht und himmlisch, während ihre Haare ihr Gesicht umhüllten. Träge griff ich hinein und wühlte darin, während der andere Arm immer noch hinter meinem Kopf war. Sanft und genüsslich spielte sie mit meinem Schwanz, stöhnte dabei, wand sich wie eine rollige Katze und streckte ihren wunderbar gerundeten Arsch in die Höhe. Der Ausblick war phänomenal und ich umfing ihre Titte, statt der Haare, massierte sie und beschäftigte mich ausgiebig mit ihren Brustwarzen, die sofort wieder steif wurden.

Dabei sahen wir uns unentwegt in die Augen, es war ein wahnsinnig inniger Moment, den ich für immer in dem Fotoalbum in meinem Kopf abspeichern würde. Sie öffnete sich mir vollkommen und gab sich mir hin, während sie mir gleichzeitig Genuss verschaffte. Und nicht nur sie war süchtig. Ich sog in mich auf, wie sie die Lider zusammenkniff, als ich an ihrem Nippel zupfte und wie sie mit ihren Hüften kreiste. Sie war die pure Erotik!

Und sie wusste, was sie wollte.

Als ich schon wieder kurz vor dem Platzen war, richtete sie sich schließlich auf und setzte sich breitbeinig über mich.

Automatisch wanderte mein Blick an ihrem Traumkörper nach unten und ich umfasste meinen Schwanz, hielt ihn ihr entgegen. Sie musste sich nur noch herablassen und das tat sie. Langsam, mit der Unterlippe zwischen den Zähnen und Schweißperlen, die uns beiden auf die Stirn traten. Dann stützte sie sich an meiner Brust ab und ließ mit einem inbrünstigen Stöhnen, denn so war ich verdammt tief, ihre Hüften auf mir kreisen. Die Haare fielen über ihre vollen Brüste und ich umfasste ihre Taille. Katharina war leicht gebräunt – absolut perfekt – und ritt mich genauso langsam und genüsslich, wie sie mir einen geblasen hatte. Dabei lebte sie sich völlig auf mir aus und ich merkte in jedem ihrer Blicke und in jeder Berührung, dass sie es genauso liebte wie ich.

»Du willst mich *wirklich* umbringen, oder?«, raunte ich und sie lachte leise, spannte sich um mich herum an und ließ den Kopf nach hinten fallen.

»Wenn, dann sterben wir beide«, schnurrte sie genüsslich und kreiste weiter.

»Glücklich.« Ich zog sie an ihrem Oberarm zu mir runter, denn sie war zu weit weg. Ich brauchte ihre Lippen auf mir, und wir keuchten auf, als wir uns küssten. Mit beiden Händen umfing sie meinen Kiefer, während ich ihren Arsch packte und sie ein bisschen hochhob. Dann stieß ich in sie, erst vorsichtig, aber schließlich immer härter, besonders, als sie es leise in meinem Mund forderte. Mir wurde ganz schwindlig von ihrer Nähe und ihrem Duft und ihrem Körper.

»Katharina ...«, knurrte ich, als sie sich meinem Rhythmus anpasste und sich auch auf und ab bewegte.

»Was?«

»Ich spritze gleich! Du musst ... *runter*!«

»Okay!« Sie hechtete förmlich von mir ... bevor sie ihn in den Mund nahm und ich nur noch Sterne tanzen sah, weil sie mich schon wieder *DORT* kommen ließ und *alles* schluckte!

19. DER MORGEN DANACH

Philip ›the zombie‹ Wrangler

Also, ich hatte in meinem Leben ja schon viele Sportarten gemacht. Zum Beispiel Ausdauer- kombiniert mit Kraftsport – was man locker mit unserem Sex vergleichen konnte. Dabei hatte ich das ein oder andere Mal übertrieben und war über meine körperlichen Grenzen gegangen. Und ich hatte auch schon gelegentlich Muskelkater gehabt, aber nichts – wirklich NICHTS – ähnelte dem, was ich am nächsten Morgen empfand, sobald ich dic Augen aufschlug.

Sogar meine Lider taten weh! Keine Ahnung, wie das möglich war.

Da lag ich im Bett und wollte den Arm heben, um meine Traumfrau, die sich an mich kuschelte, noch enger an mich zu ziehen – und konnte nicht! Erstens war er schwer und zweitens hätte ich vor Schmerzen das ganze Haus zusammengeschrien, wenn ich ihn bewegt hätte!

Scheiße!

Dabei hatten wir nur fünf Mal Sex gehabt!

Na gut ... es kam hier wohl nicht wirklich auf die Menge an, sondern ... auf die *Frau!*

Katharina war durch und durch trainiert und noch viel ausdauernder, als ich sie mir jemals vorgestellt hätte. Sie hatte wirklich nicht genug von mir bekommen!

Aber was war schon Schlaf, wenn Katharina etwas von mir wollte? Und wenn sie unschuldig meine Brust küsste, dabei mit meinem Piercing spielte und mich nicht aus den Augen ließ.

Oder, wenn sie mir langsam unter der Decke einen runterholte? Und wenn sie dann ihr Bein um meine Hüfte schlang und mit ihrem Venushügel über meine Eichel glitt? Wie sollte ich da widerstehen können? Meine Hand umfing ganz automatisch ihr Knie und meine Hüften drehten sich auch wie von selbst, sodass ich mich in sie schieben konnte, um sie langsam und träge zu ficken ... während wir uns die ganze Zeit in die Augen sahen.

Danach war ich wirklich halb tot, konnte kaum noch geradeaus sehen und war hinter ihr in die Kissen gesunken. Löffelchenstellung ... mit ihrem Arsch an mir – *sehr schlaue Idee, Philip!* Das ging fünf Minuten gut! Dann war ich wieder in ihr! Und ich glaube, im Halbschlaf hatten wir auch noch mal Sex! Aber ich war schon so müde gewesen, dass ich mir nicht sicher sein konnte. Sie hatte auf jeden Fall einen Plan und der lautete: mich um den Verstand zu vögeln und ... mir den Muskelkater meines Lebens zu bescheren.

Jetzt, am Morgen danach, spürte ich bei der kleinsten Bewegung Muskeln, von deren Existenz ich bislang nicht mal was wusste!

Sie hatte mich kaputt gefickt!

Mit fest zusammengebissenen Zähnen drehte ich mich um, schwang meine schweren Klumpfüße über den Bettrand und schrie fast auf, als ich mich stöhnend erhob. Ich musste mich an der Kommode zu meiner Rechten festhalten und mir auf die Knöchel der linken Hand beißen, sonst wäre ich vor Schmerzen zu Boden gegangen und hätte alle aufgeweckt.

Okay! Wenigstens wusste ich jetzt, was mich erwartete.

In Zeitlupe machte ich einen schweren Schritt nach vorn, spürte, dass mein Sack wundgescheuert war und es meinem Arsch nicht anders ging. Außerdem brannten meine Oberschenkel lichterloh, trotzdem wagte ich mutig den nächsten Schritt, denn ich musste pissen! Mein Schrank kam in Grapschweite und ich umklammerte ihn mit inzwischen schweißbedeckter Stirn. Ich würde diesen Marsch aufs Scheißhaus nicht überleben und ich brauchte Schmerzmittel – so viel war klar!

Kurzfristig überlegte ich, ob mein Handy in der Nähe war, dann hätte ich irgendwen anrufen können, damit er mich entweder killte oder mir Pillen brachte. Aber das lag in der Umkleidekabine der Schule in meiner Trainingstasche, die ich dort vergessen hatte. Also blieb nur eins – Zähne zusammenbeißen und weiterkriechen! Vielleicht würde ich heute ja noch im Bad ankommen!?

Nach ungefähr fünfhundert Stunden war ich dann endlich zur Tür gehumpelt und wollte gerade nach der Klinke greifen, als glockenklares Gelächter mich erschreckte. Vor Schmerzen stöhnend drehte ich mich um und sah, dass sie wie der Sonnenschein persönlich in meinem Bett saß. Einen Arm hatte sie aufgestützt, während ihr blondes Haar über ihre Titten fiel und die Decke sich an ihrer Hüfte bauschte.

»Ein warmes Bad ...«, meinte sie und ich runzelte ungehalten die Stirn. Gleichzeitig versuchte ich mich aufzurichten und cool zu wirken, wobei meine Rückenmuskeln wild rebellierten.

»Hä?«

Sie klimperte mit den meterlangen Wimpern. »Oder soll ich dir lieber einen Rollstuhl besorgen?«

Ich knurrte – sie lachte. »Und einen Rentnerausweis, so wie du dich bewegst, könntest du glatt als achtzig durchgehen!«

»Ha, ha.«

»Du bist wohl doch nicht so sportlich und strapazierfähig, wie ich dachte ... Wir müssen eindeutig mehr trainieren!« Wie das blühende Leben persönlich sprang sie aus den Federn und tänzelte auf mich zu. Nackt! Und ungeniert! Und mit einem Baywatch-Traumkörper!

»Ein warmes Bad hilft gegen Muskelkater. Oder Dehnübungen, aber für die ist es jetzt wohl schon zu spät! Das nächste Mal machen wir die besser gleich davor und danach.« Kichernd umschlang sie mit beiden Armen meine Hüften und versteckte ihr Gesicht an meiner Brust.

Vermutlich schnüffelte sie schon wieder an mir und ich musste einfach dämlich grinsen, bevor ich ihren Hinterkopf mit einer Hand umfing und sie auf den Scheitel küsste. »Aber nur mit dir!«

***

Nach einem nicht gerade entspannenden Schaumbad mit Katharina, die sich erneut an mir erfreute, schlurfte ich noch verstandberaubter in mein Zimmer und schmiss mich in mein Bett. Oh ja, das war wirklich eine super Idee!

Heute war Sonntag, das hieß, so wie an jedem Letzten der Woche, Zocken bis zum Abwinken mit meinen Brüdern. Aber heute würden mich keine zehn Pferde ins Wohnzimmer bekommen, denn ich wusste ganz genau, was ich mir hätte anhören dürfen! Leider ließ Katharina mich nicht ausruhen, denn sie hatte spontan beschlossen, ein wenig aufzuräumen und vor allem das Bett neu zu beziehen. Mir wollte absolut nicht in den Sinn, warum das jetzt sein musste, und hatte ich erwähnt, dass sie dabei nackt war?

Also blieb mir nichts anderes als die Flucht nach unten – denn ich brauchte ohnehin dringend Schmerzmittel –, um zu allem Übel dem Godfather of Spott und Häme direkt in die Arme zu ... humpeln.

»Du siehst aus, als hätte sie dich als Käsereibe benutzt ...«, begrüßte mich Tommy, der nur in Shorts mit dem Controller vor der Glotze hockte.

»So ähnlich kann man es sich vorstellen«, brummte ich und zwang meine Beine dazu, einfach weiter und immer weiter und weiter zu gehen, auch wenn sie lichterloh brannten und dazu auch noch tonnenschwer waren.

»Oh wow! Hat dich Katha in den Arsch gefickt?« Das kam vom Hosenscheißer höchstpersönlich. Fröhlich grinsend marschierte er an mir vorbei und biss von einer riesigen Gurke ab, bevor er geschmeidig in den Sessel glitt, sie sich zwischen die Beine klemmte und dabei anzüglich mit den Augenbrauen wackelte. Schließlich schnappte er sich den anderen Controller. Der Witzbold!

Meine Fresse, ächzend und in Zeitlupe stützte ich mich hinter mir mit den Armen ab und ließ mich wie eine Hochschwangere auf der Couch neben Tommy nieder. Seinen Kommentar über potentiellen Nachwuchs und dass er die Sauerei, wenn die Fruchtblase platzte, nicht wegwischen würde, nahm ich stoisch hin.

Ebenso stoisch, ohne einen Muckser, nahm ich auch das Gelächter hin, genau wie Tristans akrobatische Einlagen mit seiner Gurke ... »Hat sie es so oder so gemacht? Oder so? Kennst du eigentlich den Achselfick? Ich glaub, der ist sogar russisch ...«

»Werd erwachsen!«, murmelte ich nur und war froh, dass ich froh war. Hauptsache, ich saß und musste mich nicht bewegen. Ehrlich! Selbst Spielen wäre zu viel gewesen! Ich hatte sogar im kleinen Finger Muskelkater.

»Es war vollkommen klar, dass du so enden würdest«, bemerkte Tristan und lenkte seinen Monstertruck in eine Klein-Familie am Straßenrand.

»Wie denn?«

»Totgepussyt!«

Ich verdrehte die Augen.

»Ach komm, halt die Klappe, Tristan! Egal wie gut du im Bett bist, multiplizier es mit endlos und du kannst Philip immer noch nicht das Wasser reichen!« Mit einem Mal ließ sich Katharina auf meinen Schoß fallen, worauf meine Beine schmerzhaft zuckten. Zum Glück war sie mittlerweile angezogen, sonst hätte ich meinen Brüdern die Augen ausstechen müssen. Sie schmiegte sich weich in meine Arme, die sie sofort umfingen. Dann küsste sie mich – einfach so vor den beiden und sie war immer noch das Beste, was ich jemals geschmeckt hatte.

»Da hast du´s, sie ist Profi!«, murmelte ich, woraufhin Tristan lachte und dann irgendwas mit »der einzig wahre Profi« schnaubte.

»How, Katharina die Große hat gesprochen!«, beendete Tommy das Thema, aber ich hörte ihnen schon gar nicht mehr zu. Ich verfluchte mich, weil ich freiwillig hier runtergegangen war und sie da oben allein gelassen hatte – wenn auch nur für fünf Minuten! Oh Scheiße, ihr Arsch war so weich und wohlgerundet, so heiß und sie im Großen und Ganzen so ... *willig*! Ich konnte gar nicht glauben, dass die sonst so harte Katharina in meinen Armen zu Butter wurde – und das auch noch vor meinen Brüdern! Wir wurden ein wenig zu wild bei unserem Kuss, eigentlich war ich bereits wieder in anderen Sphären, und trotzdem fiel mir das dämliche Gestarre auf.

»WAS?« Ich löste mich von ihren Lippen, um meine Brüder anzufunkeln. Sofort rissen sie ihre Blicke von uns los und wirkten ganz unschuldig und viel beschäftigt.

»NICHTS!«

»Mann, wir zocken doch!«

Ich verdrehte die Augen und bereute es wirklich zutiefst, mich nach unten gequält zu haben.

»Ich bin ausgehungert wie zehn Bären nach dem Winterschlaf.« Ich lachte, als sie das an meinem Hals wisperte und sich dann leichtfüßig von meinem Schoß schwang. »Ich mach was zu essen!« Oh heilige Scheiße, ich liebte diese Frau!

Scheiße!

Hatte ich das gerade wirklich gedacht?! Wie auch immer. Damit konnte ich mich jetzt nicht auseinandersetzen, denn ich hatte ein Problem, als sie in die Küche ging. Erstens spannte meine Hose schon wieder bedenklich, obwohl mir alles wehtat, und zweitens konnte ich sie nicht beobachten, da ich mit dem Rücken zur ihr saß. Diesen Zustand musste ich unbedingt ändern, also nahm ich meinen Mut zusammen und erhob mich. Es fühlte sich an, als würde mir jemand eine Messerspitze in den Rücken bohren. Also ließ ich mich wieder zurücksinken ... fuck ... das war echt schmerzhaft! Schweiß sammelte sich auf meiner Stirn, allein bei dem Gedanken, es noch mal zu probieren, aber ich versuchte es – ich musste zu ihr – ächzend, stöhnend, grunzend.

Irgendwann hatte ich es geschafft! Ich stand!

Mit dem Tempo einer Schildkröte schlurfte ich dann an Tristans und Tommys Bildschirm vorbei, bis sie fluchten und ihr Rennen versemmelten.

Katharina trug eines meiner weißen Muskelshirts, mit dem sie übrigens verboten heiß aussah, und eine meiner Trainingshosen, die sie an den Beinen hochgekrempelt hatte. Darunter war sie nackt und barfuß. Und so wirbelte sie durch die sonnendurchflutete Küche. Füllte Wasser in einen Topf und ... rührte die Fertigsuppe ein, was gar nicht ging, denn der Billigmist war ungenießbar. Sie konnte nicht kochen, aber ich liebte sie trotzdem.

Verdammt, jetzt hatte ich das schon wieder gedacht!

»Soll ich aus dem Scheiß was Essbares machen?«, fragte ich, und eine tödliche Stille legte sich über das ganze Haus. Ihr Blick huschte zu mir, dann an mir vorbei zu meinen Brüdern, und wieder zu mir. Sie hielt den Atem an und nickte.

Ich runzelte die Stirn und holte alles Nötige aus dem Kühlschrank. Die Lauchzwiebeln, die Tommy wahrscheinlich wegen Vivi gekauft hatte, landeten auf einem Schneidebrett. Genauso wie altes Brot, ein bisschen Öl und Gewürze. Natürlich war ich mir bewusst, was ich gerade tat und wieso es plötzlich so totenstill um mich herum war, während ich mit Argusaugen beobachtet wurde. Aber ich konnte nicht zulassen, dass meine Traumfrau etwas anderes zu essen bekam, als das Beste, was ich daraus machen konnte.

Katharina setzte sich derweil auf die Anrichte und leistete mir Gesellschaft. Jedes Mal, wenn ich sie ansah, lächelte sie mir zu – warm und liebevoll. Einmal küsste sie mich sogar, als ich mich an ihr vorbeistreckte, um an den Teller zu kommen. Fast lenkte sie mich so sehr ab, dass das Brot anbrannte, aber nur fast. Ich war voll in meinem Element und hatte Spaß dabei.

Zehn Minuten später richtete ich alles in einer tiefen Suppenschüssel an, fügte einen Kleckser Creme Fraîche hinzu, verrührte es leicht bis es einen Strudel bildete, bestreute es mit Lauchzwiebelstückchen und Croûtons, und voilà!

Sobald es auf der Theke stand, hielt sie mir den ersten Löffel unter die Nase. »Koste vor!« Sie benahm sich, als wäre sie wirklich eine Königin, aber das war sie auch!

Ich tat wie mir befohlen und musste zugeben, dass es wirklich gut schmeckte. Leider tropfte etwas daneben und direkt auf mein Kinn. Sie beugte sich über die Theke und leckte es ab, sah mir dabei tief in die Augen und versprach mir ziemlich unanständige, saugeile Dinge mit ihrem Blick. Ich spritzte fast in meine Hose, auch wenn ich nicht für möglich gehalten hatte, dazu je wieder imstande zu sein.

Mein Kopfkino lief geradezu Amok, als ich mir vorstellte, sie hier direkt auf den Tresen zu legen, um ihr die Suppe aus dem Bauchnabel zu schlürfen. Dann wollte ich sie mit dem Creme

Fraîche bestreichen, sie mit Croûtons garnieren, und alles gründlich ablecken ... um sie anschließend ...

»Philip?«

»Hmmmmm...«

»Sollen wir hochgehen?«

»OH JA!«

Nach ungefähr einer Stunde kamen wir auch oben an und nach weiteren zwanzig Minuten lag ich im Bett. In dem Moment schwor ich mir, vorläufig nie wieder Sex zu haben, wie bei einem richtig üblen Kater, änderte aber meine Meinung kurz darauf.

Denn ihr zuzusehen, wie sie im Schneidersitz mir gegenüber auf meinem Bett saß, die Scheiße löffelte, als wäre es das Beste, was sie jemals gegessen hatte, war noch genialer, als es zuzubereiten, und fucking heiß dazu! Wobei ich befürchtete, dass Katharina sogar heiß aussehen würde, wenn sie in der Nase popelte.

Doch bei all der trauten Fickrigkeit hatte ich eins ständig im Hinterkopf. Eine offene Rechnung; und ich mochte so was nicht. Ich musste wissen, was in jener Nacht passiert war, was Sergej und seine Loser mit ihr angestellt hatten. Zwar kroch mir bei dem Gedanken die Angst aus den Poren, aber ich brauchte die Wahrheit.

Irgendwann war sie mit der Suppe fertig und lehnte sich neben mich an die Wand, um mit mir stumpfsinnig in die Glotze zu starren. Als ich meine Hand nach meiner Hauptnahrungsquelle ausstreckte, konnte ich nicht einmal schnell genug schauen, da hatte sie mir die Dinger schon weggerissen.

»Kein Hanuta mehr im Bett!« Ihre Forderung grenzte schon an Blasphemie, aber sie machte meinen Schock wett, indem sie ihren Kopf vertrauensvoll auf meinen Schoß legte. Sie schloss die Augen und ich verwöhnte ihr wunderschönes Gesicht eine Zeit lang mit den Fingerspitzen.

Stirnrunzelnd grübelte ich dabei, wie ich mit dem Thema anfangen sollte, ohne dass sie gleich abblockte, und entschied mich schließlich für die direkte Taktik.

»Kleines ...«, begann ich und sie öffnete unwillig die Lider. »Wir müssen ehrlich miteinander sein und es gibt da eine Sache, die lässt mir keine Ruhe. Ich brauche eine Antwort!« Sofort wusste sie, was ich meinte, saß kurz darauf kerzengerade neben mir, ganz und gar die edle und angespannte Königin.

»Das ist meine Angelegenheit!«

»Nein! Ist es nicht! In dem Moment, als du ja zu mir gesagt hast, wurde es zu meiner! Wieso willst du mir verdammt noch mal nicht erzählen, was in der Nacht geschehen ist?«

»Weil es nichts ändern würde, außer dass ... dass ...« Tränen traten in ihre Augen und sie wich vor mir zurück. Sofort schoss mein Arm nach vorne.

»Nein! Du rennst nicht davon!« Eiskalt sah ich sie diesmal an.

»Es ändert nichts, außer dass du mich in einem anderen Licht sehen würdest!«, zischte sie mir plötzlich ins Gesicht und die Tränen liefen über. Sie versuchte sich loszureißen und ich merkte, dass sie in Panik verfiel, weil ich sie festhielt. Trotzdem lockerte ich nicht meinen Griff.

»Sag mir, was sie mit dir gemacht haben!«

»Lass mich los!« Sie hatte keine Chance.

»Nein, Katharina, wieso denkst du, ich könnte dich jemals in einem anderen Licht sehen?«

»Weil sie mich angepisst haben, okay? Und sie haben mich angespuckt und sie haben mich getreten und mir gezeigt, was ich bin und wo ich hingehöre! In die verdammte Gosse und nicht in dein Bett!«

20. AUSSETZER

Philip ›fucking pissed‹ Wrangler

Ich war so schockiert, dass meine Finger sich tatsächlich für eine Millisekunde lösten. Die nutzte sie, um aufzuspringen, aber zum Glück handelte mein Körper mittlerweile automatisch. Ich packte ihren Arm und zog sie wieder zurück auf das Bett.

»*Sie haben was*?« Mein Gesicht musste einer verzerrten Maske gleichen und meine Zähne knirschten. Sie sah mich nicht mehr an, sondern zu Boden.

»Ich hasse das ...«, murmelte sie.

»WAS?« Ich war völlig außer mir, konnte nicht sanft mit ihr sprechen, sie nicht halten, sie nicht streicheln, nicht einmal meine Finger um ihren Arm konnte ich lockern.

»Dass du mich dazu bringst!«, zischte sie genauso hasserfüllt, wie ich mich gerade fühlte. In meinem Kopf rasten bereits die Gedanken, ich wollte mir gar nicht vorstellen, was sie mir soeben mitgeteilt hatte, doch gleichzeitig musste ich es wissen.

»Erzähl mir alles genau!«

»NEIN!« Eine Träne lief ihre Wange hinab und sie sah von mir weg auf die Bettdecke. Ihre Unterlippe zitterte und sie wirkte so ... verletzlich.

Ich musste mich beruhigen! Verdammt noch mal! Momentan brachte ich sie nur zum Heulen und das ging einfach nicht. Tief atmete ich durch, versuchte den irren Nebel zu verdrängen, ruhig zu atmen und mir nicht vorzustellen, was sie mir soeben gesagt hatte ...

»Es tut mir leid, Kleines ...« Ich hob meine Hand und legte sie an ihre Wange. Sie bebte, aber Katharina zuckte nicht zurück, stattdessen schloss sie geschlagen die Lider, als ich flüsterte. »Ich hätte dir die Scheiße gern erspart! Aber es muss sein. Es muss sein, dass du dich mir öffnest.«

»Wieso?«, jammerte sie schon fast, aber sie griff nach meiner Hand und schmiegte sich dagegen. Das war ein gutes Zeichen ...

»Weil ich dich nur so beschützen kann.«

Sie schnaubte, aber ließ zu, dass ich sie an ihrem Nacken zu mir zog. Bereitwillig krabbelte sie auf meinen Schoß, und sobald sie dort seitlich saß, rückte der Hass in den Hintergrund. Mir war klar, er würde wieder an die Oberfläche kommen, ich musste nur steuern, wann und wo. Doch nicht jetzt. Ich umfing ihren Kopf und drückte sie an mich. »Ich werde nicht zulassen, dass sie dir noch mal etwas antun, glaubst du mir das?«

Sie nickte.

»Und du wirst nie bereuen, wenn du mir die Wahrheit sagst, glaubst du mir auch das?«

Knapp schüttelte sie den Kopf. Ich seufzte, dann schob ich sie zurück, um ihr in die Augen schauen zu können. Sie waren so offen und verletzlich, so wunderschön, dass es schmerzte.

»Niemals werde ich dich in einem anderen Licht sehen, du könntest nichts tun oder sagen. Ich *weiß,* wie und wer du bist.« Sie seufzte schwer.

»Was bin ich?«

»Du bist wunderschön, nicht nur äußerlich. Alles, was mein Leben erhellt und was mir einen Sinn gibt – schon so lange.« Und daraufhin lächelte sie tatsächlich ein kleines bisschen und wurde sogar rot. Schließlich straffte sie sich und lehnte ihre Stirn an meine.

»Wenn du ihn dir vornimmst, will ich dabei sein.«

»WAS?« Ich drückte sie an ihrem Armen leicht von mir, dachte sie würde durchdrehen, doch ihre Augen hatten noch nie berechnender und klarer ausgesehen.

»Ich will dabei sein, wenn ihr ihm eine Abreibung verpasst!« Oh Mann, sie kannte meine Brüder und mich zu gut!

Ich schüttelte den Kopf. Sie war wirklich eine ungewöhnliche Frau. Jede andere hätte eher darauf bestanden, dass ich dem Ärger aus dem Weg ging, dass ich nichts Unüberlegtes tat ... bla, bla, bla. Nicht Katharina, die beharrte darauf, dabei zu sein! Aber ich wusste nicht, ob ich wirklich wollte, dass sie mich so sah. Deswegen schluckte ich angestrengt und hielt sie einfach nur, ohne ein Wort zu sagen. Sozusagen den ganzen Sonntag, bis meine Beine halb abgestorben waren und sie in meinen Armen einschlief.

***

Katharina wollte nicht bei mir übernachten, egal, womit ich sie zu locken und zu überreden versuchte – sie blieb knallhart. Also begleitete ich sie am Abend notgedrungen nach Hause. Es war eine laue Frühlingsnacht und ihr machte es somit nichts aus, barfuß neben mir herzugehen. Als ich ihre Hand nehmen wollte, distanzierte sie sich von mir und so ließ ich es bleiben – wahrscheinlich war sie dafür noch nicht bereit.

»Was machst du mit ihren Sachen? Willst du die Wohnung behalten?«, fragte ich, sobald wir vor ihrer Haustür waren. Sie könnte ja zu mir ziehen ...

»Ja, das will ich und es bleibt alles genau so, wie es ist!«, gab sie zurück, und ich wollte bei dieser störrischen Aussage seufzen, tat es aber nicht, stattdessen zog ich sie einfach an der Hüfte an mich.

»Ich hol dich morgen früh ab.«

Nickend sah sie mich mit glasigen, aber ziemlich hingebungsvollen, wunderschönen Augen an. »Und wenn irgendetwas ist, dann rufst du mich an – immer!«

Sie kicherte. »Du tust so, als würden wir uns für Jahre trennen!«

»So fühlt es sich auch an.« Ich strich ihr eine Strähne hinter das Ohr, während sie schnaubte.

»Philip, du wohnst fünf Minuten entfernt.«

»Und selbst das ist, als wäre ich auf einem anderen Planeten.« Sie lächelte warm und ging schließlich auf die Zehenspitzen, um sanft ihre Lippen auf meine zu drücken.

»Für einen Außerirdischen kannst du ziemlich gut küssen.« Ich lachte an ihren Lippen, fuhr dann aber mit den Fingern in ihre Haare und beugte ihren Kopf, um ihr zu zeigen, WIE GUT ich diese Disziplin wirklich beherrschte. Denn ich fühlte mich leicht herausgefordert.

Und so ließ ich erst von ihr ab, als sie merkbar in meinen Armen schwankte und sich stöhnend an mir rieb. Woraufhin sie mich mit Blicken erdolchte, aber hey! ICH hätte sie am liebsten rund um die Uhr bei mir gehabt, was SIE aber nicht wollte!

»Schlaf gut, Kleines ...«

»Das werde ich – ganz sicher«, wisperte sie und biss sich auf die Unterlippe.

»Und träum von mir!« Somit gab ich ihr noch einen kleinen Kuss auf die Stirn, drehte mich um und ging. Sonst hätte ich mich nie von ihr trennen können.

21. BEDROHUNG

Katharina ›shoked‹ Romanov

Oh, von Philip träumen würde ich ganz sicher, denn er war der Mann meiner Träume. Perfekt und schön und einfühlsam und sooooo rücksichtsvoll. Oh Gott, ich liebte ihn wirklich!

Überglücklich tänzelte ich die Stufen hoch bis in mein Stockwerk, und es war mir egal, dass ich barfuß und der Boden dreckig war. Und es war mir egal, dass mein ganzer Körper schmerzte (ja, Philip war nicht der Einzige mit Muskelkater, aber ich nahm es hin wie eine Frau!)

Das hier war der schönste Tag, den ich jemals in meinem Leben verbracht hatte und davor die schönste Nacht! Liebend gern wäre ich bei ihm geblieben, aber dann wäre Petry allein daheim und außerdem brauchte ich ein bisschen Zeit für mich.

Sobald ich an meiner Tür ankam, verging mir jedoch das selige Lächeln. Denn das Holz war an der Seite zerkratzt und ... als ich die Hand ausstreckte, ließ sie sich ohne Widerstand aufdrücken. Sie war offen! Und es schien fast so, als wäre jemand eingebrochen!

Scheiße!

Schweiß sammelte sich sofort auf meiner Stirn, mein Herzschlag beschleunigte sich und ich hielt den Atem an, als ich die Tür ganz aufschob, sodass ich in den dunklen, stillen Flur schauen konnte. Garderobe zur Rechten, links die Schuhregale, geradeaus der ins Wohnzimmer führende Rundbogen. Nichts war zu hören, aber was, wenn noch jemand hier war?

Verdammt! Ich dachte tatsächlich einen kurzen Moment daran, einfach umzudrehen und doch zu Philip zu gehen, aber das war natürlich eine lächerliche Idee! Die machte mich genau genommen etwas sauer! Also biss ich die Zähne zusammen, straffte die Schultern und machte lautlos den ersten Schritt in den Flur. *Gottseidank gibt es hier keine knarzenden Bodendielen*, überlegte ich, als ich barfuß ins Wohnzimmer schlich und dort erst mal aufkeuchte.

Hier herrschte das pure Chaos! Schränke waren geöffnet, Papiere lagen auf dem Boden zerstreut. Schubladen waren aus ihren Halterungen gerissen worden, deren Inhalt überall verteilt war. Hier war eingebrochen worden! Eindeutig! Und wo war überhaupt Petry?

Blinde, blanke Panik schnürte mir die Kehle zu, aber ich konnte ihn nicht rufen. Vielleicht war der Einbrecher noch da und versteckte sich nur irgendwo. Mit schlotternden Knien, für die ich mich schämte, aber gegen die ich nichts tun konnte, schlich ich ins angrenzende Schlafzimmer, wo es nicht anders aussah. Tränen brannten in meinen Augen, denn auch Mamas Sachen lagen überall verstreut!

Nun ziemlich wütend blickte ich in alle Schränke, die ohnehin leer waren, doch darin war keiner. Auch nicht unter dem Bett! Und im Bad versteckte sich auch niemand hinter dem Duschvorhang. Die Küche war leer und unangetastet – komischerweise. Erst als ich sichergestellt hatte, dass ich allein war, konnte ich etwas befreiter atmen und rief schließlich meinen Kater.

»Petry!« Es maunzte sofort aus Richtung des Kleiderschrankes. Als ich wieder ins Schlafzimmer trat, sprang er sofort auf das Bett und schmuste sich an mich. Ich nahm ihn auf die Arme und hielt mich an ihm fest. Schloss die Augen und legte meine Wange auf das warme Fell, nahm die heilenden

Vibrationen seines Schnurrens in mich auf und versuchte mich zu beruhigen. Was jetzt? Die Polizei rufen? Das sollte man doch in so einem Fall!

Doch dafür müsste ich erst mal das Telefon finden, denn mein Handy lag noch in der Umkleidekabine der Turnhalle. Verzweifelt blickte ich mich um, wusste gar nicht, wo ich in dem Chaos anfangen sollte, und ließ mich schließlich mit Petry auf die Matratze sinken.

Wieso? Wieso brach hier jemand ein? Warum gerade bei mir und vor allem ... oh Gott!

Ich hatte mein Kettchen so wie immer, wenn ich zum Training ging, in der wunderschön verzierten Schmuckschatulle meiner Mutter gelassen. Sie war dunkelblau mit filigranen goldenen Mustern versehen und stand unverändert auf der Kommode unter dem Fenster. Ganz unschuldig im Mondlicht. Mit zitternden Beinen und der Katze auf dem Arm ging ich dorthin, öffnete die Schatulle und ... fand nichts, außer blauem Samt und einem gefalteten weißen, kleinen Blatt Papier.

In meinem Kopf schrie ich auf, doch äußerlich blieb ich ganz cool, nur meine bebenden Finger verrieten, wie es in mir aussah, als ich den hingekrakelten Text las und keuchte.

»Morgen, 09:00, hinter der Turnhalle! Ich weiß, wer du bist!«

Mich überkam eine üble Vorahnung, und prompt verließ alles Blut meinen Kopf.

Sollte die sich bewahrheiten, wäre ich im Arsch. Richtig im Arsch! Mir wurde schwindlig und ich musste mich wieder auf das Bett hinter mir setzen. Ganz, ganz schnell! Ich drückte Petry Schutz suchend so fest an mich, dass er miauend protestierte, sich aus meinem Griff wand und in den Flur davonrannte. Für die nächsten Stunden saß ich reglos da und starrte dieses unschuldige Stück Papier an.

Wenn meine größte Angst mich wirklich eingeholt hatte, müsste ich tun, worauf meine Mutter und ich ein Leben lang vorbereitet gewesen waren. Noch einmal fliehen ... *und Philip verlassen*!

Bei diesem Gedanken schnürte sich in mir alles zusammen. So lange hatte ich darauf gewartet, endlich mit ihm zusammen sein zu können, außerdem war es noch viel schöner als in meinen Träumen. Ich liebte diesen Mann ... und wollte nie wieder ohne ihn sein!

Wieso konnten wir denn nicht wenigstens nur ein paar Tage einfach glücklich sein? Wieso musste das heute geschehen und die letzten wunderschönen Stunden und ausgeschütteten Endorphine zunichtemachen? War ich wirklich so ein schlechter Mensch, dass es das Karma so übel mit mir meinte? Was hatte ich getan, um das zu verdienen?

Und Philip, wie würde es ihm gehen, wenn er eines Morgens vor meiner Haustür stehen würde und ich wäre nicht da? Er würde in die Schule fahren und mich suchen, dort wüsste auch keiner Bescheid, dann würde er wieder zu mir nach Hause fahren. Wahrscheinlich diese Tür eintreten und *nichts* von mir vorfinden ... Nichts. Meine Kleidung wäre weg, das wäre der einzige Hinweis.

Allein bei der Vorstellung daran, wie schmerzhaft das für ihn sein würde, kamen mir die Tränen.

In letzter Zeit war ich wirklich nah am Wasser gebaut, woran nur Philip Schuld hatte! Und in seinen Armen, bei ihm daheim, machte es mir tatsächlich nichts aus, Schwäche zuzulassen. Bei den Wranglers fühlte ich mich geborgen, so war es schon immer gewesen. Auf eine gewisse Weise liebte ich sie alle irgendwie ... aber besonders Philip. Ich konnte sie nicht verlassen, und wenn, dann nur mit gebrochenem Herzen, denn ohne sie hätte ich gar nichts mehr. Sie waren vielleicht keine Bilderbuch-Familie aber ich gehörte zu ihnen und sie zu mir! Sie waren die einzige Familie, die ich kannte und wollte!

Da ich diese Nacht sowieso nicht hätte schlafen können, räumte ich die gesamte Wohnung auf und das, ohne zu weinen. Dabei fiel mir auf, dass keine weiteren Wertgegenstände geklaut worden waren. Das hieß, dies war kein normaler Einbruch gewesen, was meine schlimmsten Befürchtungen bestätigte ... Doch es würde nichts bringen, in Panik auszubrechen. Mama und ich hatten den Plan damals schon so oft besprochen, dass ich genau wusste, was ich tun musste – WENN ich denn recht hatte.

Und ich betete ... dass es nicht an dem war.

Denn wenn jemand meinen wahren Namen kannte und somit herausgefunden hatte, wer ich wirklich war, müsste ich tatsächlich gehen.

***

Ich versuchte die Augenringe wegzuschminken, was mir erstaunlich gut gelang. Es änderte jedoch nichts daran, dass ich insgesamt völlig fertig und ausgezehrt aussah. Die durchvögelte Nacht mit Philip war nicht spurlos an mir vorbeigegangen, ebenso wenig wie die letzten Stunden, in denen ich keine Minute geschlafen hatte. Nein, stattdessen hatte ich schon einmal meinen Koffer und eine leichte Umhängetasche gepackt und alles fein säuberlich auf das Bett gestellt. Im Notfall würde ich schnell verschwinden müssen.

Ich durfte nicht durchblicken lassen, dass etwas nicht stimmte, und atmete tief durch, in der Hoffnung, dass es was brachte. Philip war wahnsinnig aufmerksam, wenn es um mich ging, und er hatte seit Neuestem einen penetranten Zug an sich, wenn er etwas wissen wollte. Er steckte seine Nase immer viel zu tief in Sachen, die ich vor ihm geheimhalten wollte! Das war richtig übel!

Also zog ich mir sicherheitshalber eine wirklich sehr, sehr enge Röhrenjeans an, die verdammt tief geschnitten war. Dazu hohe dunkelblaue Heels und eine einfach weiße Bluse sowie Armreifen. Nur schwer bändigte ich meine Haare in einem Pferdeschwanz, während ich versuchte nicht in Tränen auszubrechen, weil ich meine Kette nicht umlegen konnte. Ich fühlte mich nackt ohne sie und hoffte, ich würde sie heute bei dem Treffen wiederbekommen!

Kaum war ich fertig, hupte es auch schon vor dem Fenster. War ja klar, dass er nicht klingelte und lieber alle Nachbarn weckte. Trotz der schrecklichen Situation verdrehte ich die Augen und grinste ein wenig, doch im nächsten Moment kamen mir schon wieder die Tränen. NEIN! Ich durfte nicht heulen! Stattdessen würde ich mich zusammenreißen!

Im Spiegel betrachtete ich noch einmal meine viel zu stark geschminkte Reflexion und nickte mir zu. Ich würde das schaffen! Ich musste!

Wild entschlossen packte ich meine Umhängetasche, streichelte Petry (der die ganze Zeit unruhig war, weil er spürte, dass etwas nicht stimmte), gab ihm noch ein Leckerli und zog die Tür hinter mir zu. Mit einem falschen Grinsen, das ich über die Jahre perfektioniert hatte, ging ich die Treppen hinunter. Einschließlich gestraffter Schultern und wiegenden Hüften. Nein, er würde nichts merken! Das nahm ich mir vor!

Ich ignorierte mein wild schlagendes Herz, als ich den weißen Mercedes auf der Straße parken sah, genauso wie meine feuchten Hände, wenn ich daran dachte, dass dies vielleicht unsere letzten Stunden sein würden. Bei dem Gedanken wollte ich schreien, aber ich schrie nicht, stattdessen lächelte ich breiter und öffnete voller Elan die Beifahrertür, denn ich wollte ja ganz cool sein. Aber sobald mein Arsch den Sitz berührte, ich Philips Aftershave gemischt mit seinem ganz persönlichen Aroma in mich aufnahm und ich seinen grünblauen Blick auf mir spürte, war sie dahin – die Maske!

Ohne ein Wort, ohne einen weiteren Blick, zog ich ihn am Kragen seines weißen Hemdes (der Nachmacher!) zu mir rüber und küsste ihn. Verzweifelt!

Zuerst stutzte er merkbar, doch dann ließ er sich mitreißen. Absolut und das mit einem tiefen männlichen Stöhnen.

KATHARINA, WAS SOLL DAS?, schrie ich mich im Kopf an! *DU VERLIERST DIE KONTROLLE, NUR WEIL DU NEBEN IHM SITZT!* Mir kamen zur Krönung auch noch die Tränen und ein Schluchzen kroch meine Kehle hoch. Ich wollte auf seinen Schoß krabbeln, mein Gesicht an seinem Hals verstecken und ihn einfach nie wieder loslassen. Für immer mit ihm in diesem Auto bleiben und mich nicht bewegen. Aber ich konnte nicht. Es ging nicht! Wenn ich das tat, brachte ich ihn in Gefahr!

EGAL!

Anstatt mich von ihm zu lösen und endlich cool zu sein, drängte ich mich stöhnend noch enger an ihn und küsste ihn noch wilder. Ich wollte ihn auffressen, mich in seinem Körper verkriechen, einfach nur vergessen und verdrängen und ...!

»STOPP!« Mit diesem gekeuchten Wort löste er sich von mir und ich unterdrückte ein Wimmern. Allein seine Hand an meinem Nacken fühlte sich so stark und sicher an. Wenn er mich berührte, war ich klein und verletzlich und er so mächtig, aber das war ich nicht, ebenso wenig wie er. Ich wollte immer noch schreien. Stattdessen schloss ich die Augen und versuchte dem Chaos an Emotionen Herr zu werden. Irgendwie! Aber wenn er mich mit diesem einen Blick fixierte, dann konnte ich das einfach nicht und ich *wusste,* dass er mich *so* ansah!

»Katharina, schau mich an!«

VERDAMMT!!

Für ihn! Ich musste mich für ihn zusammenreißen, nicht für mich! Wollte ich wirklich, dass ihm etwas geschah? Oder seinen Brüdern?! NEIN! ALSO! Ich öffnete die Augen und grinste leicht. SEHR GUT. »Was?« Und ich klang auch noch spöttisch! Yeah! Bevor ich mich vorbeugte und mich an seine Schulter schmiegte. »Darf ich dich nicht begrüßen, als hätten wir uns Jahre nicht gesehen?« Er antwortete nicht, und ich spürte seinen skeptischen Blick auf meinem Scheitel.

»Mhmmm, so gut kann kein Mann von diesem Planeten riechen«, schnurrte ich und schnüffelte ausgiebig an ihm. Ich konnte nicht anders, sein Duft war wie eine Droge. Er lachte leise und küsste mich dann auf den Kopf, bevor er den Motor anließ.

GOTTSEIDANK!

»Wenn ich jeden Morgen so von dir begrüßt werde, dann lohnt sich die schlaflose Nacht.«

Oh, er auch?

Er fuhr los und ich ging dankend auf die Ablenkung ein, war einfach nur froh, als er einen Arm um mich legte und ich mich enger an ihn schmiegen konnte. Zum Glück hatte er Automatik.

»Du hast nicht geschlafen?«

»Nope!«

»Wieso nicht?«

»Ich hatte ein paar ... ähm ... harte Probleme.« Jetzt musste ich das erste Mal an diesem Morgen ehrlich lachen. Ich wich vor ihm zurück und musterte ihn schmunzelnd von der Seite.

»Ich hab dir doch gesagt, du kannst mich deswegen jederzeit anrufen.« Dann fiel mir etwas ein und ich riss die Augen auf! »WEHE du hast dir einen runtergeholt!« Mein Zeigefinger stach ihm in die Schulter, worauf er nun auch lachte. Offen und ehrlich und tief. Es war wunderbar, wie Balsam für meine aufgewühlte Seele. Er fing meinen Finger ein.

»Das würde ich nicht wagen! Ich habe versucht, mich abzulenken, aber mein Kopf hatte sich vorgenommen, nur an unsere gemeinsame Nacht zu denken. Wie du dich angefühlt hast und wie du ausgesehen hast, als du gekommen bist ... und ... oh fuck ...« Er griff nach unten und verlagerte *ihn* in seiner Jeans. »Lassen wir das!«

Es war unglaublich! Aber tatsächlich! Plötzlich konnte ich an nichts anderes mehr denken, als daran, dass Philip wegen mir so ... geil war … Weggefegt waren die miesen Gedanken, weggefegt die Angst und der Zweifel, da existierte nur noch LUST, denn auch ich wusste noch zu gut, wie er sich angefühlt und ausgesehen hatte, als er gekommen war ... oh Gott! Das heiße, übermächtige Prickeln, was zwischen uns entstand, musste er auch spüren. Es war unmöglich zu ignorieren. Ich war schon wieder total elektrisiert und es kribbelte verlangend zwischen meinen Beinen, also rieb ich die Schenkel aneinander und biss mir auf die Unterlippe. Mit der Wange lehnte ich mich an meinen Sitz und beobachtete ihn beim Fahren. Mit gerunzelter Stirn und verbissenem Kiefer – beide Hände am Lenkrad –, die Knöchel weiß. Den Blick starr nach vorne gerichtet.

Ich lächelte.

»An was hast du noch gedacht?«, fragte ich leise, wissend, dass meine Stimme viel dunkler klang als sonst. Er schluckte ... und konzentrierte sich NOCH ausgiebiger auf die Straße.

»Wie du meinen Namen gestöhnt hast, als ich dich geleckt habe, wie du geschmeckt hast ...« Ich stöhnte nun auch – ganz, ganz leise – und schloss genussvoll die Lider. Denn mit seinen heiseren Worten pflanzte er Bilder in meinen Kopf. Von ihm zwischen meinen Beinen, von meinen Fingern, die sich in seine vollen Haare krallten, und meinen Füßen, die ich auf seine breiten tätowierten Schultern stützte.

»Und wie du dich um mich herum zusammengezogen hast, als ich dir dann zwei Finger reingesteckt habe ... ganz langsam ...«

Ich biss mir fester auf die Unterlippe. Die kleine Lustwelle, die mich bei dieser Vorstellung durchrauschte, war köstlich. Meine Schenkel rieb ich intensiver aneinander, und ich wusste, dass Philip meine Erregung genau bemerkte. Es machte mir nichts aus, ich zeigte sie ihm gerne, weil ich auch wusste, dass er es liebte. Außerdem war es so unsagbar leicht, mich bei ihm gehen zu lassen. Auch jetzt konnte ich nur daran denken, wie überempfindlich ich war. Sogar die Naht meiner Jeans reizte mich ungemein, wie wäre es da erst ...

»Scheiße ... was tust du nur mit mir!?«, raunte er, griff plötzlich rüber, direkt an meinen Schritt, und berührte mich! Ich schrie vor Lust fast auf, verglühte, und seine Finger heizten dem Feuer noch mehr ein. Schürten es, bis ich lichterloh brannte. Im Augenwinkel registrierte ich, dass wir stehengeblieben waren. Mein letztes bisschen Konzentration fokussierte sich voll auf ihn und sein Treiben zwischen meinen Beinen. Zärtlich massierte er mich und rieb die Naht an mir. Immer noch hatte ich die Augen zwanghaft geschlossen, roch aber seinen Duft und genoss die Schauer, als seine Nase über meinen Kiefer strich.

»Ganz besonders gequält hat mich die Erinnerung daran, wie du mich geritten hast. Weißt du noch, wie intensiv es war, als du dich langsam auf meinen Schwanz gesetzt hast? Noch niemals in meinem Leben war ich so hart und habe mich mit irgendwem so verbunden gefühlt, wie mit dir, Katharina.« Ich stöhnte als Antwort und bekam am Rande mit, dass er meine Jeans öffnete, während meine Hüften ihren ganz eigenen wollüstigen Tanz aufführten. »Weißt du noch, wie ich hochgegangen bin und an deinem Hals geknabbert habe ... Ich hätte dich in dem Moment fressen können! Während du deinen Kitzler an mir gerieben hast ... Scheiße!« Er war mit seiner Hand in mein Höschen gerutscht – es war überflutet. Als seine Finger meinen Kitzler verwöhnten, brachte mich das fast zum Orgasmus

»Philip, warte!«, rief ich aus, und er erstarrte.

»Was?« Er klang ein wenig genervt und vor allem verbissen.

»Ich will nicht ohne dich kommen!« Vor allem nicht, weil das hier unser letzter Sex sein könnte!

Und den wollte ich genießen. Also blendete ich die Schule aus – wir waren ohnehin zu spät. So was von. Was zählte, war in diesem Moment nur, dass er in mir war.

Er starrte mich ein paar Atemzüge lang tatsächlich verkrampft an, mit der regungslosen Hand in meiner Hose und direkt an meinem Feuchtgebiet, das total aufgeheizt und überempfindlich war – bevor er seine Finger unverhofft zurückzog.

»Okay!« Damit schaltete er den Motor wieder an. Wir standen an einer Bushaltestelle auf einer verlassenen Landstraße. Das war gut! So konnte er die nächste Einfahrt nehmen und uns in einen der dichten Wälder, die unsere kleine Stadt umgaben, auf einen verlassenen Kiesweg befördern.

Sobald wir erneut stoppten, hielt mich nichts mehr!

Ich drehte mich um und schaffte es dank jahrelang trainierter Gelenkigkeit und trotz enger Jeans, mich breitbeinig über ihn zu setzen. Das eine Bein hatte ich dafür über die Kupplung ausgestreckt, es ging einfach nicht anders! Während das andere Knie sich auf seinen Sitz stützte.

Gierig packte ich sein wunderschönes kantiges Gesicht und küsste ihn. Wild. Und dabei rieb ich mich an ihm. Seine Hände waren sofort auf meinen Hüften, und er bewegte sich mit mir. Doch schon nach ein paar Mal fluchte er in meinen Mund.

»Verdammt! Wieso hast du kein Kleid an!?« Ich lachte heiser.

»Das frage ich mich auch!« Er öffnete die Tür und die kalte, neblige Waldluft strömte ins Auto.

»Steig aus und zieh die Hose aus! Oder ich platze!« Mit einem Ruck hob er mich raus, und während ich seiner Forderung hektisch nachkam, öffnete auch er seinen Gürtel, seinen Knopf und seinen Reißverschluss – ohne mich aus den dunklen, glühenden Augen zu lassen. Sofort holte er ihn raus, war schon wieder riesig und ragte mächtig und schwer bis zu seinem Bauchnabel. OH GOTT! Ich wollte da rauf! SOFORT!

Ohne Heels, Jeans und Höschen wollte ich mich auf ihn stürzen, aber er knurrte. »Warte!« Und schob geistesgegenwärtig seinen Sitz zurück. »Hock dich über mich«, murmelte er dann und hielt mir seine Hand entgegen. Ich nahm sie und tat wie mir befohlen, woraufhin er gequält aufstöhnte, als er mir in der Position zwischen die Beine sah. »Du kannst dich hinter dir abstützen ...«, meinte er noch leicht abgelenkt, weil er bereits seinen Schwanz ergriffen hatte und damit auf meinen Kitzler klatschte. Er grinste. Ich schrie auf und stöhnte dann laut, weil er nach unten glitt und ihn schließlich ansetzte. Mit der anderen Hand packte er meine Hüfte und schob mich hinunter. Langsam und vorsichtig. Ohne mein Gesicht aus den Augen zu lassen.

Ich biss mir auf die Unterlippe, von dem Schmerz war nichts mehr zu spüren, und ich war schon so erregt, dass sogar das Eindringen mit diesem Riesen alles andere als unangenehm war. Nein, stattdessen kam ich fast, besonders als er ganz in mir war.

Als ich die Lider öffnete, sah ich ihn bereits wild keuchend und *etwas verzweifelt* an, wagte es nicht, mich zu rühren – ihm ging es wohl genauso. Zumindest stand ihm der Schweiß auf der Stirn, er hatte den Kopf nach hinten fallen lassen und die Augen geschlossen. Außerdem spannten sich die Muskeln an seinem Hals an, bevor er mühsam schluckte.

»Beweg dich ... aber tu es um Gottes willen langsam ...« Und seine gequälte, raue Stimme! Noch nie war etwas so sexy gewesen. Seine Hände legten sich nun beide auf meine Hüften, wohl eher um mich im Notfall zu bremsen, als aus jedem anderen Grund.

Und in genau diesem Moment fiel es mir wieder ein! Ich würde ihn heute wahrscheinlich verlassen müssen! BÄHM! Ich keuchte auf und kniff die Lider zusammen, um den Tränen keine Chance zu geben.

»Mach schon, Kleines ...«, drängte er auch noch und ich tat es. Irgendwie musste ich mich ablenken, sonst würde ich jetzt und hier anfangen zu heulen wie irre, und das, obwohl Philip scheinbar bis zum Bauchnabel in mir steckte. In Zeitlupe kreiste ich mit meinen Hüften, was uns ein Stöhnen entlockte. Seine Finger verkrampften sich.

»Okay! Hör wieder auf! Ich halt das nicht aus!«, murmelte er und ich keuchte als Antwort. Mir ging es nicht anders. Seit dem Moment der Vereinigung war ich schon bereit.

»Ich will nicht, dass du es aushältst ...«, wisperte ich atemlos und bewegte mich ein bisschen drängender. Ich konnte meinen Körper einfach nicht mehr stoppen, auch wenn ich es wollte!

»Dann komm!« Noch fester presste er die Zähne aufeinander und runzelte angestrengt seine Stirn. Er hielt sich mit allem, was er hatte zurück, während ich einfach losließ. Doch sobald das Pulsieren einsetzte, fluchte er und wollte mich von sich runterheben. OH NEIN! AUF KEINEN FALL! Ich stemmte mich dagegen, immer noch mitten in meinem Orgasmus, während ich bemerkte, wie auch er unkontrolliert in mir zu zucken begann. Das war ja noch besser! Oh mein Gott! Ich war viel zu versessen darauf, ihn in diesem heiligen Moment in mir zu haben, als an die Folgen zu denken!

Mit einem strangulierten Stöhnen richtete er sich auf, umschlang mich mit seinen muskulösen Armen, presste sein Gesicht an meinen Hals und ließ es zu, dass ich auch seinen Kopf umfing, so eng es ging.

Es war der Wahnsinn ...

Bis ...

Es vorbei war ...

Philip blieb genauso sitzen, nachdem die letzte Welle der Lust vorbeigerauscht war. Seine Arme waren nach wie vor fest um mich gelegt, sein Kopf an meinem Hals, während ich meine Wange auf sein Haar bettete und blicklos hinaus in den dichten Wald starrte.

»Verdammt Katha ...«, meinte er und ich fragte mich nur: *KATHA*? »Du nimmst nicht zufällig die Pille?«

»Wieso sollte ich? Ich hatte bis vorgestern noch nie Sex!«

»DAS dachte ich mir ...«, murmelte er angepisst und ich schloss die Lider. *Scheiße!* Ich hätte runtergehen müssen, aber in dem Moment war es mir unmöglich gewesen, ihn zu verlassen und ihn nicht so wie nah wie möglich bei mir zu haben.

Als ob ich nicht schon genug Probleme hätte!

»Was jetzt?«, fragte er und ich versteifte mich. Was wohl?

Meine Stimme klang sachlich und dennoch etwas genervt, als ich antwortete: »Ich nehme die Pille danach!«

Sofort schob er mich zurück, um mich anzusehen und das nicht gerade erfreut oder mit mir einer Meinung. Genau genommen runzelte er ungehalten die Stirn und seine ausdrucksstarken, blaugrünen Augen funkelten wirklich angepisst.

»Denkst du nicht, wir sollten uns erst darüber unterhalten?«

»NEIN!«, rief ich aus. Da gab es keine Kompromisse. Hallo! Ich war gerade mal achtzehn und hatte in meinem Leben vielleicht noch was vor!

»Oh doch! Später!« Und somit hob er mich teilnahmslos von sich runter und raus aus dem Auto. War er jetzt ernsthaft sauer, weil ich mich weigerte, auch nur in Erwägung zu ziehen, ein ungeplantes Kind zu behalten? In meinem Alter und obwohl die

Schwangerschaft nicht einmal erwiesen war? Das war keine Option und absolut lächerlich. Was wollte er einem Kind denn bieten? Oder ich?! War er wahnsinnig?

Schnaubend schnappte ich mir meine Klamotten, schüttelte sie aus und zog mich wieder an, ohne ihn eines Blickes zu würdigen. Er tat es mir gleich. Sobald ich saß, strahlte er eine ungewohnte Kälte aus, aber damit konnte ich umgehen. Genauer gesagt kam mir das gerade recht. So wäre es viel einfacher für mich. Und auch für ihn, sollte ich tatsächlich ...

Nein, daran zu denken war jetzt nicht gut!

Stattdessen regte ich mich innerlich über ihn auf, die gesamte Fahrt über. Und sobald wir auf dem überfüllten Schulparkplatz ankamen, sprang ich einfach aus dem Auto, noch bevor er eingeparkt hatte.

Er fluchte und rief mir etwas hinterher, aber da hatte ich die Tür schon zugeknallt und konnte vorgeben, ihn nicht zu hören, während ich in das Schulgebäude eilte.

Ja! So war es tatsächlich leichter!

***

Es war bereits halb neun und so ging ich erst gar nichts ins Klassenzimmer, sondern machte mich gleich auf den Weg zu dem geheimnisvollen Treffen. Ich hätte ohnehin keine Nerven für den Unterricht gehabt, viel zu nervös flatterte mein Magen.

Es war tatsächlich Sergej, der hinter der Turnhalle auf mich wartete, was ich bereits geahnt hatte. Wieso konnte er mich nicht einfach in Ruhe lassen? Wieso schien er mit einem Mal so auf mich versessen?

In lässigen Jeans und schwarzem Hemd lehnte er an der Wand, und seine Augen leuchteten auf, als ich um die Kurve bog. Er war ganz allein, was mich ein wenig beruhigte, sodass ich mein Kinn noch ein bisschen mehr heben konnte.

Innerlich hatte ich natürlich Angst, denn sobald ich ihn ansah, dachte ich wieder daran, was er und seine Freunde mir angetan hatten. Aber gleichzeitig schwor ich mir, es ihm nicht zu zeigen. Niemals!

Er grinste schief und absolut boshaft, als er mich erblickte, was sein sowieso schon entstelltes Gesicht noch unansehnlicher machte. Dabei kaute er desinteressiert auf einem Zahnstocher. Vorerst würde ich auf jeden Fall bluffen. Egal, was wer sagte.

»Du kannst froh sein, dass ich nicht die Polizei gerufen habe«, meinte ich als Allererstes und er schnaubte abfällig.

»Glaubst du, ich bin so blöd, Spuren zu hinterlassen?!«

»Darauf antworte ich jetzt besser nicht.«

Mit einem Mal stützte er sich von der Wand ab. Packte mich am Arm und schob mich mit einem Ruck dagegen, bei dem meine Zähne aufeinander schlugen. Bevor ich auch nur daran denken konnte, ihm in seine Kronjuwelen zu treten, baumelte mein Goldkettchen vor meinem Gesicht an seinen widerlich stinkenden Fingern.

»Ich kenne das!«, fing er ohne Umschweife an und ich runzelte die Stirn. SCHEISSE! NEIN!

»Was kennst du?«

»Das eingravierte Zeichen auf der Rückseite, Suka! Verarsch mich nicht!«, spie er mir entgegen. Sein Atem war von Bier getränkt. Um nicht einmal neun Uhr. »Glaubst du, ich weiß nicht, zu welcher Familie dieses Wappen gehört?«

NEIN! NEIN! NEIN! NEIN! NEIN! BITTE NICHT! NEIN! NEIN! NEIN! NEIN!, dachte ich nur, aber ich bluffte immer noch. Musste es tun, alles, nur keine Schwäche zeigen.

»Was willst du eigentlich von mir? Von welcher Familie faselst du da?«

»Den Romanovs!«

Das war´s!

Somit war es beschlossene Sache! Nur ein paar Recherchen, nur ein paar Anrufe und *er* hätte mich gefunden. Und von *ihm* wollte ich auf keinen Fall gefunden werden, nicht in dem Gemütszustand, in dem er sich sicherlich seit der Flucht meiner Mutter befand! Das war das Schlimmste, was Sergej hätte erfahren können! Das Schlimmste, was IRGENDWER hätte erfahren können! Das war unser dunkelstes, größtes Geheimnis! Der Grund, wieso wir geflohen waren!

Ich war jemandem versprochen. Doch dieses Schicksal wollte mir meine Mutter ersparen, denn sie wusste, was auf mich wartete. Ein Leben bei der russischen Mafia, voller Gewalt und Angst.

Mit Davids Hilfe war es ihr gelungen, hierher zu fliehen. Sie hatte unsere Namen geändert und wir waren untergetaucht. Nur dieses Kettchen erinnerte noch an unsere Herkunft. Es zu behalten war lebensgefährlich. WIESO hatte ich es nicht weggeschmissen? Tatsache war, ich konnte nicht! Denn es stellte andererseits meinen kostbarsten Besitz dar. Das Einzige was mir von meiner Kindheit geblieben war. Es stammte von meinem Onkel – Mamas Bruder –, den ich als kleines Mädchen über alles geliebt und vergöttert hatte. Als Boss der Romanovs war er ein hohes Tier, laut Mama skrupellos und gefährlich, aber mir hatte er nie etwas getan. Ganz im Gegenteil! Er war der Vater, den ich nie hatte. War mit mir jedes Wochenende fischen gegangen, war mit mir durch Wälder gestreift, hatte immer auf mich aufgepasst. Er war immer für mich da gewesen – immer von Herzen freundlich. Er hatte mich behandelt wie eine kleine Prinzessin. Und trotzdem bereitete er mir am meisten Sorgen, denn er lebte für seinen Kodex – immer! Wenn er herausfand, wo ich war, dann würde er mich zurückholen, denn ich war ein Teil seines Kodex! Und ich müsste meinen Vater wiedertreffen. Ich müsste meinen Platz in der Welt einnehmen, für die ich geboren war.

Mein gesamter Körper fing an zu beben, als ich mir das alles ausmalte. Meine Knie wurden weich und mit einem Mal war ich über die Wand in meinem Rücken froh. Tränen traten in meine Augen und Sergej grinste zufrieden. An den Schultern drehte er mich um und strich mein Haar zur Seite. Ich war wie gelähmt und kämpfte damit, nicht in Panik auszubrechen, deswegen ließ ich es geschehen, als er mir die Kette umlegte und dabei leise mit mir sprach.

»Du willst sicher nicht, dass ich in dieser Sache weiterbohre, denn es wird bestimmt einen Grund geben, wieso du deinen Namen geändert hast und hier so still und leise vor dich hinlebst Katharina Romanov ...« Geschlagen schloss ich die Lider. Die Kette lag tonnenschwer auf meiner Haut.

»Wieso tust du mir das an, Sergej, du hast keine Ahnung ...« Er stoppte meine unbedachten Worte, indem er mich herumwirbelte, meinen Kiefer packte und mich zwang, ihn anzusehen, während er mich anfunkelte, mit einem irren Glitzern in den Augen!

»Er soll leiden!« WER? Dachte ich, doch dann machte es *Klick*.

»Philip? Aber wieso?« Philip tat doch keiner Menschenseele etwas, bei Tristan hätte ich es ja noch verstehen können! So wie er die Leute in seinem Umfeld behandelte, waren Mordfantasien, die sich um ihn drehten, sicher nicht ungewöhnlich … aber Philip?

»Ihr beide ...«, knurrte er. »Nur weil ihr die Leute mit eurem Aussehen blendet, bekommt ihr alles! Als wärt ihr die Besten und alle anderen Dreck!«

»Was?«

Zusammenhanglos zischte er weiter. »ER denkt, er ist so toll, aber das ist er nicht. Er ist ein NICHTS und das werde ich ihm beweisen!«

»Das denkt er sicher nicht!«

»HALT DIE KLAPPE!«, brüllte er und boxte hinter mir in die Wand. Seine Bierfahne benebelte mich und ich verstummte sofort. Mit stockte der Atem. »Halt die Klappe, du kleine, verwöhnte Schlampe! Du hast hier nichts zu melden! Nicht bei mir!« Ich wollte im Erdboden versinken, als er mir mit seinem widerlichen Gesicht so nahe kam, dass er mir ins Ohr flüstern konnte. Es stank so sehr, dass mir davon regelrecht übel wurde. »Du wirst das tun, was ich sage, dann bohre ich nicht weiter. So einfach ist das.« Die Magensäure bahnte sich ihren Weg nach oben und ich drehte mein Gesicht weg. Ich brauchte Luft zum Atmen! FRISCHLUFT! Doch er zwang mich mit seinen eiskalten Fingern erneut, ihn anzusehen. Die knallroten Adern in seinen Augen waren echt gruslig. »Oder willst du etwa, dass ich dein Geheimnis lüfte?« VERDAMMT! Tränen der blinden, blanken Verzweiflung liefen fast über – ich ballte die Hände zu Fäusten und schüttelte den Kopf.

»GUT ... dann sag zu keinem ein Wort über diese Unterhaltung und warte auf weitere Anweisungen ... Du gehörst jetzt mir ...« Somit strich er mit seiner Nase über meine Wange. Mir war so schlecht, dass ich verkrampft schluckte, die Lider geschlossen hielt und mich am ganzen Körper versteifte. Speichel sammelte sich bereits in meinem Mund. Ehe ich mich übergeben konnte, wich er vor mir zurück und marschierte davon.

Ich blieb genauso stehen, wie ich war. Mit der Wange an die kühle Wand gepresst, geballten Fäusten und Schweiß, der aus jeder Pore floss. Die Gedanken kreisten in meinem Kopf und meine Kehle war regelrecht zugeschnürt, sodass ich kaum atmen konnte. Hinter meinen Lidern drehte sich alles. Nur mit Mühe gelang es mir, mich aufrecht zu halten und nicht an Ort und Stelle zusammenzubrechen.

Ich versuchte wieder und wieder den notwendigen Sauerstoff in meine Lungen zu befördern, bis es mir Atemzug um Atemzug leichter fiel und der Schwindel sich auflöste.

Nur sehr langsam beruhigte sich mein hämmernder Puls und ich konnte die Augen öffnen. Ich sah den grünen hohen Zaun, der das Schulgelände umgab, und den dahinterliegenden Wald. Ein paar Vögel hüpften dort zwitschernd von Ast zu Ast. Der Himmel war blau, die Sonne schien, es war im Grunde ein herrlicher Tag. Doch gleichzeitig der schrecklichste Tag in meinem Leben.

So viel stand fest!

Ich würde mich nicht benutzen lassen, um Philip zu schaden. Davor verschwand ich lieber. Das war für alle am besten.

22. GEISELNAHME

Katharina ›verzweifelt‹ Romanov

Zu Fuß nach Hause zu kommen dauerte viel länger als mit dem Auto und das auch noch in diesen Schuhen. Doch irgendwann hatte ich es geschafft, ohne eine Träne zu vergießen! Nein, ich war völlig abgeklärt. Meine Entscheidung stand fest und an dieser konnte keiner mehr rütteln.

Petry streikte natürlich, als ich versuchte, ihn in die Katzenbox auf sein Kissen zu zwängen. Beim ersten Anlauf zerkratzte er mir beide Hände. Beim zweiten war ich schlauer, packte ihn an allen vier Pfoten und stopfte ihn rücklings rein. Dabei ignorierte ich sein Gefauche und Geknurre.

Ich schaute nicht noch einmal zurück, als ich die Katzenbox in die eine und den Koffer in die andere Hand nahm und das Schlafzimmer verließ. Die Gedanken an Philip und alles andere verdrängte ich so gut wie möglich – denn sie hätten das hier nur unnötig schwergemacht.

Nun galt es das zu tun, was ich bereits mein Leben lang absolviert hatte – einen klaren Kopf bewahren und das trotz der Tatsache, dass ich Philipabhängig war. Wenn ich ihn schützen wollte, dann musste ich hier weg und das so schnell und so weit es ging.

Nie wieder würde ich in seine Augen sehen, nie wieder seine Berührungen spüren, nie wieder ...

Geistesabwesend zog ich die Haustür auf und merkte erst gar nicht, dass jemand davorstand. Und diesem jemand lief ich frontal gegen die Brust.

SOFORT WUSSTE ICH, WER ES WAR! Ich wollte schreien, als ich hochsah, geradewegs in sein absolut schockiertes, aber so attraktives Gesicht. Sein Blick glitt von meinen Augen zu meinem Gepäck und wieder zurück, bevor sich seine Lider verengten und er mir den Koffer aus der Hand riss.

»Das würdest du tun!«, zischte er mich an. Im nächsten Moment bückte er sich und schmiss mich einfach so über seine Schulter! Petry wurde in der Box umhergeschüttelt und kreischte genauso wie ich, als er mich zu seinem Auto trug. Davor stellte er mich mit einem »Vergiss es!« ab und stopfte den Koffer auf die Rückbank, meine Umhängetasche und Petry folgten.

Ich stand total neben mir! Konnte gar nicht reagieren oder etwas sagen oder etwas tun, bevor er mich auch schon auf den Beifahrersitz schob. Während er das Auto umrundete, spielte ich tatsächlich mit dem Gedanken, die Tasche und Petry zu schnappen und einfach zu laufen, aber er hätte mich NIEMALS davonkommen lassen! Ich wäre der Ball und er der Footballspieler! VERDAMMT! Jetzt steckte ich verdammt noch mal in der Scheiße!

Es hätte so einfach sein können, aber nein, mein Mann hieß ja Philip Wrangler und der hatte den Braten sicherlich instinktiv meilenweit gerochen! Geschlagen ließ ich meinen Kopf gegen die Scheibe fallen und zuckte zusammen, als er neben mir einstieg und die Tür mit voller Wucht zuknallte.

Philip war völlig außer sich, ich spürte seine unbändige Wut förmlich in der Luft knistern und ... ich konnte es ihm nicht verdenken. Es war klar, was er jetzt annahm. Aber wie bescheuert wäre es von mir, wegen einer eventuellen Schwangerschaft abzuhauen! Er hätte mich wirklich besser kennen müssen. Doch was sollte er auch sonst vermuten? Er wusste einfach nicht, worauf er sich da einließ – er und seine Familie, die ich dermaßen liebte und zu schützen versuchte. So oder so, ich war im Arsch.

Niemals durfte ich ihm erzählen, wer ich war und aus welchem Grund ich flüchten wollte. Er würde durchdrehen und etwas sehr Unüberlegtes tun. Entweder, Sergej würde dabei ernsthaft zu Schaden kommen, oder seine Drohung schon aus Rache wahr machen.

Vor dem, was mir jetzt bevorstand, hatte ich wirklich Angst. Doch erst mal schien er sich noch unter Kontrolle zu haben. Er zerrte mich recht freundlich aus dem Auto – direkt ins Haus der Wranglers und hinauf in sein Zimmer. Dort landete ich auch einigermaßen nett auf dem Bett und die Tür knallte auch nur ganz leicht, als er sie hinter sich zuschlug – bevor er den Schlüssel im Schloss umdrehte! VERFLUCHT! DAS WAR DOCH NICHT WAHR!

Verzweifelt erhob ich mich, mit zu Händen geballten Fäusten und Tränen in den Augen! Er wusste ja nicht, was er tat! Philip wandte sich zu mir um, verschränkte die Arme vor der breiten Brust und starrte mich tödlich und sehr, sehr warnend an. Ein Muskel an seiner Wange zuckte verdächtig. »JETZT reden wir!«

Ich schluckte mühsam, mein Kopf war immer noch völlig leer gefegt. Was jetzt? Sollte ich vielleicht einen Anfall vorspielen? So tun, als würde er mich zu Tode verängstigen, obwohl ich wusste, dass er mich niemals verletzen würde? Aber das alles wäre nur ein Aufschub von etwas Unausweichlichem. Ich musste ihm das Herz brechen ...

Mit einem Mal verließ mich alle Kraft, während ich ihn so wunderschön und gleichzeitig wütend vor mir stehen sah. Eigentlich wollte ich doch nichts weiter, als mich in seine Arme schmeißen! Es war egoistisch, aber wenn er mich schon festhielt, dann könnte ich wenigstens noch ein paar schöne Stunden mitnehmen, bevor ich in einem günstigen Moment endgültig fliehen würde.

Dafür würde mich das Karma ganz sicher in den Arsch ficken!

Unvorbereitet! Aber ... ich konnte nicht anders ... Zu groß war die Sehnsucht danach, mich an ihn zu schmiegen und seinen Schutz willkommen zu heißen, wenn auch nur kurz!

Also log ich ihn an! Wieder mal! Mit Tränen in den Augen, die echt waren, auch wenn meine nächsten Worte nur Lügen darstellten. »Es tut mir leid Philip, ich wusste weder ein noch aus, allein der Gedanke, von dir schwanger zu sein, hat mich halb wahnsinnig gemacht ... mit einem Mal musste ich nur noch weg, denn ich wusste, du würdest mich zwingen, es zu behalten!« Sofort wurde sein Ausdruck weicher und ich hätte mich am liebsten selbst geschlagen! Wie konnte ich ihm so was nur antun? VERDAMMT!

»Katharina ...«, murmelte er und fuhr sich dann schwer seufzend durch sein Haar. »Ich würde dich doch nie zu so etwas zwingen! Zu so einer wichtigen Entscheidung gehören immer zwei! Ich weiß, du bist es gewöhnt, alles allein durchzustehen ... aber nicht so eine Sache und egal, was du tun würdest. Letztendlich würde ich immer zu dir stehen!«

VERDAMMT! VERDAMMT! VERDAMMT! Die Tränen liefen tatsächlich über und ich schlug die Hände vors Gesicht. Er war so gut zu mir, weshalb ich mich nur noch mehr schämte und ihm nicht mehr in die Augen sehen konnte. Ich hätte ihm so gern die Wahrheit gesagt, aber kein Wort verließ meine Lippen, stattdessen schluchzte ich auf.

Im nächsten Moment legten sie sich um mich – seine Arme –, und ich klammerte mich an seinem Rücken fest wie eine Ertrinkende, während ich mich an seiner breiten Brust ganz klein machte und seinen beruhigenden Duft einsaugte, als könne er mich vor der großen, bösen Welt beschützen.

»Ich weiß doch, dass ein Kind in unserem Alter und unserer Lage eine schlechte Idee ist. So sehr mir der Gedanke auch gefällt, eine kleine Ausgabe von dir aufwachsen zu sehen. Das können wir immer noch haben – in ein paar Jahren ... vielleicht.«

Ich nickte, obwohl ich wusste, dass genau das nicht möglich sein würde, und drängte mich intensiver an ihn. Wenn er nur wüsste! Es war nur eine Frage der Zeit, bis sich unsere Wege IRGENDWIE trennen würden – unausweichlich. Absolut unausweichlich!

»Und es tut mir leid, dass das geschehen ist, ich hätte besser aufpassen müssen!«

»HÖR AUF!«, fuhr ich ihn an und wich zurück, ehe ich wild funkelnd, aber auch verweint zu ihm hochsah. »Es ist nicht deine Schuld! Ich hätte runtergehen sollen!«

Er seufzte und lächelte schwach. Dann strich er über meine Schläfe und legte seine Hand an meine Wange. »Ich hätte dich auch runterheben können. So schwer bist du nun wirklich nicht ... Aber ich wollte es in dem Moment genauso wie du, obwohl, nein, ich habe es nicht nur gewollt, ich habe es *gebraucht* ...« Seufzend genoss ich das Gefühl seiner warmen Haut an meiner und schloss die Lider.

»Ich weiß genau, was du meinst, ich brauche dich auch. Je näher, umso besser.« Und das war die volle und ganze Wahrheit. Der Grund, weswegen ich das hier tat, auch wenn es keine ausreichende Ausrede für meine Niederträchtigkeit war. Ich sollte ihn spätestens jetzt stehen lassen, dann wäre es später nicht so schlimm für ihn! Aber ich war tatsächlich schwach, wenn es Philip Wrangler betraf.

Statt zu verschwinden, ging ich auf die Zehenspitzen, schlang die Arme um ihn und zog ihn zu mir herab, um ihn zu küssen. Seine Lippen waren weich und seine Küsse süß, obwohl er so ein riesiger, starker Mann war.

Der Gedanke, ihn verlassen zu müssen, war so real und bedrohlich, dass ich ihn so nah wie möglich bei mir haben wollte, einfach um zu wissen, dass er noch da war.

Dass dieser Moment echt war, und um mir jede einzelne Sekunde davon einzuprägen.

Mit einem leisen Stöhnen kapitulierte er und bohrte seine Finger in meine Arschbacken, während er mich bereits zum Bett trug. Sehr, sehr schnell waren meine Hose und mein Höschen Geschichte und genauso schnell lehnte er über mir und wollte sich in mir versenken, doch in der letzten Sekunde zögerte er. Er griff nach rechts und ich fragte lieber nicht, wieso die Schublade, die er aufzog, voller Kondome war. Das hatte sicher was mit Tristan zu tun.

Mit verbissenem Gesichtsausdruck rollte Philip es sich über, packte mein Knie und drang auch schon in mich ein, nur mit offenem Hosenschlitz … Stöhnend warf ich meinen Kopf zurück und gab mich seinen wundervollen Lippen hin, die meine in Beschlag nahmen. Ich wusste nicht, wieso wir jedes Mal wie ausgehungert übereinander herfielen, ahnte aber, dass dieses Verlangen wohl nie nachlassen würde. Weil ... ja, weil wir einfach zueinander gehörten wie zwei Puzzleteile. Nur durch Sex wurden wir ganz.

Noch enger zog ich ihn an mich, umarmte seinen breiten Rücken und genoss seine leidenschaftlichen Küsse, während unsere Körper einem ureigenen Rhythmus folgten.

Wir passten wirklich perfekt zueinander!

Und schon bald würde ich auf diese Nähe, diese Ekstase, dieses Glück verzichten müssen. Doch nicht jetzt! Nein! Jetzt konnte ich in seinen Mund wimmern, mit meinen Händen gierig über seinen Körper streichen und fast verrückt werden, weil er sein Becken direkt an meinem Kitzler kreisen ließ. Ich konnte sein Hemd aufreißen, sodass die Knöpfe umhersprangen und er schockiert keuchte, bevor ich sein Muskelhemd hochzerrte, damit wir uns direkt Haut an Haut berührten. Ich konnte aufschreien, weil er mich mit funkelnden Augen herumschwang, bis ich plötzlich auf ihm saß.

»Beweg dich! Komm schon, Kleines!«, forderte er heiser und ich tat es, strich mit meinen Fingernägeln über seinen Oberkörper, bevor ich mich vorbeugte und das ›TRUST‹ auf seinem Herzen küsste. Ja, er vertraute mir und ich missbrauchte es so abgrundtief!

Seine Finger fuhren in meine Haare, sehr bestimmend hielt er meinen Kopf, während sich seine andere Hand an meine Hüfte legte. Ich bewegte mich noch wilder und folgte, als er mich zu sich zog, damit ich ihn erneut küsste, die Hand immer noch tief in meinem Haar vergraben.

»Du bist alles für mich, Katharina! Wenn ich dich verliere ... dann ... verliere ich mich selber! Lauf nie wieder vor mir davon!«, murmelte er mit einem Mal heiser und rau und so voller Inbrunst, dass mir die Spucke wegblieb! Nein! NEIN! NEIN! DAS DURFTE NICHT WAHR SEIN!

Ich beeilte mich, es zu Ende zu bringen.

Wieder kamen wir zusammen, meine Stirn war dabei an seine gelehnt, sein Atem war mein Atem, sein Herzschlag mein Herzschlag, sein Körper mein Körper. Wir waren leise und reglos bei unserem letzten Orgasmus.

Kaum brach ich atemlos auf ihm zusammen, musste ich erneut mit mir und diesen dämlichen Tränen kämpfen. Ich würde ihm wehtun. So sehr!

Philip hielt mich fest umschlungen, ahnte nichts von dem, was ich vorhatte, aber sehr wohl, was in mir vorging ... Er murmelte auch noch in meine Haare, als wäre das alles nicht schlimm genug und als würde er meine Gedanken hören. »Versprich es mir ...«, während seine Arme mich noch fester umfingen

Ich presste die Lider aufeinander und traute mich kaum zu fragen, tat es aber dennoch. »Was?«

»Katharina, ich will nicht viel von dir, im Grunde sind das nur zwei Dinge. Deine Liebe und deine Ehrlichkeit, genau das, was du von mir auch erwarten kannst.« OH VERFLUCHT! Das war der Moment, in dem ich doch aufschluchzte. Einfach so! Direkt an seiner Brust. Ich ertrug es einfach nicht mehr, es war, als ahnte er, was in mir vorging. Und trotzdem konnte ich nicht aufrichtig zu ihm sein.

»Kleines?« Ich wollte ihn nicht ansehen, obwohl er so besorgt klang. Aus Angst, dass er mich durchschaute, aber auch aus Scham. Also schüttelte ich nur den Kopf und vergrub mein heißes Gesicht an seinem Hals. Er sollte still sein! »Katharina, was ist los?«

Wieder schüttelte ich den Kopf, wurde vom nächsten Schluchzer durchgerüttelt und tat dann das Niederträchtigste, was ich jemals getan hatte. Ich zog die MAMAKARTE! Denn das Versprechen konnte ich ihm nicht geben!

»E... es tut mir ... l... leid ... Ich ... ich bin nur so alleine, seit ... seit sie weg ist! Und ... und ich bin so glücklich ... dass ... ich dich habe ... Philip ... du bist der beste Mann, den sich eine Frau wünschen kann!« Das war wenigstens keine Lüge, aber im falschen Moment ausgesprochen.

»Und du bist die beste Frau, die sich ein Mann wünschen kann, somit sind wir quitt!« Er küsste mich auf den Scheitel und hielt mich so lange, bis ich mich beruhigt hatte.

Als er mich wortlos von sich runterhob und sich von hinten wieder an mich kuschelte, hatte ich längst aufgehört zu weinen.

Blicklos lag ich da und sah hinaus in den Sonnenschein. Wusste, dass ich das mieseste Miststück dieses Planeten war, indem ich hierblieb. Aber ich konnte ihn noch nicht verlassen, nein, keine zehn Pferde würden mich freiwillig dazu bringen, auf das hier zu verzichten. Auf seine Arme, die sich fest und schützend um mich legten und seinen Duft, der mich umhüllte ...

und seine Stimme, die mir ins Ohr raunte.

Ich brauchte ihn! Sonst würde ich tatsächlich zerbrechen! So viel wurde mir in diesem Moment klar.

23. KATHARINA UND ICH

Philip ›misstrauisch‹ Wrangler

Ich fragte mich, wieso sie heute partout nicht nach Hause wollte, und nichts dagegen hatte, den ganzen Tag mit mir im Bett zu liegen. Noch komischer war, dass sie mir im Laufe des Tages plötzlich die Hanutapackung reichte und ich sie in meinem frisch bezogenen Bett essen durfte.

Später kam Vivi und erkundigte sich, ob Katharina mit ihr draußen auf der Terrasse ein bisschen Sonne tanken wolle. Katharina hielt sich an mir fest und murmelte an meiner Brust, dass sie dieses Bett nicht mal verlassen würde, wenn die Welt unterginge. Gute Frau!

Sie sprach nicht viel, sondern küsste nur. Das war für mich okay. Auch wenn ich zwischendurch immer wieder mal wegen des Muskelkaters Schmerzmittel einschmeißen musste.

Irgendwann schlief sie an meiner Brust ein, während ich hellwach dalag und auf die beschissenen Leuchtsterne an der Decke schaute, die da schon seit Kindertagen hingen. Irgendwas stimmte hier nicht. Irgendwas war komisch, und ich wusste einfach nicht, was es war. Nur eines schien derzeit klar. Katharina war mein Stern und ich würde ihn nicht mehr hergeben.

***

Mitten in der Nacht wachte sie plötzlich auf und rüttelte mich, obwohl ich nicht schlief.

»Was denn?«, murrte ich halb tot.

»Ich hab meine Tage!«, verkündete sie freudestrahlend, küsste meine Wange und tänzelte aus dem Bett. Kurz darauf kam sie immer noch überglücklich zurück, schmiegte sich an mich und schlief innerhalb von ein paar Minuten wieder ein.

Noch immer konnte ich nicht wirklich glauben, dass sie mich deswegen verlassen hätte! Aber was hatte sie heute Vormittag sonst vorgehabt? Mit all ihren Koffern und der Satanskatze im Schlepptau, die jetzt übrigens auf meinem Kleiderschrank saß und mich mit leuchtenden Augen beobachtete – gruslig!

Insgeheim war mir klar, dass ihre Entscheidung ›die Pille danach‹ zu nehmen, die richtige gewesen wäre. Was hätten wir einem Kind schon bieten können? Wir hatten doch nichts! Und wir waren gerade mal seit ein paar Tagen zusammen. Wer wusste schon, was in einer Woche sein würde, oder in einem Monat oder gar in einem Jahr? Ich hatte noch keine Ahnung, was ich mit meinem Leben anfangen sollte, wo ich hinwollte, was für mich richtig war. Und was Katharina betraf, so wusste ich nur, dass sie auf jeden Fall Karriere machen, studieren wollte, und in so einen Plan passte ein Baby ungefähr so gut wie der Weihnachtsmann zu einer Strandparty.

Trotzdem war ich irgendwie traurig und gleichzeitig froh, dass sie nicht schwanger war. Ein irres Gefühl, denn es war die Wahrheit. Ich hätte eine kleine Ausgabe von ihr vergöttert – am besten ein Mädchen. Bei dem Gedanken musste ich lächeln, während ich sie enger an mich zog. Sie fühlte sich so warm und weich an, wirkte aber trotzdem so robust und unzerstörbar. Mir war klar, dass es nur eine Maske war, die sie jedoch bei mir nicht mehr benötigte. Und das wusste sie. Bei mir konnte sie sich so geben, wie sie wirklich war und ihre weiche Seite rauslassen.

Zumal sie offen und verletzlich noch viel schöner war. Eine Schönheit, die ich nur schwer in Worte fassen konnte, die aber irgendwo tief in einem entsteht.

Sie leuchtete fast von innen heraus, und das zeigte mir, dass sie vollkommen ruhig und zufrieden war. Es machte mich stolz und glücklich, der Mann zu sein, der dieses Wunder in ihr hervorrief.

Und ich würde dafür sorgen, dass sie weiterhin ruhig und zufrieden sein konnte. Dafür würde ich alles geben! Deswegen musste ich sie jetzt auch vorerst zurücklassen – sicher, in meinem Bett.

Vorsichtig löste ich mich von ihr, zuckte zusammen, als sie ungehalten die Stirn runzelte und ihre Hand verschlafen nach mir suchte. Ich schob ihr mein Kissen unter den Arm, an dem sie ausgiebig schnüffelte und das sie dann glücklich seufzend umklammerte. Das war an Süßigkeit kaum zu überbieten … und mein Herz machte einen Sprung.

Schnell wandte ich mich ab, schlüpfte in eine Jeans, ein einfaches schwarzes Shirt und meine Lederjacke, packte meine Autoschlüssel und verschwand lautlos aus dem Zimmer.

Ich sperrte ab!

Das Haus war komplett dunkel, als ich in den Flur trat, alle schliefen tief und fest, was sehr gut war! Denn darauf, mir irgendwelche fadenscheinigen Erklärungen auszudenken, konnte ich gut und gern verzichten. Ich fühlte mich so schon wie ein Teenager, der trotz des Verbots zu einer Party geht, aber so ähnlich war es ja auch. Schließlich würde ich jetzt feiern, ganz privat. Nur ich und mein einziger Stargast. Katharina würde davon selbstverständlich nichts erfahren, denn sie hatte schon genug mitgemacht und ihr Zorn war nichts im Gegensatz zu dem, was passieren würde, falls der Arsch sie irgendwie verletzen sollte! Deshalb durfte sie nicht einmal die Gelegenheit kriegen, in seine Nähe zu kommen oder anderweitig ihre Forderungen durchzusetzen – so einfach war das.

Lautlos zog ich meine Boots an, öffnete die Tür und ...

erstarrte, als hinter mir das Licht anging.

»Du glaubst doch wohl nicht, dass du dich einfach so alleine davonschleichen kannst, Schneewittchen.«

»Mann, Tris!« Genervt ließ ich die Tür wieder zufallen und drehte mich zu ihm um. Verschlafen und nur in Shorts lehnte er am Treppengeländer und musterte mich gelangweilt, dabei kratzte er sich über seine nächtlichen Bartstoppeln.

»Was wird das?«

»Nichts, was dich interessieren sollte!«

Er verdrehte die Augen. »Geht es um Katha? Weißt du jetzt endlich, wem wir den Arsch aufreißen müssen?«

Ich schwieg eisern. Denn wenn ich schwieg, dann schwieg ich. Und wenn ich etwas allein machen wollte, dann machte ich das allein! Punkt. Er wusste das genauso gut wie ich, denn mein Bruder seufzte schwer, fuhr sich durch die Haare und stapfte wieder nach oben. »Nicht einmal ein bisschen Spaß wird einem hier gegönnt, wollen alles für sich alleine haben ...«, motzte er dabei auch noch vor sich hin, was mir ein winziges Lächeln entlockte.

Irgendwie liebte ich den kleinen Scheißer manchmal wie blöd. Doch das hätte ich ihm nie gesagt, genauso wenig wie ich ihn in diese Scheiße reinziehen würde – er war schließlich mein kleiner Bruder! Und es war meine alleinige Aufgabe, das für Katharina zu regeln.

Entschlossen trat ich also in die kühle Nacht, um zu tun, was getan werden musste.

***

Die Fahrt dauerte nicht lange, denn er wohnte in einem der hässlichen Blocks am Rande der Stadt, was ich dank Valerie wusste.

Die hatte schon des Öfteren das zweifelhafte Vergnügen gehabt, in dieser, wie sie meinte, Bruchbude abgammeln zu dürfen, in der er mit Mama und Papa als braves Muttersöhnchen lebte.

Da ich keinen Bock auf Umwege oder sonstige Faxen hatte, marschierte ich direkt zu seinem Fenster, das sich zu meinem Glück im Erdgeschoss befand. Meine Jacke musste meiner Hand als Schutz dienen – vor allem vor dem Lärm – als ich es kaputt schlug, hineinfasste und öffnete. Geschmeidig und vor allem lautlos schwang ich mich in das dunkle Innere.

Es stank bestialisch nach Furz und anderen Ausdünstungen, die der Mensch beim Schlafen so von sich gibt, aber ich ignorierte es und nahm die friedlich schlummernde Gestalt ins Visier.

Natürlich hatte er von meinem Eindringen nichts bemerkt, pennte immer noch wie ein Baby, dem Sabber aus dem Mund läuft und das laut schnarcht. Grinsend ging ich zu ihm rüber und neben dem Bett in die Hocke. Gleichzeitig zückte ich mein kleines Jagdmesser, das mein Dad mir vor Jahren geschenkt hatte, wie auch meinen Brüdern.

Ich zog die Decke weg, drückte die Klinge an seinen Schwanzansatz und säuselte. »Aufstehen, Prinzessin ...«

Bis er im Hier und Jetzt ankam, dauerte es ziemlich lang und ich unterdrückte zwanghaft ein Gähnen. Er schmatzte und furzte noch mehr, als wolle er mich damit in die Flucht schlagen ... Schließlich öffnete er die Lider mit einem Ruck und starrte mich panisch an. Sein Blick glitt nach unten, er schluckte und sah mir wieder ins Gesicht. Ich grinste schief.

»Guten Morgen, Schlafmütze ...«, grüßte ich lieblich. Seine Augen wurden noch einen Tick größer, sein gesamter Körper in dem babyblauen Pyjama spannte sich an. In der Dunkelheit wurde sein hässliches Narbengesicht nur vom Mond erhellt, als er es verzog.

»Was willst du?«

»Hmmm, da wären so ein paar Dinge ... Weltfrieden ... Legalisierung von Marihuana ... Schule erst ab zehn Uhr und ach ... dass du deine dreckigen, schmierigen Finger von meiner Frau lässt!« Somit drückte ich mit dem Messer fester zu und ließ ihn all die Wut erkennen, die seit geraumer Zeit im Verborgenen in mir loderte.

Er hatte sie nicht nur angefasst, nein, er hatte sie auch gedemütigt und verletzt. Seelisch sowie körperlich. Er hatte sie angepisst! Bei diesem Gedanken musste ich mich wirklich zwanghaft davon abhalten, ihm nicht dauerhaft zu schaden.

»Deine Frau ...«, meinte er plötzlich abfällig. »Deine Frau, die du gar nicht kennst und die Geheimnisse vor dir hat.« Er lachte leise und ich stutzte für einige Sekunden. Diese Gelegenheit nutzte er, um sich zu mir vorzulehnen und freundschaftlich zu flüstern. »Deine Schlampe ist nicht die, für die sie sich ausgibt.«

Ein Mal gestand ich mir zu, ihm für ›die Schlampe‹ in die Fresse zu boxen. Er war zu aufmüpfig, aber sobald das Blut aus seiner Nase schoss und er vor Schmerzen stöhnend in den Kissen lag, änderte sich das.

»Was meinst du damit?«, erkundigte ich mich knapp. Er keuchte und würgte immer noch an dem Blut. Spuckte schließlich etwas davon neben sich auf den Boden und sah mich mit wild funkelnden Augen an.

»Sie benutzt einen falschen Namen!«

WAS?

»Weil sie eine Romanov ist, und die Romanovs haben in Russland sehr viel Macht – immer noch ... Aber das weißt du natürlich schon alles, schließlich ist sie ja deine Frau ...«

Fuck ... was?

***

Nachdem ich Sergej auf eine kleine Spazierfahrt mitgenommen und ihm den Denkzettel seines Lebens verpasst hatte, indem ich ihn nackt an die riesige Birke vor unserer Schule band, schrieb ich eine Gruppen-SMS an alle Schüler, die ich kannte, damit sie sich ein wenig mit ihm amüsieren konnten. Er war durch seine schleimige, großkotzige Art ziemlich unbeliebt … das würde übel werden. Erst dann raste ich nach Hause.

Katharina verwendete einen falschen Namen? Sie war nicht die, für die sie sich ausgab? Heilige Scheiße!

Ohne weiter zu überlegen, zückte ich mein Handy und wählte Dads Nummer. Bei ihm war es sicherlich mitten am Tag, aber selbst wenn er gepennt hätte, wäre es mir egal gewesen. Der schwarze Wald flog dunkel an mir vorbei und ich lauschte mehr als ungeduldig dem Freizeichen, bis er endlich mal ranging.

»Philip?«

»Dad!«, rief ich aus – mit einem Mal ... total verwirrt und neben mir. Also atmete ich tief durch, schob die Emotionen zurück und zwang mich zur Ruhe.

»Was weißt du über Katharinas Vergangenheit? Wieso hast du sie damals aus Russland mitgenommen? Ist sie wirklich eine R...«

»STILL!«, zischte er mich sofort an. Ich hörte seine Schritte und eine Tür, die geschlossen wurde. »Wie kommst du darauf?«

»Beantworte meine Frage ...«

»NEIN! Du bist jetzt still und hörst mir ganz genau zu! Du wirst in dieser Sache nicht weiter bohren, Philip!«

»Was?«

»Ich meine es ernst. Diese Geschichte kann dich in ernsthafte Schwierigkeiten bringen! Katharina ist Katharina und fertig!« Ich blieb mitten auf der Landstraße stehen und starrte das Telefon an wie einen außerirdischen Vibrator. Keine Ahnung, was ich sagen oder denken sollte. Ich fühlte mich, als wäre ich mit einem Mal mitten in einem schlechten Thriller gelandet.

»Dad ...«, flüsterte ich fast. »Ich muss wissen, wer sie ist. Ich liebe sie.«

Er seufzte schwer ... und es war einige Sekunden still, dann sprach er wieder auf diese ruhige, besonnene Art. »Dass sie einen anderen Namen hat, als du dachtest, ändert doch nichts daran, wer sie ist. Sie ist trotzdem noch der Mensch, in den du dich schon vor Jahren verliebt hast!« Dass er wusste, wie lang ich schon etwas für sie empfand, schockierte mich nicht wirklich – mein Vater war der aufmerksamste Mensch, den ich kannte.

»Sie hat mich angelogen! Jahrelang!«

»Weil sie musste.«

»Wieso?«

Er seufzte noch einmal ... und dann ... erzählte er mir ALLES.

24. FLUCHT

Katharina ›im Arsch‹ Romanov

»Katharina!« Irgendwas irritierte mich an seiner Stimme, als er mich weckte, und an der Uhrzeit und der Art, wie er meine Schulter berührte. Träge versuchte ich aus dem dichten Nebel des Schlafes zu finden, mich irgendwie in die Realität einzufädeln und zu verstehen, was gerade geschah – mitten in der Nacht ... »Katharina Romanov, wach auf!«

Sofort saß ich kerzengerade im Bett und blinzelte Philip an, der mit verschränkten Armen vor mir im hell erleuchteten Zimmer stand. Er grinste – spöttisch, eiskalt und vor allem wissend! Ich erschauerte.

»Ja! Ich bin im Bilde! Schau mich nicht an wie ein Fahrrad!«

»Aber ... aber ...«

»Bemüh dich nicht, Baby!«, winkte er ab und sah auf sein Handy. »Wir müssen los! Steh auf!«

»W... was?«

»Beweg deinen kleinen, verlogenen Arsch aus meinem Bett! Verständlicher?« Oh scheiße, er war sauer. So sauer, wie ich ihn wahrscheinlich noch nie erlebt hatte. Wie hatte er es überhaupt rausgefunden und was ... Grob wurde ich am Oberarm gepackt und auf die Beine gezogen. »Zieh dich an oder fahr nackt – mir scheißegal!«

Er stieß mich zu meinem Koffer, der vor seinem Schreibtisch lag – und das alles andere als sanft. Meine Finger bebten wie wild, als ich mir irgendeine Jeans und irgendeinen Pullover schnappte. Ich wusste nicht, was ich tun oder denken sollte, während er mit verschränkten Armen über mir aufragte und mich mit loderndem Blick fixierte. Einem, der nichts Gutes verhieß, aber was hatte ich erwartet!? Besonders nach gestern!

Er hatte mir eine Chance gegeben! Für ihn zählte nichts mehr als Ehrlichkeit, und ich hatte ihm stattdessen knallhart ins Gesicht gelogen. Schon allein deshalb hatte ich diesen Blick verdient, auch wenn er mich tief in meinem Innersten schmerzte. So wollte ich von niemandem angesehen werden und erst recht nicht von dem Mann, den ich liebte. Als wäre ich nur ein Insekt, ein Parasit, der das Leben seiner kompletten Familie zerstört hatte. So als würde er mich hassen. Abgrundtief!

Aber Liebe und Hass liegen eben sehr nah beieinander.

Sobald ich angezogen war, bugsierte er mich wortlos aus der Tür. Petry blieb zurück. Ich traute mich nicht zu fragen, wohin er mich bringen würde, weil ich es bereits ahnte. Da war mein Kater hier besser aufgehoben. Aber wieso dieser überstürzte Aufbruch? Und wollte er etwa mit mir kommen?

Diese Frage erübrigte sich, und ich konnte nichts dagegen tun, dass kurzzeitig eine Menge Schmetterlinge diesen riesigen Brocken in meinem Magen ablösten. Er knallte UNSER BEIDER Gepäck in den Kofferraum und die Tür hinter mir zu, dann stieg er ein, startete den Motor und düste los.

Ich sah ihn nur von der Seite an, versuchte mit den dämlichen Tränen zu kämpfen, die so gar nichts hier verloren hatten, und mir einen Reim darauf zu machen, was zum Teufel überhaupt geschehen war! Wie hatte er es rausgefunden? Irgendwann hatte ich die wirren Puzzleteile in meinem Kopf etwas geordnet und sie ergaben nur ein logisches Bild.

»Warst du etwa ohne mich bei ihm?«, fragte ich und meine Stimme klang erfolgreich emotionslos. Er schnaubte abfällig und grinste mich kurz schief an, bevor er den Blinker setzte und auf die Autobahn bog.

»Klar!« Oh Gott! Geschlagen schloss ich die Lider, versuchte die aufkeimende Übelkeit zu unterdrücken.

»Und er hat dir alles erzählt ...«

»Doch nicht so dumm, wie du aussiehst!« Fest presste ich die Zähne aufeinander, um ihn nicht wild anzufauchen. Was fiel ihm überhaupt ein?

»Ich konnte es dir nicht sagen, keiner durfte es erfahren ...«

»Denkst du etwa, ich hätte es IRGENDWEM gesagt?«

»Nein.« Das dachte ich wirklich nicht. »Aber das Risiko war zu hoch! Ein unbedachter Spruch vor Tris oder Tommy und wir wären alle am Arsch gewesen, das konnte ich nicht zulassen. Und meine Mutter auch nicht.«

»Sie ist gar nicht tot.« Ebenso wie ich klang er nun auch völlig emotionslos.

»Nein ...« Lippen kauend spielte ich an meinen Fingern rum und erschrak mich fast zu Tode, als Philip laut brüllend in das Armaturenbrett boxte. Das Auto schlingerte, genauso wie mein Magen, und ich krallte mich schreiend fest, dann hatte er schon wieder alles unter Kontrolle, während mir der Schweiß auf der Stirn stand. Er wurde nur vom Armaturenlicht bläulich erhellt, als er mich mit einem tödlichen Blick bedachte. »Erzähl sie mir. Die ganze verfickte Wahrheit!« Und ich tat es ... mit leiser Stimme und aus dem Fenster schauend, denn ihn konnte ich dabei unmöglich ansehen. Mit einem Mal befand ich mich eines kalten, verschneiten Morgens wieder in Russland und hielt die Hand meiner Mutter.

»Mama lächelte mich an, aber gleichzeitig liefen ihr die Tränen über die Wangen, als sie unsere Wohnungstür hinter sich schloss. Mein Vater war nicht da, sie hatte alles genau mit David geplant, mit dem wir uns oft in meinem Lieblingscafé trafen. Diesmal trafen wir uns direkt am Flughafen und ich wusste noch, dass Mama dem Taxifahrer sagte, er solle ein paar Umwege nehmen, damals wusste ich noch nicht warum. Es war die nervenaufreibendste Fahrt meines Lebens, denn ich saß auf ihrem Schoß, fühlte ihren rasenden Herzschlag und ihre schwitzigen Hände, mit denen sie versuchte, mich zu beruhigen, indem sie mir immer wieder über den Kopf streichelte. Dabei hatte ich eher das Bedürfnis, sie zu beruhigen. Deswegen erzählte ich ihr irgendwas von meinem letzten Auftritt und wie stolz Onkel ›Vlad‹ auf mich gewesen war. Sie schluchzte auf, was mich irritierte, aber ich ging nicht darauf ein ...

Der Flughafen war klein, aber wunderschön, mit all seinen Lichtern im weißen Schnee. Mama sagte mir, ich solle mich noch einmal umdrehen und tief durchatmen. Ich würde nie zurückkommen und das tat ich. Noch bis heute fühle ich die eiskalte, stechende Luft, die in meine Lungen strömte, bevor ich in das Flugzeug stieg und es uns hierher brachte.

David half uns mit allem, was nötig war, um ein neues Leben zu beginnen: neue Pässe und neue Namen. Wie er das alles geschafft hat, weiß ich bis heute nicht ...«

»Schöne Geschichte ...«, meinte er knapp. »Und wo ist der Rest? Das Relevante?«

Ich seufzte schwer und schloss erneut die Lider. »Ich bin jemandem versprochen ... einem Alexej, der einer uralten, sehr mächtigen Familie angehört. Und mit denen legt man sich besser nicht an. Mama musste das schon durchmachen und wollte mir dieses Schicksal ersparen. Sie wollte, dass ich mich verlieben und wie ein freier Mensch leben kann und nicht wie ein Druckmittel für das organisierte Verbrechen. Um mir das zu ermöglichen, mussten wir verschwinden, denn ich bin der einzige Nachkomme der Romanovs und deshalb für alle wertvoll – egal ob für die Russen, die Italiener oder die Japaner. Im Prinzip geht es dabei nur um Macht.

Und, na ja ... vor ein paar Monaten wurde Mama plötzlich unruhig und sie fing an, alles für eine erneute Flucht vorzubereiten ... Ich stritt mich mit ihr bis aufs Blut und letztendlich verschwand sie ohne mich. Ich konnte hier nicht weg und dich verlassen. Ich liebe dich Philip, und wenn ich das sage, dann meine ich das auch so!«

Philip sagte nichts mehr, sondern starrte mit einem Mal nur noch höchstkonzentriert auf die Straße. Sein Kiefer war verhärtet und seine Knöchel schneeweiß.

»Philip ...«, wisperte ich völlig hilflos. »Ich konnte es keinem sagen.«

»Ja. Genau. Das bin ich für dich – keiner!«, konterte er sarkastisch!

***

Nach gefühlten Jahrzehnten hielten wir an einem Hotel. Einem ziemlich noblen, in dem Philip tatsächlich mit falschem Namen eincheckte.

Ich war völlig baff!

Sobald die Tür unseres Zimmers hinter uns zugefallen war, stellte er unsere Koffer in den Flur und ging ins Bad. Hilflos sah ich mich in dem blau gehaltenen Zimmer um und umarmte mich selbst. Ich fühlte mich so allein. Mit meinem Schweigen hatte ich alles zerstört. Schließlich setzte ich mich aufs Bett und schaute nach draußen auf die verregnete leuchtende Stadt, hörte dabei, wie die Dusche lief, und schloss die Lider.

Es war alles im Arsch!

Wieder einmal hatte ich alles verloren, aber es war mir egal. Das Einzige, was zählte, war Philip! Doch für ihn existierte ich gar nicht mehr und ich konnte es ihm nicht verübeln. Schließlich hatte ich ihn tief verletzt. Es brachte nichts, dass ich mir vornahm, ab jetzt ehrlich zu ihm zu sein, denn es lag bereits alles in Schutt und Asche, und ich wusste nicht, ob er es überhaupt wieder aufbauen WOLLTE.

Irgendwann kam er aus dem Bad, feucht, mit nichts anderem als einem dunkelblauen Handtuch um die schlanken Hüften. Fast hätte ich bei diesem Anblick geweint, besonders, wenn ich daran dachte, dass ich ihn vielleicht nie wieder berühren durfte! Mein Herz zog sich vor Kummer zusammen.

»Geh duschen!«, meinte er und legte sich einfach so auf das Bett neben mich, schwang einen Arm hinter seinen Kopf und machte den Fernseher an. Ich sah einige Sekunden dem Flackern des Fernsehers zu, hoffte dabei auf ein nettes Wort von ihm oder eine Geste, die mir zeigte, dass alles gut werden würde, nur um mich dann in seine Arme zu schmiegen und seinen Duft zu riechen. Aber er überhörte mein stummes Flehen und meinen Wunsch, ihm wieder nah zu sein. Dieses Recht hatte ich verwirkt. Wahrscheinlich für immer!

Einen Schluchzer unterdrückend stand ich auf und marschierte ins Bad.

Als ich in den Spiegel schaute, keuchte ich erschrocken auf. Die Frau, die mir entgegenblickte, war gebrochen. Das war nicht ich! Niemals hätte mich Philip so sehen sollen. Er sollte mich so in Erinnerung behalten, wie ich in Wirklichkeit war! STARK, SCHÖN und MUTIG!

Eilig stellte ich mich unter die Dusche und ... fasste einen Entschluss.

***

Als ich in meinem langen dunkelblauen Nachthemd das Schlafzimmer betrat, schlief er längst tief und fest und ich konnte ihn in Ruhe betrachten. Meinen wunderschönen, so rechtschaffenen Philip Wrangler.

Ich würde ihm das Herz brechen – wieder. Aber es gab einfach keine andere Möglichkeit. Denn diese ganze Aktion gefährdete ihn nur unnötig. Den wichtigsten Menschen in meinem Leben, denjenigen, den ich eigentlich über alles schützen sollte. Meine bloße Anwesenheit verpasste ihm eine Zielscheibe direkt auf die Stirn! Vlad würde nicht lange fackeln, um mich zurückzuholen, das war nicht sein Stil. Es war nur eine Frage der Zeit, bis er wüsste, wo ich war, und wenn nicht würde Sergej dafür sorgen.

Es war falsch, aber ich konnte nicht widerstehen und trat an ihn heran, setzte mich vorsichtig auf den Bettrand und beobachtete sein wunderschönes Gesicht. Seine leicht offenen Lippen und das V zwischen seinen Augenbrauen, das ich schließlich sanft wegstrich. Ich bereitete ihm nichts als Kummer, hatte ihn so verraten, und trotzdem würde er alles tun, um mir zu helfen. Doch das würde ich nicht zulassen. Nein! Zu lange waren alle wegen mir in Gefahr gewesen – auch Mama. Ich konnte verstehen, dass sie ohne mich gegangen war. Und ich hätte – sie alle – schon viel früher freigeben sollen.

Vielleicht sollte ich mich Vlad endlich stellen, aufhören zu fliehen und meinen Platz in dem Leben einnehmen, das er für mich geplant hatte. Nur so konnte ich die anderen schützen. Nur so konnte Philip irgendwann glücklich werden. Mit mir war das nicht möglich, nicht nach dem, was ich getan hatte, und nicht mit dem Wissen, dass es jeden Tag mit uns beiden vorbei sein könnte, wenn sie uns fänden. Er würde nicht aufgeben und daran zerbrechen oder vielleicht bei dem Versuch, mich zu schützen, umkommen.

Mit Philip hatte ich die schönsten Wochen meines Lebens verbracht, und dafür war ich ihm unendlich dankbar. Er hatte mir kostbare Erinnerungen geschenkt, die ich in Ehren halten würde.

Endlos lange prägte ich mir jede Einzelheit von ihm ein.

Seufzend beugte ich mich noch einmal vor, auch wenn es einem Dolchstoß ins Herz glich, und strich mit meinen Lippen sehr, sehr sanft über seine.

»Alles was ich gesagt oder nicht gesagt habe, war aus Liebe ... Bitte vergib mir ...«, flüsterte ich und richtete mich wieder auf, als sich seine Stirn runzelte. Allerdings schmatzte er nur laut und drehte sich auf die Seite, ohne wach zu werden.

Ich lächelte, als er irgendwas von »Katharina, ich versohl dir einfach den Arsch und dann passt´s!« vor sich hinmurmelte, und stand schließlich auf. Schweren Herzens nahm ich mein Kettchen ab und legte es neben ihn auf das Kopfkissen, fuhr über das funkelnde Gold und dann noch ein letztes Mal mit dem Zeigefinger über seine vollen Lippen.

Ich würde ihn so vermissen!

In Zeitlupe schlich ich zu meinem Koffer und ging dann ins Bad, um mich umzuziehen. Dabei mied ich den Spiegel, denn den erneuten Verrat an Philip darin zu erkennen, hätte ich nicht ertragen.

25. BRÜCHE

Philip ›the nudist‹ Wrangler

Irgendwie musste ich eine Art Radar in mir haben, das einen Alarm aussendete, sobald Katharina mich verließ. Kaum fiel die Tür mit einem winzigen, kaum wahrnehmbaren *›KLACK‹* ins Schloss fiel war ich hellwach.

Sie verarschte mich!

Schon wieder!

Das konnte doch nicht wahr sein!

Mit nichts weiter als einem Handtuch um die Hüften geschlungen sprang ich auf, rannte in den Hotelflur, hoffend, dass ich niemandem begegnen würde, und sah gerade noch, wie die Aufzugtüren zuglitten. Also nahm ich das Treppenhaus und stürmte hinab.

Ich kam tatsächlich vor ihr unten an und hatte noch Zeit, mich cool in den Rahmen zu lehnen. Dabei ignorierte ich den SEHR neugierigen Blick der Dame an der Rezeption in meinem Rücken.

Mit einem leisen, unschuldigen *›Pling!‹* öffneten sich die Fahrstuhltüren und Katharina mit ihrem Koffer in der Hand, verheulten Augen, total zerzaust und fertig in einem Kapuzenpullover, sah mich an wie einen Geist – bevor etwas in ihren Augen aufblitzte, sie die Hand ausstreckte, mir das Handtuch wegriss und die Aufzugtüren schon wieder zugingen.

Fuck!

Jetzt stand ich hier mit nacktem Arsch, nicht in einem Wohnhaus, sondern einer Hotellobby! So ein Mist! Und ich hatte keine Ahnung, welches Stockwerk sie als Nächstes anpeilen würde! Verdammt! Ich konnte nicht glauben, dass sie diese Scheiße zum zweiten Mal mit mir abzog!

Wild fluchend beschützte ich meinen besten Freund vor den nun mehr als gaffenden Blicken der Rezeptionistin. Als würde das nicht reichen, schwangen in diesem Moment die Hoteltüren auf und eine Horde Menschen kam rein, die aus einem chinesischen Reisebus gestiegen waren. Bevor sie ihre Kameras schnappen konnten, um mich zu fotografieren, huschte ich um die Ecke und spähte hervor.

Wenn ich sie in die Finger bekäme, würde ich sie umbringen! Ernsthaft! Doch dafür musste ich sie erst mal finden!

Was jetzt? Natürlich hatte ich vor lauter Aufregung meine Chipkarte für das Zimmer vergessen, aber nach oben gehen und mich erst einmal anziehen schied sowieso aus! Was also sollte ich jetzt tun? Was würde sie tun? Verdammte Scheiße!

Denke wie Katharina, denke wie Katharina, denke wie Katharina!, versuchte ich mir einzubläuen, aber da gab es nichts weiter als einen viel zu kalten Lufthauch an meinem Sack! Als wäre das alles nicht peinlich genug, schlenderte die Empfangsdame zu mir und schnurrte förmlich ihre Frage, ob ich Hilfe benötigen würde. Mein knappes »NEIN! Ich bin Nudist!« brachte sie auch noch zum Kichern! Verdammte SCHEISSE!

In dem Moment drang ein Keuchen an meine Ohren und schlurfende Schritte und Fauchen und Knurren und ... ich linste erneut um die Ecke und erfror. Denn Katharina wurde gerade in die Lobby geschleift! Von einem riesigen Mann in schwarzem Anzug – mit Narbe an der Wange, hellem kurzem Haar, eiskalten, grünen Augen und schwarzen Lederhandschuhen an seinen Händen, die Katharina unerbittlich festhielten.

»LASS MICH LOS!«, schrie sie grell und die Rezeptionistin zuckte zusammen. Dann versteckte sie sich hinter mir, weil dem Kerl noch sechs riesige mimiklose Schränke in Anzügen folgten.

Die Chinesengruppe machte ihnen sofort Platz, aber natürlich wurden nebenbei auch noch unauffällig Fotos geschossen.

Er führte sie direkt auf die Aufzüge zu, und mir schien, als würde er sich über ihre wilden Fluchtversuche mehr als amüsieren, während er ihr den Arm auf dem Rücken verbog und sie eher nachlässig vor sich herschob.

Katharina weinte und hatte eindeutig Angst! Bei mir brannten die Sicherungen durch!

So wie ich war, trat ich den einen Schritt aus meiner Deckung und verstellte ihnen den Weg.

»LASS SIE LOS!«, forderte ich hart und alle stockten. Fest stand ich da, die Beine breit, die Hände zu Fäusten geballt, bereit, sie bis aufs Blut zu verteidigen, nackt oder nicht nackt! Die darauffolgende Stille war gespenstisch. Es hatte was von einem Western, in dem nur derjenige gewinnen kann, der am schnellsten seine Waffe zieht. Meine Chancen waren miserabel, schon, weil meine einzige Waffe in diesem speziellen Spiel wohl eher nutzlos sein würde, aber hier ging es um Katharina. Miststück hin oder her. Verdammt.

Sein Mundwinkel zuckte lediglich abfällig, als sein Blick über mich glitt.

»Philip ...«, flüsterte sie total schockiert, dann fing sie sich sofort. »Gehen wir einfach weiter, Vlad ... ich komme mit dir ...« Ihre Augen waren schreckgeweitet und voller Tränen.

Vlad – bei dem Namen klingelte es, aber mir wollte nicht einfallen, wer das war – lachte leise, doch ich knurrte.

»NEIN! Das wirst du nicht tun!« War sie nicht mehr ganz dicht?

»Wer ist das, Kätzchen?«, fragte er sie ziemlich freundlich, mit sanfter Stimme und eindeutigem Dialekt – wenn nicht sogar ehrlich neugierig –, bevor er sie weiter in meine Richtung schob.

»Bitte, Vlad ... lass ihn aus dem Spiel!«, flehte sie auch noch und ließ ihren Kopf nach vorne hängen.

»Das wäre doch langweilig, oder?« Sie kamen bei mir an. Dieser Vlad war einer der wenigen Männer, die genauso groß waren wie ich, trotzdem hatte ich das Gefühl, mich unter seinem prüfenden Blick kleiner machen zu müssen. Ich tat es nicht! Stattdessen sah ich ihn herausfordernd an, und umfing ihren Oberarm, um sie zu mir zu ziehen.

Er ließ es geschehen und ... in seinen eisigen grünen Augen blitzte etwas auf. Sobald ich sie berührte, dachte ich, sie würde bei mir Schutz suchen, aber das tat sie nicht. Zischend flüsterte sie ihm zu. »Er ist nur irgendein Kerl, den ich hier aufgerissen habe ...« Dabei versuchte sie sich aus meinem Griff zu winden, aber ich hielt sie nur fester. Außer sich funkelte sie mich über ihre Schulter hinweg an. Und das konnte sie sehr eindrucksvoll.

Ich schüttelte den Kopf und sprach völlig ruhig und langsam. »Hör auf damit, Katharina!«

Vlad schnalzte spöttisch mit der Zunge. »Habe ich dir nicht beigebracht, nicht zu lügen?« Und sie wurde kreidebleich. Irgendwie schien ihm das Ganze höllischen Spaß zu bereiten und er ließ uns ›Turteltäubchen‹, wie er uns nannte, den Vortritt, sobald der Aufzug da war.

»Wo trainierst du?«, fragte er mich, während wir uns alle in den engen Raum quetschten und ich mich so positionierte, dass ich als Schutzschild zwischen Katharina und dem Rest der Möchtegernmafiosi fungierte. In dem Moment fiel mir auch wieder ein, wer dieser Vlad war – der berühmt-berüchtigte Onkel –, was mich aber nicht sonderlich beeindruckte, schließlich ging es hier um meine Frau.

»Im Bett.«

Katharina schnaubte, er lachte und ich runzelte die Stirn, konnte ihn überhaupt nicht einschätzen.

Die leise trällernde Musik kam mir völlig fehl am Platz vor, und ich hielt beide Hände vor meinem besten Freund, dem so langsam aber sicher die Vorhaut abfror. Verdammt! Irre war noch untertrieben!

Wir steuerten unser Zimmer an, und sobald der letzte Gorilla die Tür hinter sich geschlossen hatte, fühlte ich mich eingesperrt. Doch jetzt hieß es cool bleiben. Erst mal hob ich meine Jeans auf und schlüpfte rein. Gleichzeitig wollte ich schreien, weil Katharina sich aus meinem Dunstkreis entfernte und auf Vlad zutrat, der sich zum Fenster gestellt hatte und hinaussah. Die Hände hinter dem Rücken verschränkt, riesig, in schwarzem, maßgeschneidertem Anzug und sicher bis auf die Zähne bewaffnet. Mir wurde klar, wie blöd es gewesen war, sie ausgerechnet hierher zu führen, doch im Grunde spielte das auch keine Rolle. Hätten sie uns töten wollen, wäre ihnen egal, wo. Vermutlich würden sie dabei nicht einmal mit der Wimper zucken.

Katharina sprach leise auf Russisch mit ihm und er antwortete stoisch. Schließlich lief tatsächlich eine Träne ihre Wange entlang und er grinste nur abfällig, bevor er ihr ein blütenreines Taschentuch reichte, mit dem sie sich laut die Nase schnäuzte.

26. ANGST

Katharina ›dieing‹ Romanov

»Bitte, Vlad. Er wusste von nichts, er hat auch mit nichts etwas zu tun, er hat mich immer beschützt und auf mich aufgepasst! Er ist ein Mann mit Ehre!«

»Das denken die meisten, sind aber die wenigsten. Heutzutage ist kaum noch bekannt, was Ehre ist«, murmelte mein Onkel abwesend, genau in dem Moment, als die Sonne anfing, über der Stadt aufzugehen.

»Ich komme mit, wohin du willst, ich tu *alles*, aber bitte verschone ihn!«

Jetzt fuhr sein Kopf zu mir herum und er zischte. »So viel bedeutet er dir?«

Geschlagen nickte ich, fühlte die Tränen über meine Wangen laufen und bemerkte gleichzeitig, wie sich seine Stimmung wandelte. Ich kannte diesen Ausdruck bereits und schluchzte auf. Denn wir waren verloren. Ich hatte Philip mit mir ins Verderben gerissen! Wegen mir würde er sterben! Ich schlug die Hände vor den Mund und starrte ihn an. Meinen wunderschönen Philip Wrangler, der gerade den Knopf seiner Jeans schloss.

»Hey ... was hast du zu ihr gesagt?« Philip wollte auf mich zukommen, wurde aber von Vlads Affen daran gehindert, die ihn rechts und links an den Armen festhielten.

»Sie hat mir etwas verraten, was dich zu gefährlich macht, als dass ich dich leben lassen kann«, verkündete Vlad mit einem Mal ABSOLUT tonlos und ich sah wieder zu ihm. WAS?

Er war bereits dabei, einen Schalldämpfer an seine Lieblingspistole zu schrauben!

»VLAD, NEIN!«

Bevor irgendjemand etwas tun konnte, war ich übers Bett gesprungen und hatte einem der Kerle, die Philip hielten, zwischen die Beine getreten! Er sackte in sich zusammen und Philip konnte sich befreien. »Wenn du ihn erschießen willst, dann musst du uns beide töten!«, keuchte ich. Geschickt wich ich dem anderen Arsch aus, der nach mir griff.

Vlad verdrehte lediglich die Augen. »PACKT SIE, damit sie da nicht rumhüpft wie ein Hase!«

»NEIN!«, brüllte ich lauter und wollte mich hinter Philip verstecken, als der riesige Russe vor mir wirklich wütend wurde, fast hätte mich seine massige Faust erwischt. Rasend vor Zorn packte Philip ihn am Kragen, zog ihn zu sich und verpasste ihm einen Headnut. Der Typ fiel sofort zu Boden. Ich klammerte mich endlich an Philip fest, der mich aber von sich pflückte und zur Tür schob, ohne die Männer aus den Augen zu lassen. Denn nun war ein Fluchtweg frei ...

Über seine Schulter knurrte er mich an. »Lauf!«

»Nein!«

»Katharina, ich mein´s ernst!« Nebenbei und blitzschnell verpasste er einem Affen eine mit dem Ellbogen direkt in den Hals. Ein weiterer stürzte dazu, versuchte nach mir zu greifen, aber ich wich geschickt aus. Philip grinste mich abgelenkt an und brachte ihn zu Fall. Er war wie eine Maschine und er liebte es, sich zu prügeln.

Vlad lachte rau auf. »Du bist wie dein Vater, Philip Wrangler! Aber jetzt reicht´s!« Er entsicherte die Waffe und wir beide erstarrten, genauso wie die noch stehenden Gorillas.

»Was?«, fragten wir beide absolut atemlos.

»Hui v glas!«, antwortete Vlad auf Russisch und trat elegant auf uns zu. Philip wollte sich vor mich schieben, aber ich schubste ihn rüde zur Seite und drückte mich an die Tür in meinem Rücken. Er knurrte, besonders weil Vlad im nächsten Moment bereits bei uns war und ihm mit dem Lauf über die Wange strich.

»Wie viel bedeutet sie dir, wenn ich sage: du ...«, plötzlich richtete er die Waffe direkt auf meine Stirn, »... oder sie?« Vlads Augen funkelten verwegen, Philips Blick verdüsterte sich, bevor er den Arm wieder zurückzog, sodass der Lauf an seiner Stirn lehnte. »Ich!«, meinte er völlig ruhig. Vlads Augen funkelten aufgeregter. Er war wie ein Raubtier, das seine Beute langsam und genüsslich umkreist.

»Spinnst du? NEIN!« Ich packte den Lauf und zog ihn zurück an meine Stirn.

»Lass das!« Philip bewegte wieder Vlads Arm.

»Philip!« Ich auch.

»Katharina!« Und wieder er.

Vlad brach in schallendes Gelächter aus und ließ die Waffe sinken, weil er sich den Bauch halten musste. »Dein Vater arbeitet schon seit Jahren mit mir zusammen, aber er war *nie* so witzig!«

»WAS?« Das war jetzt ich. »Wie meinst du das?«

Vlad wirkte ziemlich gelangweilt und auch etwas genervt, doch die Waffe steckte er wieder in sein Holster. »David Wrangler ist mein Freund und ich bin ihm tief zu Dank verpflichtet. Er hat mir damals geholfen, deine Mutter und dich in Sicherheit zu bringen. Daher wäre es vielleicht nicht angebracht, seinen Sohn zu erschießen. Besonders, da er anscheinend bereit ist, sein Leben für dich zu geben«, überlegte er laut und mir klappte die Kinnlade runter.

»Wie? Was? Du wusstest davon?«

»Natürlich! Ich habe angeordnet, dass er euch wegbringen und beschützen soll! Du solltest ein anderes Leben führen als meine Schwester!«

»Aber wieso ... wieso hat Dad dann am Telefon gesagt, dass wir abhauen sollen?«, fragte Philip jetzt auch total verwirrt. Er wurde von Vlad ignoriert, die Frage wurde stattdessen mir beantwortet.

»Dieser Sergej wird dich sicher nicht mehr belästigen, aber bis das alles geregelt ist, ist es so besser ...«

»Nein!«, schluchzte ich und mit einem Mal wurden mir die Knie weich. »Nein, Vlad, bitte, er ist doch nur ein dummer Junge!«

»KATHARINA!« Das war Philip, aber ich hielt ihm einfach den Mund zu.

»Bitte bring ihn nicht um! Er weiß nicht, was er tut!«

Und jetzt blitzte eindeutig etwas in Vlads Augen auf – es war Stolz. Unbändiger, fast schon väterlicher Stolz. Ohne Philip weiter zu beachten, zog er mich in seine Arme. Ich klammerte mich tatsächlich an ihn und fing an zu weinen – aus vollem Halse.

»Ohhh Kätzchen, er weiß genau, was er tut. Jeder entscheidet für sich selbst«, flüsterte Vlad zärtlich in mein Ohr. »Zu jeder Sekunde seines Lebens. Er hat herausgefunden, wer du bist, hat uns informiert und war schon dabei, Kontakt zu deinem Vater aufzunehmen ... Natürlich haben wir die Nachricht abgefangen. Er wird büßen und *nichts davon ist* deine Schuld ...« Ich schüttelte den Kopf, das war so schrecklich!

»Was ist mit Mama? Geht´s ihr gut?«

»Nein.« Ich wich schockiert zurück.

»Wieso nicht?« Bedauernd sah er auf mich herab.

»Weil sie dich verlassen musste. Es hat ihr das Herz gebrochen ... Ihr zwei gehört zusammen. Du solltest dort leben, wo es deine Mutter tut!«

»Nein!«, spie ich sofort aus. Ich war es müde, deswegen zu diskutieren!

Nun war Vlad todernst. »Ihr wart zu lange an diesem Ort ...«

Wieder schüttelte ich den Kopf.

»Es ist mir egal! Ich werde nicht mehr davonlaufen!« Er seufzte und fuhr sich mit den behandschuhten Fingern durch die kurz geschorenen Haare.

»Und ich werde sie beschützen!« Philip stellte sich dichter an mich heran, überragte mich weit und fesselte somit Vlads Aufmerksamkeit.

»Wer bist du schon?« Das war typisch mein Onkel! Doch er kannte Philip nicht.

»Ein Wrangler. Und ein Wrangler beschützt seine Frau!« Geschlagen schloss ich die Augen, denn so sehr ich es mal gehasst hatte, wenn er das sagte, so sehr liebte ich ihn nun dafür. Ich wusste, es war wahr, denn ich fühlte mich sicher, solange Philip hinter mir stand.

»Das hat David über deine Mutter auch gesagt und er hat es eingehalten!«, murmelte mein Onkel vor sich hin. Unser beider Augen wurden groß und Vlad lachte leise, bevor er ungläubig den Kopf schüttelte. Dann hob er die Hand und berührte zärtlich mein Haar, strich es hinter mein Ohr. »Soll ich dich wirklich hierlassen – in seinen Händen?«

»JA!« Fest sah ich ihm in die Augen und umfing seinen Arm mit beiden Händen. Einige Sekunden oder auch Minuten blickten wir uns stumm an, bevor Vlad seinen Kiefer aufeinanderbiss.

»Ich will alleine mit ihm reden!« Ich atmete tief durch ...

27. GESPRÄCHE UNTER MÄNNERN

Philip ›honest‹ Wrangler

Vladimir Romanov war ein wirklich harter Kerl und verdammt ... er konnte viel mehr Vodka trinken als ich. Was klar war, die hatten das doch schon in den Genen wie die Deutschen das Kartoffelessen. Bereits nach einer halben Stunde war ich so besoffen wie seit meinem siebzehnten Geburtstag nicht mehr, während man bei ihm überhaupt nichts merkte. Er erzählte mir viel und doch nicht alles. Klar – wir quatschten ja auch nur drei Stunden oder so ... er zeigte mir auf, was passieren könnte, nämlich dass meine Brüder und ich irgendwann eines schönen Tages an unseren Schwänzen baumeln könnten, worauf ich grinsen musste. Sicher nicht …

Sobald mein Vater ihn informiert hatte, war Vlad hierher geflogen, denn er war zufällig in der Nähe gewesen. In der Absicht, Katharina mitzunehmen und zu David zu bringen, weil die gesamte Geschichte ihm zu brenzlig geworden war.

Mein Dad hatte Vlad gebeten, uns nicht zu trennen und geschworen, sie sei sicher bei uns. An diesem Abend lernte ich meinen Vater in einem anderen Licht kennen, wenn auch nur über die tiefe, ruhige Stimme des Russen, der mir in der gut gefüllten Hotelbar gegenübersaß. Immer hatte ich gedacht, David Wrangler wäre ein normaler, gesitteter Umwelt- und Menschenschützer. Doch durch die vielen Jahre, die er im Ausland verbracht hatte – oft in engen Kontakt mit den Regierungen und sonstigen Organisationen, welche die Länder in Wahrheit führen und korrumpieren – war es klar, dass er auch auf solche Leute wie Vladimir Romanov traf. Da er Schirmherr diverser Projekte war, die Hilfe in Form von Nahrungsmitteln organisierten, egal ob in abgelegenen Dörfern der Tundra oder für die Suppenküche in Moskau, war es fast schon Bestimmung, dass die beiden sich kennenlernten.

Nach und nach bauten sie Kontakt auf, der mit den Jahren immer brüderlicher wurde. Darüber hinaus erfuhr ich, wie sehr mein Vater gekämpft hatte, um Katharina und ihre Mutter aus den damaligen Verhältnissen rauszubekommen, wie riskant es gewesen war und dass er für die beiden Frauen fast sein Leben gelassen hatte.

Vlad erzählte mir, dass er nur indirekt unterstützen konnte, weil die Familie von Katharinas Vater auch sehr mächtig war, aber dass er und David alles getan hatten, um die beiden zu schützen. Und das würden sie auch weiterhin. Es war wichtig, dass Katharinas Vater niemals in ihre Nähe gelangte. Als Vlad vor ein paar Monaten informiert wurde, dass der alte Bastard die Suche wieder aufgenommen hatte, dass es in unserer kleinen Stadt sogar einen Spitzel gab (wahrscheinlich sogar Sergej!), hatte er David sofort unterrichtet. Der hatte alles vorbereitet, um Mutter und Tochter erneut in Sicherheit zu bringen – nach Cran Canaria ... Doch Katharina hatte ihnen allen einen Strich durch die Rechnung gemacht. Sie war einfach nicht mitgegangen und hatte sich lieber dafür entschieden, allen vorzuspielen, ihre Mutter wäre tot!

Stures Weibsstück!

»Aber das ist typisch meine Nichte ... du hättest sie sehen sollen ... bereits als Sechsjährige; das Herz eines Löwen und den Kopf eines Esels!«

Oh ha! Der Vodka zeigte Wirkung und nun hatte er sich vergessen.

Mit einem breiten Lächeln und warmen Augen, die auf eine Katharina in sehr weiter Vergangenheit gerichtet waren. Ich konnte es ihm nicht verdenken. Sie war sicher absolut bezaubernd gewesen! Als er meinen neugierigen Blick bemerkte, richtete er sich wieder in dem schwarzen Sessel auf und beugte sich vor. »Was ich sagen will ... mit einer Romanov zusammenzuleben ist kein Schokoladenschlecken ...« Und jetzt war es an mir abfällig zu grinsen – ganz abgesehen davon, dass er wohl ein Faible dafür hatte, Redewendungen zu verhunzen. Ich LEBTE mit ihr – seit Jahren!

»Nein, ist es nicht. Aber ein Leben ohne sie ist kein Leben für mich.« Bei allem, was sie getan und was sie verschwiegen hatte. Ich konnte sie dafür hassen, aber NIEMALS würde ich sie deswegen im Stich lassen. Sie gehörte mir! So hinterhältig und durchtrieben sie sich manchmal verhielt, so einfach sie mich manipulieren und so unwiderruflich sie mich auch zerstören konnte. Ich brauchte sie wie die Luft zum Atmen, war süchtig nach ihr, sogar noch mehr als nach Hanutas. Das musste er verstehen!

Vlad grinste nun in sich hinein. »Mal sehen, was du in fünf Jahren sagst ...« Damit lehnte er sich entspannter zurück.

»Dasselbe.« Wenn nötig würde ich es ihm schwören und ich war kein Mann, der Versprechen bedenkenlos machte. Aber etwas bohrte noch in mir ... »Wieso ... habt ihr der Kleinen nie gesagt, dass du auch wolltest, dass sie flüchtet! Es hätte ihr so viel Ängste und Kummer erspart!«

»Je weniger davon wissen, umso besser ... Apropos ...« Jetzt beugte er sich wieder vor und das mit einem Blick, der sicherlich jeden in die Knie zwang. Ich sah nach, ob sich noch Vodka in der Flasche befand. War leer ... Scheiße ... »Wenn einer deiner Brüder jemals davon erfährt, dann ...« Bei Vladimir Romanov reichte eine unausgesprochene Drohung völlig. Mein Kopfkino malte sich von alleine die blutigsten Szenarien aus. Manche Dinge bleiben besser ungesagt. Ich salutierte und winkte dann der (ja, ich muss zugeben) heißen Kellnerin. »Noch eine Flasche!«

Vlad gluckste tatsächlich leise, als ich ihn wieder ansah, und schüttelte dann den Kopf. Kaum hörbar murmelte er etwas auf Russisch vor sich hin, wurde aber von seinem klingelnden Handy unterbrochen. Er blickte auf den Bildschirm, verdrehte die Augen und ging ran.

»Was ist denn jetzt schon wieder? Was heißt, sie macht dich wahnsinnig? Nein! Sie kann nicht runterkommen! Nein! Wir sind noch nicht fertig!« Ohne mich noch eines Blickes zu würdigen, stand er auf und schlenderte nach draußen. Nur in seinem schwarzen Hemd und seiner gleichfarbigen Hose bekleidet, zündete er sich eine Zigarette an ... Ihr Onkel. Der Kopf einer königlichen Verbrecherfamilie ... heilige Fresse!

Tris und Tommy würden mir den Scheiß sowieso nie abkaufen und nur fragen, woher ich mein letztes Zeug zum Rauchen bekommen hatte. Allein wenn ich an ihre Visagen dachte, musste ich grinsen, genau in dem Moment, als die schwarzhaarige Latina-Kellnerin mir die Flasche vor die Nase stellte. Anscheinend hatte sich meine nackte-Arsch-Show im Hotel rumgesprochen, denn ihre Augen funkelten verlangend.

»Darf ich sonst noch etwas für Sie tun, Sir?« Fuck ... dieses hingebungsvolle ›*Sir*‹ sprach tatsächlich meinen Schwanz an, obwohl es nicht von Katharina stammte. Die Kellnerin sah verschissen heiß aus! Aber das war nicht der Grund, der mich dazu brachte zurückzulächeln – und zwar ziemlich fies.

Ganz bestimmt nicht ...

28. MORDGEDANKEN

Philip ›in Not‹ Wrangler

Natürlich ließ ich sie offiziell abblitzen. Schließlich war Vlad in der Nähe, und wenn der mitbekommen würde, dass ich mit der Kellnerin flirtete, wäre ich schon jetzt meinen Schwanz los. Ich hing an ihm ... sehr. Deswegen achtete ich darauf, dass er es nicht bemerkte. Doch gleichzeitig machte mich der Gedanke an, es Katharina erzählen – ihr wehtun zu können, wie sie mir wehgetan hatte. Vielleicht würde sich dann dieses heftige Gefühl des Verrats ein wenig auflösen und ich könnte ein bisschen freier atmen.

Irgendwann, nach keine Ahnung wie vielen Flaschen Vodka, entließ er mich dann endlich und ich taumelte zum Fahrstuhl. Alles drehte sich, Gesichter verschwammen zu Fratzen und Geräusche klangen seltsam gedämpft, aber irgendwie cool. Es lenkte mich von meiner unbändigen, zerstörerischen Wut auf diese Frau ab.

Ein schlanker Fuß in (sicher halterlosen) Strümpfen zwängte sich in den Spalt der zugehenden Aufzugtür, gerade als ich mich schwer mit dem Rücken an die Wand lehnte. Gefolgt von einem wirklich knappen schwarzen Rock und einer gleichfarbigen Bluse. Sie hatte zwei Knöpfe mehr als vorhin geöffnet, sodass ihre Titten fast rausfielen. Darunter trug sie einen blutroten Push-Up-BH der wirklich extrem pushte. Ihre Augen waren riesig und ihre Lippen glänzten feucht, als sie mich anlächelte und mit mir in den engen Raum schlüpfte.

Okay!

Jetzt ging alles ein kleines bisschen daneben!

Flirten, okay, aber ... was auch immer die vorhatte – und die hatte was vor, so wie sie sich über die Lippen leckte, sobald sich die Türen hinter ihr schlossen – NO WAY!

Sie stoppte den Aufzug, indem sie einen Knopf drückte, und mein Magen zog sich ruckartig zusammen. Ich musste flüchten! Nur war das in der engen Kabine nicht drin! Kein Verlassen des sinkenden Schiffes möglich! Fuck!

»Wie willst du es haben?«, fragte sie auch noch mit tiefer Stimme. So eine Scheiße aber auch, wieso mussten Frauen nur immer über mich herfallen?

»Gar nicht!«

Ich beugte mich vor, um den Aufzug wieder in Gang zu setzen, aber sie nahm das zum Anlass, einen Arm um meinen Nacken zu schwingen und sich sehr ausgiebig an mir zu reiben.

»Wie groß bist du? 1,90 und 90 Zentimeter in der Hose?« Sie kicherte mir ins Ohr. Ich schloss die Augen, versuchte sie auszublenden und schlug leicht panisch auf den Knopf, sodass wir weiterfuhren, aber ihr war es egal. Jetzt griff sie erst richtig an und zu – mitten in mein Sendezentrum, und der Verräter stand bereits auf Halbmast! Keuchend riss ich die Lider auf und wich sofort stolpernd zurück, als hätte sie mir in die Eier getreten! Doch sie folgte auf dem Fuß, als wäre sie durch Fäden mit mir verbunden und nestelte an meinem Reißverschluss.

Scheiß Alkohol! Bevor ich etwas tun konnte, war die Hose offen und tja, ich trug keine Unterwäsche. Schon hatte sie ihn in der Hand!

Ihre Augen leuchteten auf wie die eines Kindes an Weihnachten, wenn es genau das Geschenk bekommt, das es wollte. Voller Überraschung, Vorfreude und Verlangen endlich loszuspielen!

»OH WOW!«, stellte sie auch noch schlau klar.

Böse, verfickt böse Scheißfrau, die wirklich wusste, wie man wichste! Ich stöhnte verzweifelt, konnte nichts anderes tun und biss die Zähne zusammen. Eine einzige Sekunde senkten sich genüsslich meine Lider und ich ließ den Kopf nach hinten fallen.

Innerlich um Kraft flehend packte ich ihr Handgelenk – wollte sie gerade von mir lösen, als es *PLING* machte, die Aufzugtüren auch schon geräuschlos aufglitten ... und die Katastrophe perfekt wurde.

Katharina stand da und starrte fassungslos in die Kabine. Nur einen Wimpernschlag später sickerte die Erkenntnis in ihre wunderschönen Augen und ihr Ausdruck verfinsterte sich. Jetzt hieß es beten oder flüchten! Und Flucht war immer noch zwecklos!

Das war der Moment, in dem ich das erste Mal Angst vor ihr verspürte. RICHTIGE SCHEISS ANGST! Denn jetzt wurde die Verwandtschaft zu Vlad sichtbar!

Scheiße!

Katharina ›die Furie‹ Romanov

Als ich irgendwann Vlads Männer vertrieben hatte und allein in dem Bett des Hotelzimmers lag, fragte ich mich, ob eigentlich alle in meinem Umfeld verrückt geworden waren. Es reichte offensichtlich nicht, dass mein Onkel ein Oberhaupt der russischen Mafia war, nein, selbst David, der herzlichste und liebevollste Mensch, den ich kannte, steckte auf irgendeine Art und Weise mit drin! Anscheinend zogen die Wranglers illegale Machenschaften magisch an. Dabei war ich froh, mit Mama geflohen zu sein, doch wie ich jetzt feststellen musste, gab es kein Entkommen. Nicht mal in dem kleinen Kaff, in dem wir lebten! So viel zum Kleinstadt-Idyll. Alles mehr Schein als Sein.

Aber diese Grübeleien brachten mich nicht weiter. Ungeduldig wartete ich hier seit gefühlten Ewigkeiten, aber nichts passierte! Ich musste wissen, was in dieser Hotelbar vor sich ging und ich musste mit Philip reden! Verdammt! Also machte ich mich irgendwann kurzerhand auf den Weg, direkt an ein paar von Vlads Männern vorbei, die es nicht mehr wagten, mich aufzuhalten.

Wie würde es mit Philip weitergehen? Würde er mir verzeihen, jetzt wo er alles wusste und er Vlad kannte?

Es schlurften überall Menschen zu ihrem Frühstück und so nahm niemand Notiz von mir, während ich auf den Aufzug wartete. Es dauerte ewig, sodass ich schon das Treppenhaus ansteuern wollte. In dem Moment machte es *PLING* und die Türen glitten auf.

Mein gesamtes Leben befand sich dahinter und zerbrach in dieser Sekunde in tausend Scherben. Denn da stand er, wunderschön wie immer, in nichts weiter als einem einfachen weißen Shirt und Jeans ... offenen Jeans, in der eine Frauenhand steckte, und ich wusste SOFORT, was diese gerade tat!

Philip hatte den Kopf nach hinten gelehnt und die Augen lustvoll geschlossen. Normalerweise liebte ich diesen Ausdruck auf seinem Gesicht – aber nicht jetzt! Jetzt stach er mir mitten ins Herz! Seine Finger lagen um ihr Handgelenk, wahrscheinlich leitete er sie auch noch, so wie er mich geleitete hatte! Der Bastard!

Als hätte er diesen Gedanken gehört, sah er mich unter trägen Lidern an und ... riss sie dann sperrangelweit auf.

Er rupfte ihre Hand aus seiner Hose, während ich wie versteinert auf das Bild vor mir starrte. Es war mir unmöglich, mich zu rühren, denn sonst hätte ich ihn angefallen, oder sie! Diese Schlampe! Ich wollte ihr den dämlichen, selbstgefälligen Schlampen-Ausdruck aus dem Gesicht schlagen, sie würgen und ihre Augen auskratzen, um sie anschließend an ihren verfickten Haaren aufzuhängen!

Also wandte ich mich abrupt ab und marschierte schnurstracks in das Zimmer zurück, sonst hätten die Männer meines Onkels ihre verstümmelte Leiche entsorgen müssen!

Ich knallte die Tür mit voller Wucht hinter mir zu, die aber kurz darauf wieder aufgerissen wurde – von einem leicht wankenden und erstaunlicherweise grinsendem Philip Wrangler!

»Was ist denn?«, erkundigte er sich auch noch scheinheilig und ich dachte, ich hätte mich verhört. Auf der Stelle wirbelte ich zu ihm herum und wurde fast von seiner Fahne erschlagen. Ich hielt mich aber auf den Beinen, während er gefährlich schwankte und sich an der Wand abstützte.

»Das hast du mich jetzt nicht wirklich gefragt!«

»Wie du siehst!«

»WIESO TUST DU SO WAS?«, schrie ich ihn so laut an, dass es sicher der ganze Hotelflur hörte. Woraufhin nur ein weiteres äußerst dreckiges Grinsen über seine schönen Züge glitt und er an sich hinabzeigte.

»Weil das hier nicht nur dich scharfmacht, Baby.« Und mit einem Mal wurde ich ruhig – vollkommen.

»Ach so ...« NEIN! Ich würde mich jetzt beherrschen und nicht weiterhin mein Gesicht vor ihm verlieren, indem ich mich so gehen ließ! Ich war Katharina Romanov. »Natürlich ...« Ich schlug mir an die Stirn. »Natürlich! Du musst ja deinem Namen als Arschloch wieder alle Ehre machen!«

Sein Ausdruck verdüsterte sich sofort. »Du bist nicht in der Position, mir Vorwürfe zu machen!« Und er klang auch nicht mehr besoffen. Das hier war übler, als wenn wir uns aus vollem Halse angebrüllt hätten, das wurde mir sofort klar. Aber der Zug war bereits losgefahren und keiner von uns wusste noch, wo die Bremse war. Jeden Moment würde er so was von gegen die Wand krachen.

»Was? Was wirfst du mir vor, Phil? Dass ich das LEBEN von meiner Mutter und mir geschützt habe?«

»Was wirfst du mir vor, *Katha*? Dass sie mich überfallen hat?«

»Das glaubst du doch wohl selber nicht, so notgeil, wie du bist, bespringst du doch alles, was nicht bei drei auf den Bäumen ist!«

»Nur bei dir! Aber wie auch immer ... wenn dir meine rege sexuelle Aktivität nicht passt, dann kannst du dir ja einen anderen suchen, oh große Katharina Oskor... ach nee... Romanov ... Stimmt ... die Frau, die ich liebe, hat es ja nicht mal für nötig erachtet, mir ihren richtigen Namen zu sagen, hat mir vorgespielt, dass eine Person, die mir wichtig ist, verfickt noch mal tot ist!«

»Philip, hör auf!« Das war nur ein beschämtes Murmeln.

»Und die Frau, die ich liebe, hätte mich auch ohne ein Wort verlassen – einfach so ...«, er schnippte mit den Fingern, »wärst du weg gewesen.«

Mir traten Tränen in die Augen. Fest ballte ich die Hände zu Fäusten.

»Er hat mir keine andere Wahl gelassen!«

»Man hat *immer* eine Wahl!«

»Ja! So wie du in diesem Aufzug!«

»Ich wollte sie GERADE aufhalten!« Mit einem Mal standen wir uns Nase an Nase gegenüber, und ich wusste gar nicht, wie das geschehen konnte.

»Das würde jeder sagen!«, zischte ich leise.

»Ich lüge nicht! NIE Katha!«

Ha! Von wegen!

»Gut! Dann erzähl mal, Philip! Hat sie ihn so genommen?« Wie auf Autopilot ... streckte ich die Hand aus, schob sie in seine Jeans und umfing ihn. Er riss die Augen auf, stöhnte verzweifelt und wurde sofort hart.

»Katharina, nein!« Er wollte mich atemlos zurückhalten, aber ich ließ es nicht zu und packte ihn schmerzhaft.

»Rühr dich nicht! Ich würde ihn dir sowieso am liebsten abreißen ...«, wisperte ich an seinen vollen Lippen, küsste ihn sanft und begann meine Hand zu bewegen. Er schmeckte bitter nach Vodka und ich biss ihm in die Unterlippe. Ich war von einem inneren wilden Drang beflügelt, von dem ich keine Ahnung hatte, wo er herkam ... Er stöhnte lauter, als ich ihn mit dem Rücken gegen die Wand drückte, sodass ich direkt in sein Ohr sprechen konnte. »Magst du das, Philip?«

Ich war rasend und musste es irgendwie rauslassen. Eine andere Erklärung für mein Verhalten gab es nicht. »Kann das eine andere so wie ich? Dich so intensiv fühlen lassen?« Fest sah ich ihm in die Augen, während ich ihm einen runterholte, wie ich es noch nie getan hatte. Sein Blick war schon wieder umwölkt, sein Mund leicht offen und seine Augen dunkel und verlangend.

»Keine kann mich so fühlen lassen wie du. Das Gute wie das Schlechte! Und jetzt hör auf! Ich liebe *dich*, ... verdammt ... « Und ja, so direkt hatte er mir das noch nie gesagt und es besänftigte mich ein wenig. Aber dann flackerte wieder das Bild von den beiden im Aufzug auf und ich schloss die Lider, um die Tränen zurückzudrängen.

»Ich liebe dich auch.« Geschlagen ließ ich meine Stirn an seine Schulter fallen und unterdrückte ein Schluchzen. Er stöhnte meinen Namen, vergrub die Finger in meinem Haar und sein Schwanz wurde noch härter, als ich seine feuchte Eichel fest mit dem Daumen umkreiste. So lange, bis er kurz davor war, zu kommen. Er biss die Zähne zusammen und ich ... wich ruckartig zurück.

»Merk dir, wie sich unsere Liebe anfühlt, denn das wirst du nie wieder empfinden!« Ich drehte mich um, ließ ihn alleine stehen, marschierte ins Bad und schloss mich dort ein. Hoffte, dass er verschwinden würde! Denn ich hatte ihm nichts weiter zu sagen!

29. QUAL

Katharina ›alone‹ Romanov

Niemals hätte ich gedacht, dass wir diese Sache innerhalb von so kurzer Zeit gegen die Wand klatschen würden, aber bei unserem Temperament war das wohl klar gewesen. Vielleicht waren wir uns zu ähnlich oder zu unterschiedlich. Ich wusste es nicht, auf jeden Fall war mir übel, seitdem ich mich im Bad eingesperrt hatte.

Als ich wieder rauskam, lag er mitten auf dem Bett und schnarchte laut. Wunderschön und verletzlich – mit offener Jeans! Das Chaos herrschte noch immer in mir. Einerseits wollte ich ihm den Schwanz abhacken, mich aber auch an ihn schmiegen. Am Ende schnappte ich mir meine Decke und setzte mich in den Sessel gegenüber. Kein Auge machte ich zu.

Stattdessen dachte ich darüber nach, wie ich in der Tiefgarage Vlad direkt in die Arme gelaufen war. Ich hatte mir wirklich fast in die Hosen gemacht, denn mein Onkel hatte etwas wahnsinnig Einschüchterndes an sich – etwas, was die Härchen auf meinen Armen sofort aufstellte und instinktiv meinen inneren Alarm auslöste. Obwohl er mir nie etwas getan hatte, war mir klar, dass ich es bei ihm nicht übertreiben sollte, auch wenn ich seine Nichte war. Und so unterdrückte ich das Gefühl hysterisch schreien zu wollen, doch die Tränen konnte ich nicht aufhalten, ebenso wenig meine Beine, die sich wie von allein in Bewegung setzten. Ich wollte in den Aufzug hechten und die Türen dazu bringen, dass sie sich schlossen, aber ich war zu langsam.

Eine schwarz behandschuhte Hand schob sich dazwischen und zog mich raus. Sein Grinsen dabei war geradezu bösartig.

»Kätzchen! Du bist ja noch schöner, als ich dich in Erinnerung habe ...« Und ich wusste, ich würde sterben, aber wenigstens würde ich Philip nicht mitreißen!

Leider manövrierte er mich zuerst zu seinem Auto, dann die Treppen hoch, und direkt wieder in das Hotel – dort geschah es. Philip stellte sich ihm total episch in den Weg – NACKT! Aber na ja ... der Anblick war wahrscheinlich noch imposanter, als wenn er, so wie mein Onkel, einen Anzug angehabt hätte.

Philip trat für mich ein und würde sein Leben riskieren – angezogen oder nackt. Somit sorgte er umgehend dafür, dass Vlad Respekt vor ihm hatte. Und den hatte er nicht vor vielen Leuten. Vermutlich brachte er deshalb Philip nicht sofort um. Stattdessen spielte Vlad liebend gern mit Emotionen, so auch mit unseren, als er uns im Glauben ließ, unser letztes Stündlein hätte geschlagen – die ganze Fahrt im Aufzug über, den Gang entlang bis ins Hotelzimmer.

Dort testete er Philip erst und verkündete dann so nebenbei, dass er mich niemals umbringen würde, dass er selber geplant hatte, mich aus Russland und vor meinem Vater fortzuschaffen, dass er praktisch die ganze Zeit über mich wachte. Wieso er das nicht früher gesagt hatte? Keine Ahnung! Es hätte mir auf jeden Fall sehr viel Ärger erspart UND ich hätte Sergej gleich zum Teufel geschickt! Aber vielleicht wollte er einfach nur, dass ich vorsichtig blieb! Seine Devise war, je weniger man wusste, umso besser!

Und insgeheim hatte er es genossen, wie ich mir in die Hosen kackte, er machte mir nichts vor! Es imponierte ihm auch, wie wütend ich ihn anfunkelte, als er mir verbot, zu dem Gespräch zwischen Philip und ihm mitzukommen. Ich wüsste so gerne, was sie beredet hatten!

Auf jeden Fall flehte ich Vlad am nächsten Morgen noch einmal an, Sergej um Gottes willen nicht umzubringen. Das könnte ich unmöglich mit meinem Gewissen vereinbaren, doch er verdrehte nur die Augen, nahm mich mal wieder nicht ernst. Was war schon das Leben eines so unbedeutenden Individuums? Für ihn war Sergej nichts als ein Insekt, welches seine Familie bedroht hatte und zerquetscht gehörte. Doch er ließ sich schließlich erweichen und versprach mir, dass Sergej am Leben bleiben, er ihn aber im Auge behalten würde. Mein Magen war zwar immer noch verknotet, aber ich hatte mein Bestes getan! In gewisser Weise hatte Vlad recht. Sergej hatte sein Schicksal selbst herausgefordert. Aus welchen Gründen auch immer er sich so niederträchtig verhalten hatte – er hatte es getan. Ich sollte aufhören, Ausreden zu finden, meinte mein Onkel und zog mich an seine Brust. Sie war riesig und sie war warm und er roch nach ... *Heimat*.

»Sag Mama, ich liebe sie – falls du mit ihr sprichst – oder mit David ...«, wisperte ich ihm zu und er seufzte tief.

»Das mach ich, mein Kätzchen.« Seine Hand legte sich auf mein Haar und er hielt mich sehr lange und sehr eng, mitten in der Hotellobby. Mir kamen ein paar Tränen, in letzter Zeit war ich wirklich nah am Wasser gebaut, aber das waren sicher die Nerven. Und ich schaffte es nicht, mich von ihm zu lösen. Zu lange hatte ich ihn nicht gesehen, es gab so viel zu erzählen, so viel zu fragen und so viel zu tun, aber ich wusste, ich musste ihn ziehen lassen. Nun aber mit der Gewissheit, dass er über mich wachte, dass ich diese Kette voller Stolz an meinem Hals tragen konnte und dass er mich immer noch liebte. Apropos Kette! Die hatte immer noch Philip!

Vlads grüne, sonst so eisige Augen waren warm, als er zurücktrat, noch einmal mein Gesicht umfing und mich auf die Stirn küsste.

»Du bist eine Königin, vergiss das nie«, flüsterte er und ich musste gleichzeitig lachen aber auch ein bisschen weinen, denn so hatte er mich als Kind auch immer genannt und ich hatte es geliebt – über alles!

Mit einem Mal wollte ich wieder klein sein, mich nicht dieser erwachsenen, so grauen Realität stellen, in der sich der einzige Mann, der mir wirklich etwas bedeutete, von mir distanzierte. Aber ich hatte mir die Scheiße selbst eingebrockt und jetzt hieß es löffeln ...

Philip trat, wie gerufen, hinter mich. Mit weißem Hemd und weißer Hose – ziemlich verkatert – und reichte Vlad die Hand. Sie waren ungefähr gleich groß und beide strahlten in diesem Moment eine enorme Macht aus. So, als wäre dieses Bündnis der Auftakt zu mehr.

»Du kannst mich immer anrufen!«, meinte Vlad noch zu ihm und grinste dann. »Falls du nach gestern noch weißt, wo du meine Karte hast ...«

»Ha, ha« Philip klang völlig trocken und ließ die Hand des älteren Mannes los.

»Also ... pass gut auf sie auf ... du weißt ja ...« Philip verdrehte die Augen, Vlad lachte leise und ich verschränkte schnaubend die Arme.

»Ich kann selbst auf mich aufpassen! Vielen Dank auch!«

»Oh, das kannst du wirklich!«, erwiderten beide Männer unisono. Vlad sah mich noch einige Sekunden an, schüttelte schließlich grinsend den Kopf, drehte sich um und ging, natürlich flankiert von seinen Bodyguards.

Sobald er das Hotel verlassen hatte und in die schwarze Limousine vor der Tür gestiegen war, hatte ich wieder Tränen in den Augen. Wahrscheinlich würde ich ihn – genau wie Mama – jahrelang nicht wiedersehen, aber das war der Preis, den ich zahlen musste. Der Preis, um mit diesem Arschloch neben mir zusammen sein zu dürfen.

Ich war immer noch sauer wegen gestern und wusste nicht, was ich von seiner Erklärung halten sollte. Philip war normalerweise keiner, der auf faule Ausreden zurückgriff. Aber selbst wenn es gegen seinen Willen geschehen war, sie hatte ihn trotzdem berührt! Er war ungefähr 1,90 m pures Muskelgewebe und er erzählte mir, er hätte sich gegen eine so winzige Frau nicht wehren können? Andererseits ... war Philip tatsächlich kein geborener Lügner. Ich hingegen schon ...

Während der Fahrt sprachen wir kein Wort, erst als Tristan anrief und Philip fragte, wo zum verfickten Teufel wir waren. Er war nicht zu überhören.

»Liebesurlaub«, gab Philip sarkastisch zurück und grinste humorlos. Ich hasste es, wenn er so war! Er hielt das Telefonat gewohnt knapp und legte dann auf.

Es goss in Strömen, während wir nach Hause fuhren, der Himmel war düster und grau. Das stetige Geräusch der Scheibenwischer schläferte mich ein, aber andererseits war da diese schreckliche Spannung zwischen uns, die mich nicht wirklich abschalten ließ.

»Wie geht es jetzt weiter?«, erkundigte ich mich also irgendwann leise. Ich hatte keinen Bock mehr auf Spielchen.

»Wir gehen getrennte Wege, was denkst du denn?«, antwortete er emotionslos und ich biss die Zähne aufeinander. »Ich denke, es wäre auch nicht angebracht, wenn du weiterhin jeden Tag bei uns abhängst. Ich mag meine zukünftigen Frauen gerne lebend ...«, bohrte er weiter in der Wunde und ich ballte die Hände zu Fäusten. »Aber wenn irgendetwas sein sollte, kannst du jederzeit anrufen«, gab er sich gönnerhaft.

»Fick dich!«

»Oh, das habe ich sicher nicht nötig, Baby!«

»Schön für dich!«, zischte ich, ohne ihn anzusehen, starrte stattdessen nach draußen. »Dann lass mich aussteigen! JETZT!«

»Nope!«

Wütend sank ich in meinem Sitz zurück, verschränkte die Arme und hob das Kinn. »Wie du willst.«

***

Philip blieb direkt vor meinem Haus stehen. Wortlos hielt er das Lenkrad mit einer Hand fest und schaute nach draußen auf die dunkle Straße. Die Laternen beleuchteten sie bereits orange glühend und sie wirkte unheimlich – genauso wie sein Profil.

»Dein Satansvieh kannst du morgen holen ...«, verkündete er tonlos und ich schnallte mich ab, öffnete die Tür und wollte aussteigen. Doch mit einem Mal schoss seine Hand nach vorne und hielt mich am Unterarm fest. Ich erstarrte, sogar mein Herz setzte einen Schlag aus und die Hoffnung, die in mir aufkeimte, machte mir klar, dass ich ihm glaubte und dass ich ihn liebte und dass ich ihn zurückwollte – komme, was wolle! Ich brauchte ihn! So sehr!

Ich drehte ihm mein Gesicht zu, doch er sah mich nicht an, sondern weiterhin stur nach vorne. Seine Züge waren komplett verschlossen, als er mit einer gewissen Schärfe in der Stimme sagte: »Versuche abzuhauen und ich werde dich finden.« Mit diesen Worten ließ er mich los, als gäbe es das Kribbeln meiner Haut nicht.

Fast hätte ich vor Frustration geschrien, stieg aber aus und schlug die Tür mit einem lauten Knall zu. Dann hievte ich mein Gepäck aus dem Kofferraum und blickte im Regen stehend seinem schnittigen Mercedes nach, bis er um die nächste Ecke bog.

***

Die nächsten Tage gingen spurlos an mir vorbei. Als würde ich gar nicht atmen, gar nicht *sein* – jetzt hatte ich tatsächlich alles verloren. Nicht nur Philip, sondern gleich die ganze Familie, denn genau das waren die drei Wranglerbrüder und auch David. Diejenigen, die mich bedingungslos liebten und akzeptierten, wie ich war; diejenigen, die mich wirklich *kannten*!

Als ich am Montagmorgen zu ihnen kam, um mit ihnen zur Schule zu fahren, waren sie schon weg. Nur Vivi wartete auf mich vor ihrem Haus und musterte mich mitleidig, bevor sie mich wortlos in ihre Arme zog. Ich wusste nicht, was Philip erzählt hatte, aber anscheinend hatte er ihnen klargemacht, dass es aus war. Vivi löcherte mich im Auto geradezu, aber ich hielt stand. Was sollte ich denn schon sagen? *Ach Vivi, Philip ist nur sauer, weil ich ihm ein Leben lang vorgetäuscht habe, ich wäre jemand anderes, ach und ich habe behauptet, meine Mutter wäre tot, dabei macht sie nur Urlaub unter Palmen mit David, der sie wahrscheinlich liebt. Das nimmst du mir sicher nicht übel oder?*

Als ich das Klassenzimmer betrat, hob Philip nicht mal seinen Kopf, aber mir fiel auf, dass Sergejs Platz leer blieb. Der Lehrer meinte nur, dass seine Eltern sich entschlossen hätten, nach Russland zurückzukehren.

Als Tristan mich in der großen Pause bemerkte, kam er sofort auf mich zu und nahm mich zur Seite, als hätte er nur auf mein Auftreten gelauert.

»Was zur Fotze ist los bei euch? Philip läuft schon die ganze Zeit rum wie ein Trauerkrapfen, und jetzt du auch noch?!« Ziemlich ruppig entzog ich ihm meinen Arm, während ich tatsächlich mit den Tränen kämpfte, und das, wo Philip, wunderschön und groß und absolut arrogant nur ein paar Schritte danebenstand und mich völlig ignorierte. Ich wusste nicht, was ich sagen sollte, aber sobald Tristan bemerkte, dass ich Tränen in den Augen hatte, schaute er mich ungläubig an.

»Verdammt! Es ist wirklich aus? WIESO?« Mir fielen auf die Schnelle keine Ausflüchte ein und die Wahrheit kam nicht infrage, daher zuckte ich nur mit den Schultern. »Katha!«, bohrte er knurrend und ich schnaubte.

»Manchmal passen zwei Menschen nicht zueinander, weil sie sich zu ähnlich sind.« Er zog eine Augenbraue hoch, roch natürlich die faule Ausrede und ich seufzte, fuhr mir durch die Haare und wusste nicht mehr weiter. »Bitte, Tristan ...«, flehte ich also. »Ich will nicht darüber reden!« Er zögerte, bot mir dann aber sogar an, ihn anzurufen, wenn ich Hilfe bräuchte. Außerdem könne ich in Zukunft mit ihm zur Schule fahren, ich sei schließlich nicht auf den blöden Scheißer angewiesen.

Als wäre es in der Öffentlichkeit so einfach, entlockte er mir damit ein kleines ehrliches Lächeln. Tristan war wirklich ein verdammt guter Kerl, die Frau, die ihn mal bekommen und die er ernsthaft lieben würde, könnte sich glücklich schätzen.

Sobald das klar war, machte er sich pfeifend davon, um den Truthahn ein bisschen zu quälen. Seine Lieblingsbeschäftigung ... und ich sah ihm lächelnd hinterher, wie er fröhlich davonschlenderte, sein Opfer bereits auf dem Radar, welches ihn auch noch absolut bescheuert anlächelte. Man hätte fast denken können, die beiden wären unsterblich ineinander verliebt und Tristan hätte nur nicht den Mut, es ihr anders zu zeigen. Und sie ließ sich auch noch alles gefallen, weil ihre Gefühle so bedingungslos waren – irre!

Ich schüttelte den Kopf, nein! Zu so einer Frau würde ich nie mutieren!

Philip hatte mich fast so weit gehabt, aber nun war alles anders.

Und so verging die Zeit.

Die Nächte wurden kürzer, die Tage heißer und Philip genauso. Scheißmuskelhemden! Die sollten an ihm wirklich verboten werden! Genauso wie diese Boots! Außerdem schien er noch mehr zu trainieren, denn sein Oberkörper wirkte noch definierter.

Zwar schleppte er keine Kletten mehr mit sich rum, aber er sprach mit den Bitches, die natürlich sofort ihre Chance rochen, und sich immer penetranter an ihn hängten. Mit mir wechselte er kein einziges Wort, sogar, wenn ich beim Pausenverkauf direkt vor ihm stand. Er beugte sich nicht herab und flüsterte mir was ins Ohr, oder trat nah an mich heran, sodass ich mich mit meinem Arsch an ihn schmiegen konnte. Als ich vor seinen Augen von einem Typen angemacht wurde, tat er auch *nichts*! Stattdessen drehte er sich um und unterhielt sich mit Valerie! Es tat so weh – aber natürlich ließ ich mir nichts anmerken.

Es waren etliche Wochen vergangen, als Philip eines Montags nicht in der Schule erschien. Nur Tommy, Vivi, Tris, Valerie, Eva und ein paar andere Schlunzen fanden sich zur Raucherrunde ein, doch ein Philip war weit und breit nicht zu sehen. Ich traute mich nicht zu fragen, aber Tommy musste wohl meinen bohrenden Blick gespürt haben, denn er schlenderte mit Vivi zu mir rüber.

»Er trainiert die letzten Wochen wie ein Verrückter und gestern hat er übertrieben.« Meine Augen wurden groß, mein Kopf fuhr herum und mein Herz schlug mit einem Mal wie wild. Das war typisch Philip, der Idiot! War ihm etwas passiert? War er verletzt? Was hatte er getan?

»Was ist passiert?«

Tommy grinste und brach schon jetzt in schallendes Gelächter aus. »Er ... er hat sich ... beide Arme gebrochen!«

»WAS?«, schoss es nicht nur aus meinem Mund, sondern auch aus Valeries, die sich unauffällig näher geschoben hatte, um zu lauschen.

»Ja. Er war gestern mountainbiken ... Irgendwo fast ganz oben auf dem Berg muss es passiert sein. Irgendwie hat er es geschafft, bis zum Abend trotzdem ins Tal zu gelangen ... Du hättest mal sehen müssen, wie er ankam. Mit Schlamm bedeckt, völlig fertig und nur noch einem einzigen Pedal am Fahrrad. Er hat so geschrien, dass man ihn glatt mit einem Werwolf hätte verwechseln können! ABER er hat sein Fahrrad nicht zurückgelassen, du weißt ja, wie sehr er an dem Teil hängt!«

»Oh Gott!«

»Er hat jetzt einen Gips, oder besser gesagt zwei, und ist ungefähr so hilflos wie ein Baby, aber wir haben keine Zeit den ganzen Tag bei ihm zu sitzen und ihm den Arsch zu pudern!«, gab Tristan dazu, der sich kurzerhand in das Gespräch eingeklinkt hatte. Mit funkelnden Augen, die mich provozierend ins Visier nahmen.

»Der Arme!«, rief Valerie aus und fing an, auf ihrem Handy rumzudrücken. Ich verengte die Lider, während ich genau spürte, dass Tristan breiter grinste. Besonders als Valerie murmelte: »Ich frage ihn, ob ich zu ihm kommen und ihm helfen soll! Wahrscheinlich kann er nicht einmal alleine aufs Klo!«

»Dir ist aber schon klar, dass er dir nicht antworten kann, du dummes Huhn?«, konterte ich scharf.

Allein bei der Vorstellung, dass sie und er ... verknotete sich mein Magen. Mein Blick fuhr sofort zu Tristan herum. Dessen Autoschlüssel baumelten bereits um seinen Zeigefinger.

»Wollen wir?«, fragte er und ich nickte einmal knapp.

***

Das Haus der Wranglers sah aus wie ein Schlachtfeld. Wahrscheinlich hatten sie am Wochenende eine ziemlich heftige Party gefeiert, zu der ich natürlich nicht eingeladen worden war. Alleine, denn Tristan (der heimliche Streber) war sofort zurück zur Schule gefahren, bahnte ich mir den Weg über leere Flaschen, Chipstüten, Essensreste und sonstigen Abfall und nahm mir vor, das später aufzuräumen. Erst musste ich nach Philip sehen und wäre das erste Mal seit Wochen mit ihm allein!

Wie würde er reagieren? Sicher alles andere als begeistert. Aber ich konnte nicht zulassen, dass Valerie hierherkam und mit ihrem hässlichen Arsch vor ihm rumwackelte!

Also stieg ich schließlich die Stufen hoch und wollte gerade an seine Tür klopfen, als sie auch schon geöffnet wurde und ... Philip vor mir stand ... Oben ohne, nur in dunkler mit Totenköpfen bedruckter Jogginghose, tätowiert, mit eindeutig mehr Muskeln und ... zwei ROSA Gipsarmen, die ihm fast bis zu den Schultern reichten. Wieso nur rosa? Dafür konnte nur Tristan verantwortlich sein! Außerdem war er unrasiert, zerzaust und so wahnsinnig sexy, dass mir erstmal die Luft wegblieb. Genauso wie ihm, denn einige Sekunden standen wir einfach nur da und starrten uns an.

Hinter ihm war sein Zimmer. Sein Zimmer, in dem ich die schönsten Stunden meines Lebens verbracht hatte und in das er mich wahrscheinlich nicht mal meinen großen Zeh reinsetzen lassen würde. Trotz seines mörderischen Blickes und dem Verengen seiner Lider, hielt ich ihm schließlich meine Einkaufstüte entgegen.

»Ich hab Hanuta dabei.«

»Schön!« Er umrundete mich, ohne mich zu berühren und zog die Tür hinter sich mit einigen Problemen zu.

»Es gibt eine neue Geschmacksrichtung ... Sie soll unglaublich lecker sein! Milch-Crisp!« Dieser Ausruf ließ ihn nur kurz stocken.

»Stell´s davor!« Er wollte weitergehen, doch ich hielt ihn auf.

»Philip ...«

»Was?« Er krümmte sich leicht in dem Versuch, mit seinem unbeweglichen Gipsarm die Klinke der Badtür runterzudrücken, was sich als alles andere als leicht herausstellte.

»Du brauchst Hilfe!« Ich wollte ihn wegschieben, doch er ließ es nicht zu.

Mit verbissenen Zähnen und ganz auf seine Aufgabe konzentriert, gab er zurück: »Ich würde die Hilfe von jedem anderen Menschen außer dir annehmen! Vielen Dank auch!« Das saß! Aber ich wusste bereits, dass er gut mit Worten austeilen konnte, und versuchte es an mir abprallen zu lassen. Er war so ein verdammt sturer Esel – fast noch schlimmer als ich! Weil er mich aufregte, fackelte ich nicht lange, trat nah an ihn heran, fasste an ihm vorbei und öffnete die Tür.

»Bitte, Philip, mach dir das Leben doch nicht unnötig schwer, nicht aus Stolz! Ehrlich! Ich kann davon ein Lied singen, wenn einem der Stolz im Weg steht und es bringt einem nichts, außer dass man sich selber scheiße fühlt!«

»Hmpf!«, antwortete er nur und ging rein, schloss mit seinem Ellbogen und einem leisen *Klack* die Tür direkt vor meiner Nase. Niemals würde er es allein schaffen! Aber wenn er meinte …

Tief ausatmend lehnte ich mich gegen die Wand und versuchte den Schmetterlingen in meinem Bauch Herr zu werden. Seitdem ich ihn erblickt hatte, mit diesem dunklen Bartschatten und oben ohne, flatterten sie in meinem Magen wild umher. Meine Finger sehnten sich nach seiner Haut, meine Lippen nach seinem Mund, und vor allem wollte ich endlich wieder seine starken Arme um mich herum spüren. Meine Hände waren fast ständig zu festen Fäusten geballt, um dem Drang zu widerstehen, ihn zu berühren. In den letzten Wochen war mir erst aufgefallen, wie sehr ich es vermisste. Ich wollte ihm gehören, mit allem Drum und Dran, brauchte ihn, wie die Luft zum Atmen. Aber er ließ mich einfach nicht!

Leises Gefluche erklang aus dem Bad und ich grinste. Besonders, als es lauter wurde und sich der Tür näherte. Er wollte sie aufreißen, aber das funktionierte nicht und so fabrizierte er erst mal noch mehr Flüche und viele schabende Geräusche, bevor er frustriert gegen das Holz trat. Ich erbarmte mich, öffnete und linste in den Spalt.

»Ja bitte?«

Er hatte den Kiefer zusammengepresst, seine wunderschönen Augen waren düster. Sein gesamtes Äußeres strahlte Wut aus und ... er trat von einem Bein aufs andere.

»Ich muss schon seit heute Morgen pissen ... glaubst du Tommy oder Tristan hätten mir geholfen?« Nur schwer konnte ich mein Lachen unterdrücken, aber ich stützte mich von der Wand ab und ging zu ihm ins Bad. Meine Wangen glühten auf, als ich daran dachte, was ich tun, was ich *berühren* musste, doch ich versuchte mir nichts anmerken zu lassen und grinste lediglich breit. »Na dann!«

Er verzog das Gesicht, als ich an ihm vorbei zur Toilette marschierte und dort einen Hofknicks machte. Eindeutig war er mit dieser Situation alles andere als glücklich, aber was sollte er tun? Sich in die Hosen machen? Und das vor mir?

Grummelnd kam er zu mir. »Du musst nur die Hose runterziehen! Nichts weiter!« Wild funkelten mich seine Augen an. So eindrucksvoll, dass ich in ihnen geradezu versank – wieder mal. Er war ein wirklich schöner Mann, unsagbar ... und er roch so gut. Ich liebte diesen Duft, ein Umstand, der sich wohl nie ändern würde ... »Es ist wirklich dringend!«, gab er verbissen zu und riss mich somit aus meiner Trance.

»Oh ja, klar, aber wieso soll ich ihn denn nicht ... ähm ... halten?«

Er sah mich nicht an, sondern bevorzugte offenbar die Wand vor sich. »Weil ich im Sitzen pinkel!«

»Du bist sicher kein Sitzpinkler! Mann, du futterst Hanuta im Bett!«

Ein klitzekleines Grinsen zupfte an seinen Mundwinkeln, doch er unterdrückte es gekonnt, bevor er unwillig murmelte: »Wenn du ihn anfasst, denkt er sicher an vieles, aber nicht ans Pissen!« Kichernd kam ich auf ihn zu. Im Gegensatz zu ihm war ich tatsächlich klein – zumindest kam es mir so vor, wenn ich direkt vor ihm stand.

Unter meinen Wimpern heraus schaute ich zu ihm hoch und zog die Schnüre seiner Jogginghose absichtlich langsam und provokativ auf, bemerkte, wie es sofort darunter zuckte und wie Philip sich ein verzweifeltes Stöhnen verbiss, bevor er die Lider zusammenkniff und den Kopf wegdrehte. Aus den Augen, aus dem Sinn ...

»Philip ...«, flüsterte ich. »Ich vermisse dich so ... Das ist die einzige Wahrheit, die Bedeutung hat«, gab ich mir einen Ruck! Und weil ich schon mal dabei war, lehnte ich mich vor, um das ›TRUST‹ unter seinem Herzen zu küssen. »Es war lebenswichtig, sonst hätte ich dich nie belogen. Außerdem habe ich mit der Lüge schon so lange gelebt, dass ich sie selbst geglaubt habe ... Du kannst mir vertrauen, bitte, lass es mich dir beweisen!« Ich sprach direkt an seiner Haut und sah dann zu ihm auf. Er wirkte, als hätte er Schmerzen, doch schließlich erwiderte er meinen Blick, fast schon warm – ein wenig Eis war bereits geschmolzen.

»Können wir das besprechen, wenn ich nicht jeden Moment platze?«, fragte er ziemlich drängend und ich riss die Augen auf. Denn das war auf jeden Fall ein Schritt in die richtige Richtung!

»Ja, klar!« Wortlos zog ich ihm die Hose runter und verließ dann das Bad, ohne IHN auch nur einmal anzusehen. Er hatte gerade zugestimmt, sich mit mir zu unterhalten! Dafür würde ich ALLES tun!

Voller Ungeduld wartete ich im Flur an die Wand gelehnt – scheinbare Tage, dann ... »Katharina ...«

»Jaaaa, ich fliege!«, rief ich zum Spaß und riss die Tür wieder auf. Er hatte sich mit beiden begipsten Unterarmen an den Fliesen vor sich abgestützt, sodass er perfekt in die Schüssel treffen konnte! Nicht einmal unter diesen Umständen setzte er sich hin, mein unbeugsamer Philip! Irgendwann würde ich ihm das Stehpinkeln natürlich austreiben, aber noch nicht jetzt.

Jetzt hatte ich ganz was anderes im Sinn, denn das Bild, was er bot, war einerseits zum Lachen, aber andererseits so heiß. Ich konnte meinen Blick unmöglich von seinem nackten Hintern abwenden. Völlig starr, vermutlich mit offenem Mund, musste ich mich beherrschen, ihn nicht, wehrlos, wie er war, anzugrapschen.

Irgendwie kämpfte er sich wieder in eine aufrecht stehende Position und ich spülte, bevor er an dem Knopf herumfummeln konnte. Als würde ich das jeden Tag tun, ging ich vor ihm in die Knie, versuchte das Knistern zwischen uns zu ignorieren, packte seine Hose und wollte sie hochziehen. Dann sah ich nach oben und konnte nicht anders ... Ich lachte, laut, hemmungslos, befreiend. Er hatte die Lider so fest zusammengekniffen, dass alles gerunzelt war, mit verbissenem Kiefer murmelte er irgendwas vor sich, was verdächtig nach einem Gebet klang. Er war so süß, wenn er versuchte, mir zu widerstehen, obwohl sein nackter Schwanz alles andere als abgeneigt war, und ich nur Millimeter von ihm entfernt kniete. Doch nein! Ich würde diese Situation nicht ausnutzen! Stattdessen würde ich ihm zeigen, dass er sich immer auf mich verlassen konnte. Ganz einfach!

Also zog ich ihm die Hose über die schönen schmalen Hüften und schloss sie mit einer hübschen Schleife, ohne ihn aus den Augen zu lassen. Ich merkte, wie sein Adamsapfel hüpfte, als er schwer schluckte. Immer noch weigerte er sich, mich anzusehen und ich gluckste leise, bevor ich ihm einen keuschen Kuss aufs stopplige Kinn gab. Er zuckte nicht zurück und mein Herz machte einen wilden Sprung. »Wollen wir in dein Zimmer?«

Und ... er nickte!

30. WAHRE WORTE

Philip ›leicht gehandycapt‹ Wrangler

Die letzten Wochen waren eine Qual für mich gewesen, ich meine eine echte! Jede Nacht lag ich hellwach da und sehnte mich nach ihr, nach ihren Küssen, nach ihren Blicken, nach ihren Berührungen und nach ihrem Geruch. Aber ich konnte mich nicht überwinden, ihr noch eine Chance zu geben. Zu oft hatte sie mich belogen! Ehrlichkeit war für mich das A und O ... Außerdem misstraute sie mir ebenfalls. Als ich ihr versuchte zu verklickern, dass nichts mit der Fahrstuhltrine gelaufen war, glaubte sie mir einfach nicht. Dabei war sie die einzige Frau für mich!

Ich konnte nicht über meinen Schatten springen und sagen *Kleines, scheiß drauf!* Nein! Stattdessen quälte ich mich. Indem ich sie jedes Mal beobachtete, wenn sie mich nicht ansah. Ihre Mimik und Gestik in mich aufsog, indem ich sie mit den Augen verfolgte, mir vorstellte, wie es wäre, einfach zu ihr zu gehen und sie an mich zu ziehen. Dabei wusste ich, dass sie es wollte! Katharina wollte mich! Sie brauchte mich! Die letzten Wochen hatte ich genau gemerkt, wie dringend. Trotzdem verweigerte ich es ihr oder gerade deshalb!

Ich war ein verfickter Wrangler und kein verdammter Waschlappen!

Also versuchte ich, mich irgendwie abzulenken: Nach ungefähr vier Wochen nahm ich Valerie von der Schule mit. Katharina hatte noch eine Stunde länger Unterricht, zum Glück, denn vor ihren Augen wollte ich das nicht tun.

Ich fuhr mit Valerie an den verkackten See, ertrug ihr leeres Gerede, das aus Lästereien über andere Schüler bestand, und ihre Hand, die sich auf meinen Oberschenkel legte, sobald ich den Motor ausschaltete. Ihre Finger waren dürr wie Spinnenbeine ... ebenso ihre Arme. An dieser Frau war einfach nichts dran, nur Haut und Knochen. Dazu ihre leeren Augen, die nur die Oberfläche wahrnahmen, schon allein, weil sie überhaupt nicht tiefer blicken wollte oder nicht konnte. Bei Katharina war das anders. Wenn sie mich ansah, dann bis auf den Grund meiner Seele.

Während sich also Valeries Mund permanent bewegte, überlegte ich, was für eine Scheiße ich hier eigentlich abzog. Als die Alte dann auch noch zum Angriff überging und sich ihre widerlichen Spinnenfinger langsam meinem Schritt näherten, wurde mir kotzübel. Vermutlich dachte sie, dass mich ihre Berührungen anmachen würden, ebenso wie ihr unverständlich gehauchtes Geschwafel, aber das konnte sie vergessen.

Keines ihrer Worte drang zu mir, ich sah nur falsche Lippen, die den meinen immer näher kamen und ...

Stieg aus!

Ziemlich panisch!

Ich holte uns ein Eis und ärgerte mich dabei über mich selbst! Was war ich eigentlich für ein Weichei?

Glücklich schlabberte sie an dem kühlen Nass rum und ich versuchte, nicht allzu angewidert zu wirken. Als sie jedoch von meinem probieren wollte, musste ich sie stoppen! ICH TEILTE MEIN ESSEN NICHT! Die Einzige, bei der ich mir hätte vorstellen können, dass sich ihre wunderbaren Lippen genüsslich um mein Eis schließen würden, bevor die Zunge zum Vorschein käme und sie die Spitze umkreiste ...

Falscher Gedanke!

Schnell unterband ich diesen und tat alles, um mich auf Valerie zu konzentrieren. Es konnte nicht sein, dass *sie* immer noch derart mein Leben bestimmte! Also packte ich kurzerhand ihr dämliches, langweiliges Schokoeis, warf es aus dem Fenster (traf zum Glück niemanden damit), ergriff ihre Haare, stach mich an unzähligen Haarklammern und zog sie an mich, um sie zu küssen.

Da war nichts. Außer Lippenstift an meinen Lippen und einer labbrigen Zunge, die sich anfühlte wie ein Stück Fleisch. Da war kein Prickeln, keine Leidenschaft, *keine Liebe*.

Warum war mir nur früher nicht aufgefallen, wie abturnend sie war?

In diesem Moment wurde mir klar, dass es mit jeder Frau so sein würde – es gab nun mal nur die eine –, also wich ich zurück und fuhr sie nach Hause. Als Valerie ziemlich angepisst ausstieg, sah ich ihr alles andere als zufrieden hinterher und wusste nicht mehr weiter.

Also unternahm ich am Wochenende eine ausgiebige Tour in die Berge. Nur ich, mein Rucksack und mein Fahrrad. Aggressiv kämpfte ich mich den Abhang hinab, um vor den Gedanken an Katharina zu flüchten, vor dem hilflosen Gefühl, das ich ohne sie empfand. Trotzdem dachte ich an ihre wunderbaren Küsse, an ihr Lächeln … und ... stürzte, als ich mit Vollkaracho eine üble Steigung nahm, weil ein Harakiri-Eichhörnchen direkt aus dem Gebüsch auf meinen Weg sprang! Ja, um Gottes willen, ein Eichhörnchen! Aber es war so süß! Ich konnte es nicht überfahren!

Verdammte Scheiße, ich hätte es wissen müssen! Tristan hatte mir gesagt, ich solle nicht gehen, aber nur beim Training konnte ich einigermaßen abschalten und vergessen. Vor allem wenn ich über meine Grenzen hinausging. Das hatte ich getan und die Quittung kassiert! Super!

Nach vier bis sechs Wochen wäre es erst wieder möglich, richtig zu greifen, sodass ich einfache Tätigkeiten ausüben konnte. Ringen und sonstiges Training war für den Rest des Jahres gelaufen. Nicht einmal wichsen funktionierte! Ich sah mich schon missmutig vor mich hinschaukeln, völlig frustriert, weil mir jeden Moment die Eier platzten. Zum Glück tanzte mir Katharina mit ihrem anbetungswürdigen Körper nicht vor der Nase rum, das wäre mein Untergang gewesen. Aber als hätte ich nicht schon genug Probleme und jemand da oben mit mir noch eine Rechnung offen, stand sie eines Morgens plötzlich vor meiner Tür.

Eigentlich wollte ich sie hier nie wieder reinlassen, aber jetzt ... war ich irgendwie dankbar, dass sie doch da war. Denn ich hatte keine Ahnung, was ich sonst hätte tun sollen! Ich fühlte mich wie ein verschissen hilfloses Baby mit diesem Scheißgips – auch noch an beiden Armen!

Genau im richtigen Moment, als meine Blase drohte zu platzen und ich zu sterben, stand sie vor mir. Leuchtend hell und engelsgleich. Mein Stern am Horizont, der immer da war, mich erlöste, mir dabei half, aufs Scheißhaus zu gehen, und der mir Hanutas brachte – sogar in neuer Geschmacksrichtung –, wo ich sie doch so dringend benötigte! Noch nie war sie mir schöner erschienen, als in diesem roten, trägerlosen, knielangen Kleid und dem geflochtenen Zopf, der über ihre zarte, gebräunte Schulter fiel.

Und scheiße, ich konnte sie einfach nicht mehr wegschicken! Viel zu sehr hatte ich mich nach diesem Anblick gesehnt … Und so ließ ich sie wieder ein – in mein Zimmer und auch in mein Leben.

Mit ihrem göttlichen Hintern wackelte sie die ganze Zeit an mir vorbei, räumte ein bisschen auf, lüftete und brachte mir schließlich was zu essen, ohne dass ich in der Lage war, nur ein

Wort von mir zu geben. Kurz: Ich war überfordert. Es passte nicht zu ihr, sich so fürsorglich zu zeigen, und doch wirkte es absolut natürlich, wenn sie sich um mich kümmerte. So selbstverständlich als wäre ich ihr Mann und sie meine Frau. Sie war bezaubernd.

Immer noch wollte ich sie anschreien, aber vor allem wollte ich sie einfach nur wirklich dringend vögeln!

Zur Ablenkung fielen mir nur Hanutas ein, aber ich bekam nicht einmal die Verpackung auf. Leise fluchend versuchte ich es trotzdem, bis Katharina sich kichernd neben mich aufs Bett fallen ließ. Sie war ein bisschen rot im Gesicht, keine Ahnung, wieso, und sie mied meinen Blick, sah ungewohnt oft nach unten, was sonst ebenfalls nicht ihre Art war. Im Moment war sie extrem verunsichert, wirkte aber auch überglücklich, weil sie wieder in mein Zimmer durfte und ... das war der Punkt, an dem ich ein schlechtes Gewissen bekam.

Nach allem, was sie durchmachen musste, hatte ich sie alleingelassen ... Dabei war ich ihr einziger Verbündeter, der Einzige, der die ganze Wahrheit kannte und mit dem sie darüber reden konnte. Ich sollte sie beschützen und … lieben – endlich meine und auch ihre innigste Sehnsucht verwirklichen. Stattdessen quälte ich uns beide wegen meines Scheißegos! Warum konnte ich mich nicht überwinden? Sie schaffte es doch auch! Obwohl sie annahm, ich hatte sie betrügen wollen, war sie hier an meiner Seite, wie mein Fels in der Brandung, und kümmerte sich bedingungslos um mich.

Mit geschickten Bewegungen befreite sie das knusprige Hanuta und hielt es mir schließlich an die Lippen. »Warte! Erst die Schokolade, die übersteht!«, murmelte ich. Schließlich war Hanutaessen eine Philosophie für sich. Sie verdrehte lediglich die Augen, als ich die Schokolade am Rand abknabberte. Wow!

Die neue verfickte Geschmacksrichtung war wirklich verdammt lecker! Ich leckte mir über die Lippen, ihre Augen wurden dunkler. »Jetzt machst du den Deckel ab! Aber sei sehr vorsichtig! Er ist unsagbar zerbrechlich!« Sie lachte laut, als ich den Tonfall eines alten Kung-Fu-Meisters nachahmte und ich musste auch grinsen, ob ich wollte oder nicht. Es gab nichts Schöneres, als wenn ihr Gesicht so strahlte. »Jetzt isst man den oberen Teil!« Sie schob ihn mir in den Mund, immer noch kichernd. »Und dann den Unteren mit der Füllung!« Der Rest landete auch in der Futterluke. »Hmmmm!«, machte ich begeistert und ... sah ihr kauend in die Augen. Und die waren verflucht fasziniert und verflucht schön.

Die Stimmung wandelte sich, während ich die Reste meines Hanutas hinunterschluckte. Sie senkte den Blick auf das weiße Bettzeug zwischen uns und ich seufzte ...

Manchmal muss man für jemanden, den man liebt, über seinen Schatten springen, seine Prinzipien verändern oder diese gar ganz aufgeben. Zumindest dann, wenn man den anderen nicht verlieren will.

»Ich hätte niemals auch nur einer Menschenseele etwas gesagt ...« Meine Stimme klang sanft und sofort bemerkte ich, wie ihr untypischerweise Tränen in die Augen stiegen. Ihre Unterlippe bebte.

»Aber hättest du mir überhaupt geglaubt? Diese Geschichte ist wirklich alles andere als alltäglich!«

»Ach! Was ist schon alltäglich? Ständig hört man die verrücktesten Storys aus der ganzen Welt. Doch nur, weil sie nicht normal klingen, heißt es nicht, dass sie nicht passieren!«

»Apropos verrückte Geschichten … ist dir eigentlich aufgefallen, dass Tristan in den Truthahn verknallt ist?«, fragte sie und ich stockte.

»Das denke ich nicht! Wieso sollte er gerade in so ein unscheinbares, pummliges Teil verschossen sein? Never! Ever! Er kann jede haben!«, winkte ich unwirsch ab. Aber darum ging es auch gar nicht »Bleiben wir beim verdammten Thema: Ich wollte nichts weiter von dir als die Wahrheit! Und das war das Einzige, was du mir nie gegeben hast, Kleines ...« Immer weicher war meine Stimme geworden.

»Ich weiß!« Jetzt wirkte sie wirklich verzweifelt und die Tränen liefen fast über. »Ich weiß ...«, murmelte sie dann leiser ... »Aber es ging eben nicht nur um mich ... ich hatte es ihr versprochen und ich hatte solche Angst vor Vlad. Er hat uns geliebt und wir sind einfach abgehauen ...«

»Das kann ich verstehen. Mit deinem Onkel möchte man es sich wirklich nicht verscherzen!«

»Oh ja!«, erwiderte sie und sah immer noch zwischen uns auf das Laken. Ich konnte es nicht mehr ertragen. Sie sollte niemals den Kopf beugen, weder vor mir noch vor sonst irgendwem. Bestimmend hob ich ihr Kinn mit meinem Gips, dazu war ich wenigstens noch fähig!

»Du warst nicht die Einzige. Dad hat uns auch jahrelang angelogen – uns alle! Wahrscheinlich ist er gar kein Entwicklungshelfer, sondern Geheimagent oder so was ... Mein Name ist Wrangler – David Wrangler ...«, sinnierte ich vor mich hin und Katharina lachte. Richtig schön und laut.

»Die Menschen sind oftmals nicht die, für die sie sich ausgeben!«, wisperte sie dann schuldbewusst.

»Hmmm«, gab ich ihr recht, abgelenkt von einer goldenen Strähne, die sich gelöst hatte und über ihre Wange strich. Ich wollte das tun, und mit meinen Lippen folgen. Die Sehnsucht nach ihr wurde fast zu mächtig, um zu widerstehen, und als hätte sie meinen prickelnden Blick gespürt, sah sie endlich auf, direkt in meine Augen.

»Ich werde dir ab jetzt immer die Wahrheit sagen. Egal, was ist. Aber bitte Philip ...« Und hinter ihren Augen brannten all die ungesagten Worte, die ich genauso empfand. *Ich brauche dich, ich liebe dich, nur zusammen sind wir ganz.*

Obwohl es absolut nicht zur Situation passte, konnte ich mich nicht bremsen – jetzt wo sie wieder mal hier in meinem Bett war. Also murmelte ich das Einzige, was mir in den Sinn kam: »Ich brauche wirklich dringend Erlösung, und du hast ein Angebot gemacht.« Sofort wusste sie, was ich meinte – weil wir uns kannten.

Ganz meine Traumfrau grinste sie nur und sah mich wieder mit diesem Funkeln an, das ich so liebte. Sie schob sich an mich – verhalten, zaghaft – und strich mit ihrem rot lackierten Zeigefinger zärtlich über meinen natürlich ziemlich harten Schwanz.

»Das war kein Angebot, sondern ein Befehl! Ich weiß nicht, was du mit mir getan hast, es ist, als wäre ich süchtig nach dir, und ich fühle mich sogar betrogen, wenn du dich selbst berührst.« Ich wusste auch genau, was sie meinte. Ihr Körper gehörte mir – mir ganz allein und meiner gehörte ihr. Es war, als hätten wir auf ›rewind‹ und ›überspielen‹ gedrückt. Alles war vergessen, es gab nur noch uns beide und die Sehnsucht unserer Körper, die es umgehend zu stillen galt.

Ihre Lippen glitten über meinen Hals, während ihre Hand unter meine Jogginghose rutschte und ihn umfasste. »Das gehört mir, Philip Wrangler! *Du* gehörst mir!« Stöhnend ließ ich den Kopf nach hinten fallen, war aber noch nicht willens, mich völlig gehen zu lassen. Eins musste ihr ein für alle Mal klar sein!

»Ich hätte niemals eine andere gefickt!« Das musste raus, so etwas sollte sie nicht mal im Traum von mir denken. »Wieso sollte ich? Wenn ich dich habe?!« Ihre Finger erstarrten.

»Aber ihre Hand war in deiner Hose!«, spie sie mir sofort entgegen und ihre blauen Katzenaugen funkelten jetzt nicht mehr schön oder hoffnungsvoll oder bezaubernd, sondern verschissen verängstigend! Zu allem Übel hatte sie mich in der Hand, im wahrsten Sinne des Wortes, und ich konnte mich mit diesen verflixten Gipsarmen nicht wehren, sollte sie sich wie eine Furie auf mich stürzen wollen. Vielleicht hätte ich das nicht gerade jetzt ansprechen sollen, denn prompt wurde ihr Griff *etwas* zu fest. Mit verbissenen Zähnen beeilte ich mich, sie zu informieren.

»Sie hat mich einfach angefallen!«

»Aha. Und wie kam sie auf die Idee?« Ich wollte mir geschlagen übers Gesicht streichen, das ging aber nicht wirklich, also ließ ich es frustriert sein. »Es kann sein, dass ich in der Bar ein bisschen mit ihr geflirtet habe. Nur ein BISSCHEN!« Sie zog scharf den Atem ein und ihre Finger zurück. Gottseidank! »Aber!«, beeilte ich mich weiterzureden, »ich habe nicht mit ihr geflirtet, weil ich sie wollte oder so einen Scheiß! Ich wollte es dir erzählen und dich damit eifersüchtig machen. Mehr steckte nicht dahinter. Denn Baby, egal wie heiß eine Tussi auch ist, du bist mit Abstand die Heißeste! Das ist ein Naturgesetz! Schau dich doch mal an!« Verdammt ... irgendwie führte das hier in eine völlig falsche Richtung, denn mittlerweile konnte ich in ihrem Gesicht lesen wie in einem offenen Buch. Und im Moment war sie einfach nur scheiße sauer! Ständig schien ich das Falsche zu sagen …

»Wie hast du denn mit ihr geflirtet, du kleiner überheblicher Pisser?«, zischte sie und ich grinste, lehnte mich schließlich vor und war froh, dass sie nicht zurückzuckte, als ich ihr ins Ohr sprach. »Ich hab sie mit meinen Blicken gefickt ...«, raunte ich leise und ... ja, ich war tatsächlich sadistisch, denn ihr Keuchen gefiel mir, gefolgt von einem Schauer, weil ich mit meinen Lippen über ihren Kiefer strich. »Aber mit allem anderen ficke ich nur dich!«

»In Zukunft kannst du dich nur noch selber ficken, wenn du so was noch mal machst!« Jetzt war sie zickig und eifersüchtig und dabei so verschissen heiß! Wenn ich meine Hände freigehabt hätte, dann hätte sie schon nackt und schreiend unter mir gelegen, aber so ging das nicht! VERDAMMT! Mein Schwanz explodierte fast, weil ich endlich wieder ihren Duft aufsaugen konnte und weil mein Mund ihrem so nah war! Trotzdem! »Das ist mir egal. Ich werde immer die ganze, ungeschönte Wahrheit sagen. Für die Wahrheit nehme ich sogar Sexentzug in Kauf.«

»Pah!« Sie drehte ihr Gesicht weg und verschränkte die Arme vor der Brust. Ich lachte leise und spürte, wie sie erneut erschauderte. Gut, wenn sie weiter Krieg wollte, sollte sie ihn haben. Den letzten Schritt würde ich nicht machen! Grinsend wich ich zurück.

»Dann haben wir ja alles geklärt!« Ohne sie anzusehen, legte ich mich in die Kissen, ärgerte mich, dass ich die Arme nicht hinter dem Kopf verschränken konnte, und schloss die Lider. »Fang an!«, murmelte ich *überheblich* und spürte förmlich, wie ihr der Dampf aus den Ohren kam. Als ich zu ihr linste, musste ich breiter grinsen, weil sie mich mit verengten Augen visuell erdolchte. »Was?«, fragte ich unschuldig. »Soll ich doch selber wichsen?« Und sie presste die Lippen störrisch aufeinander, wurde immer wütender. Vermutlich würde sie mich gleich schlagen oder etwas anderes Katharina-Typisches tun.

Ihre Hand glitt an ihrer Seite entlang und schob ihr Kleid an ihrem Schenkel hoch. »Wenn du noch ein einziges Mal versuchst, mich auf diese abgefuckte Art zu provozieren ...« Lasziv spreizte sie die Beine ein wenig, sodass ich Ausblick auf ihren einfachen schwarzen Slip hatte. »Dann ...« Ihre Augen glühten unheilvoll auf, genauso wie ihre Wangen ... Oh Scheiße! Sie war so sexy! Besonders, als sie einladend den Slip zur Seite schob und mir ihren glatten Venushügel zeigte. »Wirst du das hier nie wieder sehen! Das ist *meine* ungeschönte Wahrheit!«

Bevor ich reagieren konnte, beugte sie sich vor, umfing mein Gesicht mit beiden Händen und küsste mich. Innig und tief und stöhnend. Sie wich zurück. »Verstanden?«

»So was von!« Wieder küssten wir uns. Ich richtete mich weiter auf und sie schlang ihr Bein um meine Hüfte, rieb sich an mir, bis ich ihren Namen keuchte. Scheiß Hände, ich konnte sie nicht gebrauchen, stattdessen konzentrierte ich mich noch mehr auf ihre Lippen. Es war wie ein Befreiungsschlag, sie endlich wieder auf meinen zu haben!

»Das hoffe ich für dich!« Plötzlich drückte sie mich an der Brust zurück und stand auf. Was? Wie ein kleines enttäuschtes Kind blickte ich zu ihr hoch, doch sie deutete gebieterisch aufs Bett.

»Leg dich hin, du Krüppel!« Wir lachten beide, als ich dem Befehl folgte und mich auf den Rücken fallen ließ.

Wie die fleischgewordene Verführung zog sie ihren Slip aus, langsam – mit schwingendem Kleid, sodass ich immer nur einen winzigen Ausblick erhaschte, aber was ich sah, war schon ziemlich feucht! Sie beugte sich über mich und schob mir ein Kissen unter den Kopf, um es mir bequemer zu machen. Kurz darauf setzte sie sich auf meine Brust, die langen samtigen Beine rechts und links von meinem Gesicht und ich stöhnte gequält, weil ich *jetzt* einen *perfekten* Ausblick hatte. Und dann schob sie sich nach vorne ... bis meine Lippen fast an ihr waren und sah mir dabei glühend in die Augen – voller ungezügelter Vorfreude.

Oh, mit diesem Blick musste sie nicht zwei Mal bitten!

Ein bisschen hob ich den Kopf, fühlte, wie ihre Hand in dem Moment in meine Haare fuhr, als ich mit meiner Zunge zwischen ihren Schamlippen entlangstrich, und sah ihr dabei tief in die Augen.

Stöhnend ließ sie den Kopf nach hinten fallen, als meine Zunge bis zu ihrem Kitzler glitt. Hätte ich meine Arme freigehabt, hätte ich sie noch näher an mich gezogen, aber das ging nicht.

»Komm näher, Kleines, ich beiße schon nicht …«, raunte ich also neckend an ihrem Unterkörper und versuchte nicht abzuspritzen, als sie es zitternd tat. Und dann ... zeigte ich ihr, wie sehr ich sie liebte – und ich biss sehr wohl, wenn auch nicht fest.

Irgendwann stützte sie sich hinter sich auf meinem Bauch ab, bewegte ihre Hüften, kreiste über mir hockend mit ihrer Mitte, die immer feuchter wurde und wo ich immer dringender rein wollte, direkt an meinem Mund. Ich hoffte, diesmal würde ich nicht ungeplant kommen, aber es war schon solange her, dass ich sie genießen durfte, solange, dass sie mir so nah gewesen war. Und dann ... strich ihre Hand über meinen Schwanz unter der Hose!

»Scheiße ...«, raunte ich direkt an ihrem Kitzler und ... *kam bei der ersten Berührung!*

Sie stöhnte wollüstig, als ich mit meiner Zunge drängender wurde, sie förmlich auffraß und wand sich noch inniger an mir, dabei rieb sie unkontrolliert über meinen zuckenden Schwanz, was meinen Orgasmus noch verstärkte und verlängerte, bis ich völlig ausgelaugt war.

Langsam rutschte sie auf mir zurück, sodass sie auf meinem Bauch saß. Ich hatte die Augen geschlossen und versuchte meinen Atem zu beruhigen, als sie mit ihrem Mund über meinen glitt.

»Ich liebe es, wenn ich dich so heiß mache, dass du nicht länger als drei Minuten aushältst.« Sie küsste mich, kurz und knapp und grinste dabei wie ein Honigkuchenpferd, wobei ich mich fragte, wer diese dämliche Redewendung erfunden hatte.

»Ha, ha ...«, gab ich humorlos zurück, hob dann aber meinen Kopf und fing ihre Lippen mit meinen ein. Sie keuchte in meinen

Mund, als ich sie küsste. Richtig und mit allem, was ich für sie empfand. Auf ihre ganz spezielle Katharina Art war sie so verdammt perfekt für mich. Leise stöhnend rieb sie ihre Mitte an mir und rutschte noch weiter nach unten. Die Sauerei war ihr egal, auch dass er noch nicht wieder ganz hart war, sie machte sich heiß an ihm und krallte ihre Finger in meine Wange.

»Ich hasse deine Gipsarme!« Heiser lachte ich auf, bewegte aber ein wenig meine Hüften, fühlte dabei, wie sich das Sperma zwischen uns verschmierte, und stoppte schockiert, denn sie trug kein Höschen und ...

»Warte!«

»Was?« Sie hörte nicht auf, sich an meinem halbsteifen Schwanz zu winden und richtete sich auf. Bei dem Anblick ihres unanständigen, zügellosen Treibens stöhnte ich verzweifelt.

»Die Pille, oder so was! STOPP, BITTE!«

»Ich nehme sie seit drei Wochen!«

Ich ließ den Kopf erleichtert nach hinten fallen. »Dann mach weiter, Kleines.«

Sie lachte leise und kreiste nun ihre Hüften langsamer und mit fasziniertem Blick, der direkt auf mein Gesicht gerichtet war. Schließlich rutschte sie noch etwas zurück und schob die nasse Hose runter.

»Ich hatte nichts anderes vor!« Sobald sie ihn mit einer Hand umschloss, wurde er sofort wieder ganz hart. Ich stöhnte verzweifelter, bewegte meine Hüften ein wenig, wollte da rein, aber ich wusste, dass sie mich quälen würde, was sie auch tat. Sie positionierte sich so, dass er direkt an ihrem blanken, wunderschönen Schlitz lehnte, und strich mit meiner Eichel über ihre zarten Falten, sah mir dabei tief in die Augen und lauerte förmlich auf jedes Zähnezusammenbeißen, jedes Stöhnen, jedes Keuchen. »Ich liebe es auch, wenn du dein Gesicht vor Lust verziehst, wenn deine Augen dunkel werden und du dir auf die Unterlippe beißt ...

Nur ich entlocke dir DIESES spezielle Stöhnen, nur mich siehst du SO an«, raunte sie und ich stöhnte *noch* verzweifelter dieses spezielle Stöhnen, als sie ihre Hüfte etwas hob und nun mit ihrem Eingang über mich glitt. Katharina war so nah und doch so fern und ich wollte endlich da rein!

»Ja, ja, ich liebe es auch total, es ist so toll! Und jetzt beweg deinen heißen Arsch runter!« Leise kichernd senkte sie sich ein winziges, kleines, sehr unbefriedigendes Stückchen herab, sodass ich kaum in ihr war.

»Meinst du so, Phil?« Ich ballte meine Hände zu Fäusten und konnte nicht anders!

»NEIN, KATHA!«, knurrte ich und stieß einfach nach oben, direkt in ihren ungedehnten Spalt, woraufhin sie die Augen weit aufriss und leise aufschrie. »Ich meinte so!«

Oh Scheiße! Sie war so verdammt eng und ich immer noch riesig. Verbissen kreiste ich leicht mit den Hüften, zwang sie, sich an die Dehnung zu gewöhnen und sich fallen zu lassen. Ihre Fingernägel krallten sich in meine Brust, Schweiß trat ihr auf die Stirn, sie schloss die Lider und keuchte, doch schließlich ... gab sie nach …

Sobald sie meinen Namen stöhnte, wusste ich, dass alles gut werden würde.

Sie lächelte mich fast schon schüchtern an und richtete sich anmutig auf. Mit bebenden Händen zog sie sich das Kleid über den Kopf ... und öffnete ihren BH, während ihre wunderbaren kreisenden Hüften mir ziemlich männliche Töne entlockten und dann ... sah ich es. Meine Hände schossen nach vorne und hielten sie von weiteren Bewegungen ab. Ungläubig starrte ich auf das Wort, direkt unter ihrer linken Brust. Mit zarten, sanft geschwungenen Linien stand dort

»TRUST«

Mit jedem Keuchen, das ich ihr entlockte, bewegte es sich auf und ab.

Oh Scheiße!

Und sie sah mich tatsächlich vertrauensvoll, aber auch aufgeregt an, während sie sich auf die Unterlippe biss und ich ungelenk den Arm hob. Zaghaft glitt ich mit den Fingerspitzen darüber, fühlte einen kleinen Schauder durch sie gehen und bemerkte, dass sie auch über meine Tätowierung strich.

Als wäre ich eine Marionette, richtete ich mich auf und küsste den Schriftzug, bevor ich mich mit ihren süßen Brustwarzen und ihrer noch süßeren Haut beschäftigte, sie meinen Kopf umfing und ihn eng an sich drückte.

»Ich vertraue dir«, raunten wir beide im selben Moment und schlossen die Augen, als wir zusammen kamen.

Glücklich legte sie sich neben mich, lachte leise und beugte sich dann vor, um mit ihrer Nase über meine zu streichen. Dabei versanken wir im Blick des anderen und in den Gefühlen füreinander. So etwas Intensives wie mit ihr hatte ich tatsächlich noch nie empfunden.

Katharina war bei anderen vielleicht ein arrogantes Miststück, aber solange sie hier in meinem Zimmer ihre Maske fallen ließ und sich mir so offen und wunderbar präsentierte, war alles gut.

»Krieg ich meine Kette wieder?«, hauchte sie auch noch hoffnungsvoll direkt an meinen Lippen und ich grinste fies. »Hol sie dir.« Das war natürlich ein Bluff.

Ich würde alles für sie tun, alles für sie sein und alles auf mich nehmen. Auch wenn wir uns gegenseitig immer wieder bis an unsere Grenzen und darüber hinaus treiben würden. Wir liebten das. Wir liebten uns.

Es gab noch so viel zu erleben, so viel zu sagen, so viel zu fragen und so viel zu tun.

Klar, wir hatten jetzt ein streng gehütetes Geheimnis, aber das war okay! Meine scheiß Brüder mussten nicht alles wissen. Was die Zukunft auch bringen sollte, wir würden es gemeinsam durchstehen oder gar nicht!

So viel stand fest!

Denn ich war ein Wrangler und sie meine Frau – somit das Kostbarste in meinem Leben. So wie es sich für einen wahren Mann gehört!

Ende und Aus würde Tristan jetzt wohl sagen …

DANKSAGUNG!

Babels sagte eines Tages per Skype-Cam-Chat zu mir: Bethy, du musst was über eine Clique schreiben! Sie brachte mich auf den Gedanken, in die ›Immer wieder Welt‹ nach drei Jahren zurückzukehren. Vor allem aber überlegte ich seit Tagen sowieso ständig, dass ich gern mal wieder New Adult schreiben wollte, ich wusste nur noch nicht genau, über wen.

Da gab es tausende Möglichkeiten. Ganz neue Charaktere? Vincent und Cassandra (Corvo – Spiel der Liebe) oder Tommy und Vivi. Nein, das alles war nicht richtig, der Funke sprang nicht über. Bis ich bei einem eher nebensächlichen Pärchen der ›Immer wieder Reihe‹ landete: Katharina und Philip. Probehalber setzte ich mich hin und tippte innerhalb von Minuten das erste Katharina Kapitel weg, wie irre! Es war so einfach, so ERLEUCHTEND! Mit einem Mal verstand ich nicht nur die kühle, distanziert wirkende Frau. NEIN! Ich LIEBTE sie! Ehrlich jetzt!

Distanziertheit wird so oft mit Arroganz verwechselt. Schöne Menschen werden genauso abgestempelt wie weniger attraktive. Nur weil man attraktiv ist, hat man genauso viele Probleme wie jeder andere! Und viele davon macht man sich selbst!

Genau das war die Botschaft, die mir diese Geschichte ermöglichte, an den Leser zu bringen.

Nach zwei Tagen hatte ich die Hälfte des Buches fertig und ich liebte auch Philip! Weil man irgendwie schon merkt, dass er Tristans Bruder ist, aber er sooo ... schusslige Züge hat! Gott, ich habe teilweise beim Schreiben wirklich Rotz und Wasser gelacht (ich sag nur nacktes Rumgerenne) und auch geheult (Ich sag nur Prolog)! Es schrieb sich praktisch wie von selbst!

Es macht so viel Spaß die Geschichte von den beiden (oftmals Idioten) festzuhalten und vor allem tiefer in das Familienleben der Wranglers einzutauchen! Es haben sich daraus so viele neue Storys, so viele neue Ideen ergeben ... Ich sag nur David Wrangler ... dann Vivi und Tommy! Lena und Georgi, ach und natürlich unser einzig wahrer Held ... Robbie ;) ;) ;). Wenn ihr Lust habt, können wir gerne noch die nächsten zwanzig Jahre im »Wrangler-Universum« verweilen. Ich hab wirklich nichts dagegen, die Wranglers sind so was wie meine Zweit-Familie.

Nicht wahr, Nicole? Oh Gott, wir hatten sooooooooooooooooo viel Spaß! Nächte haben wir uns um die Ohren geschlagen und auch Tina stand mir wieder mit Rat und Tat zur Seite! <3 Ihr seid der Hammer und ich danke euch dafür!

Danke natürlich an Babels! Meine Inspirationsquelle seit Jahren und die Frau, die ich liebend gern beim Cover machen quäle! Ich lieb dich so, Baby!

Ich danke natürlich meiner Anke, die immer wieder sagt: Bleib ruhig. Bleib ruhig. Bleib ruhig. Und ich bleibe ruhig, wenn sie das sagt!!!!!!!!!!!!!!!!!!!!!! (Das ist ein Wunder oder so, aber du weißt eben, wie du mich anpacken musst ;)

Danke natürlich auch an meine (einzig wahre) Lektorin, ohne die diese Reihe nicht das wäre was sie ist.

Danke an Mandy, an den A.P.P. Verlag (vor allem Peta<3) an Nicky (alias Anya Omah – eine der härtesten und BESTEN Kritikerinnen ever!)

Und vor allem an alle treuen Leser, die mich unterstützen, komme, was wolle!

Jetzt drück ich euch noch mal janz fest und ... warte sehnsüchtig (wie immer) auf eure Meinungen! KNUTSCH! ENDE.

AUSSCHNITT AUS IMMER WIEDER SAMSTAGS

2. Herzrasen und unerfüllbare Träume

Mia ›poor‹ Engel

Wieso war ich überhaupt hier? Ich verabscheute doch jegliche Arten von Partys – ganz besonders die am Strand. Jeder trug einen Bikini oder eine Badehose – außer mir natürlich –, einzig, weil ich mich einer Ganzkörpermusterung entziehen wollte. In dem Fall erreichte ich leider lediglich das Gegenteil. Es war ein Teufelskreis.

Frustriert seufzend sah ich der Menge beim Tanzen zu und nippte an meinem alkoholfreien Coconut Kiss. Meine Brille verrutschte dabei immer wieder, sodass ich sie mit dem Zeigefinger permanent gerade auf die Nase schob.

Ich gehörte hier einfach nicht hin. Ich war das kleine hässliche Entlein, das abseits stand und darauf hoffte, nicht von irgendwem blöd angemacht oder schlimmer, fertiggemacht zu werden.

Deshalb behielt ich die ›Wrangler Clique‹ auch ganz genau im Auge. Jeden Moment konnten sie sich eine neue Gemeinheit ausdenken und mich damit bis auf die Knochen blamieren.

Aber die Angst vor einer erneuten Blamage war nicht der einzige Grund, warum ich immer wieder zu ihnen hinüber sah. Nein, mein Hauptbeobachtungsziel bildete Tristan Sexy.

So hieß er bei den Mädels, bei *allen*. Und so sicher, wie die Erde rund ist, wusste er das auch. Denn das war er.

Einfach nur unbeschreiblich, geradezu unverschämt und absolut höschennässend sexy. Kurzum wunderschön. Ganz zu schweigen, dass er Ausstrahlung und Geld wie Heu besaß. Er verkörperte alles, was in dieser Gesellschaft begehrenswert erschien, und den Mädchen der Schule sowie wahrscheinlich der ganzen Stadt schlaflose Nächte bescherte.

Gut, seine Brüder waren auch nicht zu verachten – allesamt vergeben –, hatten aber nicht diese einzigartig verwuschelten dunkelbraunen Haare, den rebellischen Dreitagebart, die grünbraunen, funkelnden Augen, schier perfekte Gesichtszüge, diese langen, talentierten Pianistenfinger und zusätzlich dieses Hammerlächeln.

Okay … Er lächelte so gut wie nie *wirklich*.

Entweder grinste er dreckig oder warf mit Todesblicken um sich. Aber lächeln? Nein. Ich hatte ihn eigentlich nur ein einziges Mal lächeln gesehen, aber das lag schon lange zurück.

Es war in der siebten Klasse gewesen. Für einen Wettbewerb entwarf ich ein Bild, weil mir immer gesagt wurde, dass ich gut im Zeichnen wäre. Mein Lehrer, Herr Piper, ging sogar so weit zu behaupten, ich sei phänomenal, was ich ihm aber nie glaubte. Auf jeden Fall hatte ich gewonnen.

Die Malerei wurde schließlich ausgehängt, was aber auf meinen Wunsch anonym geschah, weil ich jegliche Aufmerksamkeit unbedingt vermeiden wollte. Darauf zu sehen war eine einfache Landschaft, genauer gesagt, mein Lieblingsort: eine geheime Lichtung, tief im Wald verborgen, die nur ich kannte und gerne besuchte, wenn ich in Ruhe zeichnen und nachdenken wollte.

Als ich dann eines Tages zu meinem Spind ging, sah ich Tristan vor *meinem* Bild stehen, und da war es: ein sanftes, verträumtes, offenes Lächeln … Es war so bezaubernd! Wenn ich nicht schon bis über beide Ohren in ihn verliebt gewesen wäre, hätte es mich in diesem Moment erwischt – aber so was von …

Schnell ging ich weiter, um ihn nicht zu stören.

Kurz darauf flippte ich vor Freude fast aus, da man mir mitteilte, dass Tristan Sexy persönlich mein Bild gekauft hatte. Wieso, wusste ich nicht, nur, dass es ihm gefiel, was mich wiederum richtig stolz machte! Vielleicht hing es jetzt irgendwo in *seinem* Zimmer. Allein die Vorstellung ließ mich dusslig grinsen.

Zwei verengte Augen, die zu mir starrten, rissen mich aus meiner Träumerei.

Oje, Tristan sah mich an!

Schüchtern strich ich mir ein paar meiner langen hellbraunen Strähnen hinters Ohr und versuchte, ruhig weiter zu atmen. Ganz besonders, als er plötzlich lachte.

Gott, sein Lachen war fast so schön, wie das sanfte Lächeln, von dem ich jeden Abend träumte. Ich fühlte mein Erröten und musste den Blick von ihm abwenden. Stattdessen sah ich auf meine Oberschenkel und versuchte, nicht vom Hocker zu kippen.

Und wieder einmal ärgerte ich mich fast zu Tode.

Warum in Gottesnamen konnte ich nicht hübsch und begehrenswert sein? Warum konnte ich nicht jemand sein, nach dem sich die Männer umdrehten? Warum konnte ich nicht eine Frau sein, die ihm gefiel?

Tja, die Antwort kannte ich. Ich war fett und hässlich, trug eine Brille, lebte in schlechten Verhältnissen und hatte eine nicht gerade tolle Kindheit hinter mir. Das Essen war immer mein einziger Freund gewesen. Jetzt musste ich die Konsequenzen dafür tragen. Mein Gewicht und mein introvertiertes Verhalten stempelten mich als Außenseiterin ab, die unwürdig für jeden erschien.

In den letzten siebzehn Jahren hatte ich mich daran gewöhnt, soweit dies möglich war.

Dennoch durfte ich doch träumen, oder?

Träumen von dem Tag, an dem Tristan mich ansehen und mehr in mir erkennen würde als das kleine hässliche Entlein … an dem er bemerken würde, wie ich wirklich war – nämlich wunderschön …

3. SCHEIßE GELAUFEN

Tristan ›out and about‹ Wrangler

Fuck, war ich genervt und obendrein stockbesoffen. Es war wohl schon weit nach Mitternacht, als die Hemmungen sowie die Kleidungsstücke fielen, und die vernichteten Hirnzellen den Intelligenzquotienten zu senken schienen. Jeder knutschte mit irgendwem rum oder reiherte in irgendeine Ecke. Ich derweil thronte immer noch an der Bar, weder am Reihern noch am Knutschen – genauso gelangweilt und frustriert wie schon vor ein paar Stunden, doch jetzt wurde es Zeit ... Also hielt ich Ausschau nach etwas Ablenkung.

Eva und ihr Silikontittengefolge waren verschwunden. Ich hoffte wirklich für sie, dass sie nicht schon daheim ihren Rausch ausschliefen. Sie würden es ihr Leben lang bereuen. Mindestens. Womöglich hatten sich die Schlunzen aber auch unter das Partyvolk gemischt und waren einfach nicht zu erkennen. Gewundert hätte es mich nicht, schließlich sah ich bereits alles verwischt und doppelt noch dazu. Mir blieb wohl nichts anderes übrig, als die Leute näher in Augenschein zu nehmen, um die Weiber ausfindig zu machen. Ich schnappte mein Glas, stützte mich am Tresen ab und taumelte auf die Tanzfläche, die nur noch spärlich besucht wurde. Hier waren sie schon mal nicht. Na super …

Grummelnd entschied ich mich in Richtung des Klogebäudes zu torkeln, das etwas von der Strandbar entfernt lag. Dabei musste ich ein kleines Brückchen passieren, welches sich über einen Seeausläufer erstreckte. Genau hier geschah es.

Ich wurde angerempelt und mein geliebter Whisky ergoss sich über einen grauen Pullover.

»Hey!«, beschwerte ich mich sofort lautstark und versuchte, meinen Blick zu fokussieren. Als ich erkannte, wem ich den Drink über die ziemlich großen Titten geschüttet hatte, wünschte ich mir, der Alkohol hätte mir mein kaum noch vorhandenes Sehvermögen komplett genommen.

»Kanns du nisch aufpasssn, verdammde Scheise, Truti!«, spie ich ihr entgegen und zeigte schwankend auf mein Glas. »Der Scheis hat … gansche vieeeer Euro gekoschtet!« Vermutlich zeigte ich drei oder acht meiner Finger – weiß die Muschi.

Sie verzog ihr kleines Gesicht und starrte mit einer Mischung aus Unsicherheit und absolut dämlicher Verträumtheit zu mir rauf.

»Hey!« Ja, ich fragte mich selber, ob ich die Sätze vielleicht auch anders anfangen konnte, aber es war schon zu spät, also lallte ich weiter. »Isch hap disch was gefragt!« Wild fuchtelte ich mit meiner Hand vor ihren Augen rum, verfuchtelte mich aber irgendwie, und wischte ihr mit einer Bewegung die hässliche Brille von der Nase.

»Oh!«, rief sie aus, als diese in weitem Bogen über das Brückengeländer flog. Sie starrte einige Sekunden auf die Stelle, wo das hässliche Ding mit einem leisen *Plopp* im Wasser verschwand, und dann wieder zu mir auf.

Der Truthahn sah auf einmal gar nicht mehr verträumt aus, im Gegenteil, der wirkte scheißwütend. Sie brachte mich mit ihrem Schmollmund und dem unheilverkündenden Funkeln im Blick dazu, lauthals loszulachen.

»Das ist nicht witzig!«, stieß sie mit bebendem Stimmchen aus. Dann sah ich schon, wie ihr die beschissenen Tränen in die Augen stiegen, aber ich war Arschloch genug, um diese zu ignorieren und ihr auf die Schulter zu klopfen.

»Nichtsch für ungut, Misch Maulwurf. Das hap isch doch gern getan. Die Scheise war sowieso hässlich!« Entschlossen schwankte ich zurück in Richtung Bar, um mir Nachschub zu besorgen, und ließ sie mit einem schockierten Gesichtsausdruck stehen.

Die Schlunze sollte sich mal nicht aufregen. Ich hatte ihr gerade einen Gefallen getan. Wer trug heutzutage schon noch runde Brillen? Wir waren hier nicht in einem beknackten Harry Potter Buch! Es fehlten nur noch Narbe auf der Stirn und Zauberstab in der Hand. Vielleicht konnte sie sich ja so ihr Fett wegzaubern?

Glucksend holte ich mir noch einen Whisky, bevor mir einfiel, wo ich vorhin eigentlich hin wollte.

Also machte ich mich erneut auf den Weg zu den Scheißhäusern. Ich hoffte, ich würde den wütenden Truthahn nicht noch einmal antreffen. Die Luft war rein, wenigstens etwas.

Sicher bei den Klos angekommen drehte ich mir einen Joint, wobei die Hälfte in den Toiletten landete und der Tabak erst gar nicht den Weg in die Tüte fand. Egal. Hauptsache es knallte ordentlich rein. Und das tat es wirklich, mir wurde nämlich kotzübel, nachdem ich ihn durchgezogen hatte.

Da ich aber nach wie vor ficken wollte, machte ich mich auf den Rückweg Richtung Brücke. Geschmeidigkeit sah definitiv anders aus, denn es drehte sich alles, und ich hatte Mühe, die Balance zu halten. So musste sich ein langsamer, torkelnder Marathonschlurf anfühlen.

Nach ein paar Schritten streikte mein Magen endgültig. Also lehnte ich mich über die niedrige Steinbrücke, damit die Übelkeit mich nicht umbrachte. Gerade als ich loslegen wollte, meinen gesamten Mageninhalt an die Luft zu befördern, fiel mir auf, wie lustig die Wellen da unten vor sich hin plätscherten, sich aneinander brachen.

Immer näher kamen sie, als ich mich weiter vorbeugte … Das Wasser schien mich verschlingen zu wollen.

Ohne die Möglichkeit zu reagieren verlor ich das Gleichgewicht und fiel kopfüber direkt über den Rand ins kühle Nass.

Ich war viel zu breit und besoffen, um überhaupt mitzubekommen, was hier passierte oder dass ich vermutlich zu hundertprozentiger Sicherheit ertrinken würde, da meine Koordination gleich null war.

Es spielte ohnehin keine Rolle mehr, denn der letzte Gedanke galt meinem verdammten Schädel, der fast explodierte, nachdem er mit etwas Hartem kollidierte, und alles um mich herum schwarz wurde.

4. GLÜCK IM UNGLÜCK

Mia ›the hero‹ Engel

Ich konnte es nicht fassen. Tristan Wrangler hatte gerade meine Brille im See versenkt. Ich wollte gar nicht daran denken, wie meine Eltern reagieren würden, wenn ich heimkäme und ihnen die freudige Botschaft übermittelte, dass mein Sehgestell baden gegangen war. Mist!

Ja, okay, eigentlich brauchte ich die Brille gar nicht unbedingt. Aber das spielte keine Rolle. Die Erzeugerfraktion würde mal zur Abwechslung nicht ohne Grund ausrasten. Meine Hände ballten sich zu Fäusten, dennoch ging ich weiter. Mir war zum Heulen zumute, aber ich verdrängte die unliebsamen Tränen, die ohnehin nichts brachten. Für mich war's das. Ich wollte mir noch etwas zu trinken holen und würde mich dann auf dem Weg nach Hause machen. Ein Glas Wasser später befand ich mich auf dem Weg zurück und erstarrte. Ich sah Mister *Ich fuchtel deine Brille weg* mit ausgestreckten Armen am Brückengeländer stehen, wo er weit vornüber gelehnt in die sanften Wellen schaute. In diesen lässigen Jeans und dem engen schwarzen Shirt war er einfach nur heiß.

Mit seinem Anblick verflog meine Wut umgehend und ein leiser Seufzer entkam meinen Lippen, während ich ihn weiter beobachtete, ohne die geringste Chance jemals genug von ihm zu bekommen.

Als er leicht nach vorne kippte, runzelte ich die Stirn. Was …? Immer weiter neigte er sich vor und würde so das Gleichgewicht verlieren. Ganz sicher.

Und es geschah – mit der Anmut eines fallenden Steines stürzte er von der Brücke!

Ein Schrei entkam mir und ich schlug die Hände vor den Mund. Panisch blickte ich mich um, aber es war natürlich weit und breit niemand zu sehen.

Ich überlegte nicht lange und rannte auf die Büsche des Ufers zu, um direkt in die eisigen hüfthohen Fluten zu springen. Beim Näherkommen erkannte ich, wie seine Gestalt kopfunter im Wasser trieb. Er rührte sich nicht. Meine Anspannung stieg und ich fing an zu zittern wie Espenlaub. Schnell drehte ich ihn um, damit er hoffentlich atmen und wieder zu sich kommen würde. Dabei umklammerte ich seinen breiten Oberkörper, um ihn über Wasser zu halten. Eine Platzwunde prangte auf seiner Stirn, und ein Wort entkam mir, was ich sonst nie benutzte.

Mit all meiner Kraft griff ich fester unter seine Arme und zerrte den nicht gerade leichten, nassen Körper zur Uferböschung, um ihn dort abzulegen. Erleichtert vernahm ich sein Ächzen. Er war nicht tot. Gott sei Dank!

Ich war völlig am Ende und ausgelaugt, aber gleichzeitig unheimlich froh. Schwer atmend setzte ich mich neben ihn und betrachtete im Schein des Mondes sein Gesicht. Er war einfach nur unbeschreiblich schön. Das erste Mal hatte ich die Gelegenheit, ihn aus nächster Nähe zu bewundern. Seine makellosen Züge fesselten mich und konnten mich nicht davon abhalten, über eine unversehrte Stelle seiner gerunzelten Stirn zu streichen, die sich sofort glättete.

Er seufzte leise und ermutigte mich mit diesem wahnsinnig sexy Geräusch dazu, ihn weiter zu berühren. Hauchzart streichelte ich von seinen hohen Wangenknochen bis zu den Stoppeln des rauen Dreitagebartes und über seinen kantigen Kiefer. Gerade als ich meine Finger von ihm lösen wollte, zog sich sein linker Mundwinkel leicht nach oben. Einfach nur anbetungswürdig!

Automatisch musste ich auch lächeln, wobei ich seine vollen, sanft geschwungenen Lippen anstarrte.

Ich könnte doch … nur einmal … ganz kurz …

Keiner würde jemals davon erfahren.

Nichts deutete darauf hin, dass er gleich aufwachen würde oder, dass sich jemand in der Nähe befand.

Also senkte ich schnell den Kopf und drückte meine Lippen auf seinen warmen Mund.

Es war wie ein Elektroschock, der ein Prickeln durch meinen Körper rasen ließ.

Weder wachte er auf noch rührte er sich, also nahm ich all meinen Mut zusammen und bewegte meine Lippen leicht an seinen. Leise stöhnte ich auf.

Gott! Sie waren so warm und weich und so schrecklich anziehend.

Sein Duft – gemischt mit Alkohol und der Feuchte des Sees – vernebelte mir die Sinne und so ließ ich meine Fingerspitzen erneut sanft über seine Wange, den Hals bis zu seiner Brust wandern.

Das hier war mein erster Kuss, obwohl der Gegenpart nicht mal bei Bewusstsein war. Dennoch, es war fantastisch.

Meine Finger verweilten auf seinem harten Oberkörper, während ich mich seufzend von ihm mehr lösen musste als wollte. Immer noch verwirrt über die ganze Situation war ich dermaßen in Gedanken, dass ich kaum seine Hand emporschnellen sah, die mit gespreizten Fingern meinen Hinterkopf umfasste. Erschrocken erstarrte ich.

»Das war nicht schlecht …«, murmelte er tief, und ich fühlte mehr als alles andere, wie sich seine Lippen zu einem trägen Lächeln verzogen. »Jetzt nochmal mit Zunge!«

Und dann … passierte es!

Sanft strich seine Zungenspitze über meine Unterlippe.

Ich konnte ein weiteres Stöhnen nicht unterdrücken. Dabei öffnete sich mein Mund, was er sofort ausnutzte, um mit seiner Zunge die meine zu finden. Als sie sich berührten, versteifte ich mich anfangs und krallte mich an seinem nassen T-Shirt fest.

»Komm schon!«, forderte er, drang erneut in meinen Mund ein und umwarb mich träge. Meine Bewegungen waren noch schüchtern, bis sein Geschmack mich wie eine Abrissbirne traf. Er schmeckte … *einmalig!* Leicht bitter vom Alkohol, aber doch unendlich süß nach dem Mann, den ich schon immer küssen wollte. Also nahm ich mir ein Herz und schmiegte meine Zunge nun tastend an seine. Seine Finger fuhren in meine Haare, während ich mit wachsender Euphorie seinem Kreisen entgegenkam.

Dies hier war mein erster Kuss. Ein richtiger! Ich küsste gerade Tristan Wrangler *mit Zunge*!

Als ich seinen schneller werdenden Atem bemerkte, seufzte ich, was er mit einem kehligen Stöhnen beantwortete, das sofort zwischen meine Beine schoss und dort alles pulsieren ließ.

Den Druck verstärkend neigte ich meinen Kopf noch ein bisschen mehr, um ihn weiter in meinen Mund einzulassen. Wir keuchten bereits um die Wette. Ich fühlte seinen Herzschlag unter meinen Fingern, welcher genauso raste wie mein eigener.

So. Unglaublich! Als ich merkte, dass er nicht sobald unseren Kuss unterbinden, mich auch nicht anschreien oder mich anderweitig zur Sau machen würde, zog sich alles in meinem Bauch zusammen. Energisch drängte ich seine Zunge zurück und begann, sie richtig mit meiner zu massieren.

Meine Eigeninitiative entlockte ihm ein weiteres heiseres Geräusch, welches meine Erregung in ein fast unerträgliches Maß steigerte, bis ich von seinen Händen abgelenkt wurde, die zielsicher meinen Rücken hinabfuhren, um mich an den Hüften zu packen, hochzuheben und auf sein Becken zu setzen.

Keuchend versteifte ich mich. Mal abgesehen davon, dass er mich einfach so stemmen konnte, presste er seinen Unterleib gegen meinen, sobald ich auf ihm saß, und was ich fühlte, war hart. *Sehr hart!*

Ein »Mhmm« entkam ihm, während er seine Erregung langsam und genüsslich gegen meine Mitte rieb. Mein Höschen war mittlerweile nicht nur vom Wasser feucht. Als er mit seiner Spitze einen sehr empfindlichen Punkt traf, wimmerte ich laut in seinen Mund, musste aber gleichzeitig meine Lippen von seinen lösen, weil mir die Luft ausging.

Vor diesem Moment hatte ich mich regelrecht gefürchtet, denn der Zauber war gebrochen. Aber statt seine Hände von mir zu nehmen und mich wegzustoßen, vergrub er seine langen Finger wieder in meinen Haaren. Bestimmend zog er meinen Kopf zur Seite, um meinen Hals mit seiner Zunge zu verwöhnen.

Woah! Das konnte er wirklich gut!

Meine Hüften bewegten sich nun automatisch gegen seine. Ich musste mir irgendwie Linderung verschaffen. Das immer stärker werdende Pochen zwischen meinen Beinen war nicht zum Aushalten.

Er schnappte nach Luft, als ich mich fester gegen ihn drückte und an seiner gesamten, ziemlich imposanten Länge entlang rieb.

»Boah!«, keuchte er atemlos, und ich fühlte, wie seine Hand zwischen unsere Körper rutschte. »Du willst, dass ich dir den Ficker reinstecke, nicht?« Seine Fingerknöchel streiften meinen Slip, als er versuchte, seine Hose zu öffnen.

Oh. Mein. Gott! Tristan *sexy* Wrangler wollte mit mir schlafen!

Ich riss die Augen auf, als mir das klar wurde.

Aufregung packte mich, meine Hände wurden schweißnass, aber gleichzeitig stiegen mir vor Freude fast die Tränen in die Augen, und ich musste dem Impuls widerstehen aufzuspringen, um es wie eine Irre in die Welt hinauszuschreien.

»Mal schauen, ob du schon so weit bist.« Zielsicher schob er mein Höschen zur Seite und strich über meinen nackten Intimbereich.

Er biss hörbar die Zähne zusammen, als er realisierte, wie bereit ich schon für ihn war. Wie denn auch nicht? Ich war schließlich seit der ersten Klasse unsterblich in ihn verliebt, und mit zunehmendem Alter konnte ich an fast nichts anderes mehr denken als an Sex mit ihm. Meine Erfahrung tendierte zwar gegen null, aber das spielte keine Rolle.

Ich war mir sicher, dass er genau wusste, was zu tun war …

»Oh Baby, so feucht …«, raunte er leise in mein Ohr, während er mit einem Finger in mich eindrang. »Und so fucking eng …«, summte er fast schon verwundert.

Ich bog den Rücken durch und konnte einen leisen Schrei nicht unterdrücken, als mich die Gefühle durchströmten, die er in mir auslöste. Dort hatte mich noch nie jemand berührt. Es war ungewohnt, aber auch so gut!

»Das gefällt dir, hm. Dann wart's erst mal ab«, schnurrte er amüsiert und packte mich mit der Hand wieder fester in den Haaren, neigte meinen Kopf zur Seite und küsste mich gierig. Er bewegte seinen Finger einige Minuten heftig in mir, bevor er auch einen zweiten einführte. Rein und raus. Rein und raus. Ich wurde noch feuchter, unter anderem bedingt durch das schmatzende Geräusch, welches entstand, als er mich bearbeitete. Seine Zunge imitierte die Bewegungen seiner Hand, ein unerwartetes Gefühl bildete sich in meinem Bauch und zog sich zu einer Art Knoten zusammen. Ich atmete wiederholt heftig in seinen Mund und begann, meine Hüften im Gleichtakt seiner

Finger und seiner Zunge kreisen zu lassen, was ihn noch mehr anheizte.

Als sein Daumen meinen mittlerweile überempfindlichen Punkt erkundete, schwoll der Knoten in meinem Bauch so sehr an, dass ich das Gefühl hatte zu platzen. Doch in dem Moment stellte Tristan alle Berührungen ein, was mich dazu brachte, nun an seiner Wange hinabzugleiten, um die duftende Haut seines Halses zu küssen, an ihr zu saugen und zu lecken, während ich mich schamlos weiter auf ihm umherwand. Ich war wie von Sinnen.

»Geh runter!«, befahl er plötzlich rau, und ich hielt schockiert inne. Seine Hände hoben mich von seinen Hüften, bevor ich reagieren konnte. Sofort versteifte ich mich, denn jetzt war es offensichtlich so weit. Er würde mich von sich stoßen. Mühsam rappelte ich mich auf, um seinen garantiert folgenden wüsten Beschimpfungen zu entgehen.

»Knie dich hin!«, forderte er jedoch ungeduldig, während er sich wankend aufrichtete, und ich ihn verwirrt ansah. Sein Blick war verschleiert, als er die Augen verdrehte und meinen Nacken packte. Mit einer Hand drückte er mich nach vorn, bis ich die gewünschte Haltung einnahm, mit der anderen schob er meinen Rock hoch, was mein Herz in wahren Aufruhr versetzte. Wollte er mich etwa so das erste Mal …? So hatte ich mir das nicht vorgestellt. Aber meine Befürchtungen verflogen, als er seine Spitze genüsslich an meinem Eingang rieb.

Mit zur Faust geballter Hand umfing er meine Haare und zog kräftig daran, während die andere sich in meine Hüfte krallte. Ich war gefangen; meine Arme und Beine zitterten unkontrolliert.

»Pass auf … der Scheiß wird jetzt verdammt … tief«, meinte er noch knurrend.

Dann drückte er sich in einer einzigen Bewegung scharf in mein Inneres. Ich schrie auf.

Es stach und brannte. Tränen schossen mir in die Augen und ich musste mit Mühe ein Schluchzen unterdrücken. Wenn er mich nicht festgehalten hätte, wäre ich zusammengebrochen.

»Oh, fuck!«, stöhnte er laut, als er mich komplett ausfüllte. »Verdammte Scheiße! Bist du eng! *Fuck!*« Er hielt still, während ich die Zähne zusammenbiss und krampfhaft versuchte, mich irgendwie an die unangenehme Dehnung zu gewöhnen.

Langsam zog er sich zurück, bis er fast aus mir hinausglitt, um danach umso heftiger in mich zu stoßen. Dieses Mal konnte ich den Schrei unterdrücken. Es stach auch nicht mehr, aber brannte nach wie vor. Daher war es immer noch alles andere als angenehm.

Er machte weiter, ohne auf mich zu achten. »Fuck. Du. Bist. Der. Hammer!« Zwischen jedem Wort rammte er sich förmlich in mich. Seine Hand an meiner Hüfte hielt mich an Ort und Stelle, half mir, der Heftigkeit standzuhalten. Mittlerweile tat es nicht mehr weh, aber das hier hatte nichts mit meiner Traumvariante gemein. Eine einzelne Träne lief meine Wange hinab, während Tristan Wrangler mich benutzte, um seine Befriedigung zu finden.

Er fand sie sehr schnell.

Mit einem lang gezogenen »Fuuuuuuck!« und einem letzten noch härteren Stoß löste er sich von mir, und ich fühlte warme Flüssigkeit, die auf meinen Hintern spritzte.

Sofort befreite er mich aus seinem Griff und ließ sich schwer keuchend ins Gras fallen. Ich kniete hier, mit seinem Sperma an meinem Hinterteil, bis über beide Ohren gedemütigt und wusste einfach nicht, was ich tun sollte.

Mein Atem kam genauso abgehackt wie seiner, mein Herz raste noch immer in meiner Brust und ich schwitzte, während mir etwas Feuchtes an der Innenseite der Oberschenkel hinab lief. Als ich mit bebenden Fingern danach tastete, um nachzuschauen, bemerkte ich es … Blut.

Ich war komplett durcheinander. Von meinem Chaos an Gefühlen abgesehen, wusste ich auch nicht, ob es nicht besser wäre zu bleiben oder zu gehen. Also wandte ich den Kopf, um ihn zu mustern.

Er lag auf dem Rücken, den Arm über sein Gesicht geworfen, die andere Hand lässig auf seinem flachen Bauch ruhend. Seine breite Brust hob und senkte sich immer noch schnell und heftig, seine Hose war weiterhin offen. Ich musste mich zusammenreißen, um eine erneute Tränenflut zu unterdrücken. Mir schoss ein Wort durch den Kopf. *Benutzt.* Genauso fühlte ich mich. Er drehte sein perfektes Gesicht zu mir und sah mir das erste Mal in meinem Leben richtig in die Augen.

Seine Mundwinkel verzogen sich nach oben, er lächelte – warm und offen und einladend und auch irgendwie … *mitfühlend.*

Woah!

Wortlos streckte er seine Hand nach mir aus und strich mir forschend über die Wange. Diese Zärtlichkeit brachte die Wasserfälle zum Überlaufen. Er runzelte irritiert die Stirn, als er die Tränen bemerkte, und wischte sie mit seinen Fingerknöcheln fort. Bevor ich mich versah, ruhte mein Kopf an seiner Halsbeuge und seine Arme hatten mich umschlungen. Seine Lippen pressten sich gegen meine Haare, dann hörte ich ihn flüstern: »Das war der beste Scheiß in meinem ganzen Leben. Danke …« Ich seufzte wohlig auf, als er meinen Nacken kraulte und tief meinen Duft einsog. Nun entspannte ich mich.

Tristan Wrangler hatte gerade den besten Sex in seinem Leben gehabt … *mit mir!* Und er bedankte sich … *bei mir!*

In diesem Gefühl gefangen gestattete ich mir ein Grinsen und legte verträumt meine Hand auf seine Brust.

Ich ließ sie nach oben wandern, und er schob mich nicht von sich, als ich anfing, die Seite seines Gesichts und seinen Hals zu streicheln. Seufzend schmiegte ich mich noch enger an ihn, und er erlaubte auch das. Er drückte mich sogar fest an sich.

Im nächsten Moment schlossen sich meine schweren Lider. Mich darauf konzentrierend tatsächlich in seinen Armen zu liegen, lächelte ich und schlief kurz darauf ein.

15528765R00180

Printed in Poland
by Amazon Fulfillment
Poland Sp. z o.o., Wrocław